網路小
Novel@

大度山之戀

藤井樹強力推薦作者

穹風@著

我是天空，沒有顏色的天空，接受你在我懷裡吹拂，填補你的顏色。
我是天空，沒有怨尤的天空，為的，是要包容你的自由。
所以我存在，只為你存在；所以我守候，只為你守候；
狂烈激颺不休止的風啊，歷經海天之後，
你何時願意止歇，安棲在我為你悸動的胸口？

給大度山之戀的人，的事

「大度山之戀」，一個中部非常有名的 BBS 站，上站人數可以達到兩千五百人的站。裡面有各式各樣的人，當然，也有各式各樣的故事。

我在台中生活了十年多，有五年的時間，跟大度山緊密牽扯著。從它而來的人，從它而來的事，始終沒有間斷過。經常在無意間，我會想起這段過往。

我不是東海的學生，卻從東海的 BBS 站開始接觸網路，也在這裡，開始踏出世界，慢慢走出自己的小空間。只不過，一路走來，身邊經過了太多人事，思之，難免感傷。

我想紀錄這樣一段故事。把過去很多小說裡面的人事物，一次串聯起來，讓自己片段交織的回憶，變成一個完整的紀錄。所以，故事裡面，將出現許多以前在我的小說中出現過的人物，他們存在著，也對此刻的我之所以如此，起了極大影響。

這是一個我非常在意的故事。寫作的念頭存在已久，遲遲不敢動筆，是因為我懷疑自己能否有毅力與信心，去將它化作文字上的故事。

現在，我想是時候了。

她絕對是這種個性的人。

前言

至少，這麼多年來，我始終沒有懷疑過。當我在寫這篇前言時，她正坐在我背後，拿著菸灰缸，正在監視著我是如何在全世界面前……出賣她。

因為不想等老了再寫回憶錄，所以我寫小說，小說寫我週遭的人、週遭的事，即使因為寫了這些，可能使我遭遇不測，或者提早殘廢，我也在所不惜。

「大度山之戀」，是個讓我有很多回憶的地方，尤其是上面的老朋友們。我喜歡看別人的說明檔、糾正別人的錯字，那會讓我感覺很過癮，儘管她就在我背後罵我變態，我也無法否認我的癖好。

這篇小說，送給很多人，送給剛才用掏耳棒戳我的她，送給我的老家「大度山之戀」，更送給所有在網路上面，找到幸福的愛情，與不幸福的愛情的朋友們，祝福大家。

穹風二〇〇三年一月二十三日晨四點四十六分，埔里山居

第一章

百分之一百，是妳錯誤的字。
百分之八十，是妳我帶點荒唐的接觸。
百分之六十，是發生在我身上對妳的好奇。
百分之四十，是導因於妳心裡對我的探索。
百分之二十，是已經無法挽回，必然性的結果。
零，停止錯誤，妳應該開始思念我。

我不愛解釋經過轉折後的思緒，
一如飛葉不會解釋它飄落的理由。
妳該懂的，女孩。

讓我們見面吧！

01

「要不是那一瞬間看見了你的淚
我就不會懂你的痛。
要不是再一瞬間懂了你的痛
我就不會愛上你。
愛上你，是因為看見了你的淚，懂了你的痛」

眞的嗎？屁話，當然是假的。

這是我的說明檔，說明檔引號裡面那段話，來自於我做的一個夢，不過我已經忘了內容，只記得夢裡我們很相愛，在夢的最後，我是那樣對夢中的男主角說的。

這種夢會是眞的嗎？當然是假的，因為我從來沒談過戀愛。

這裡是大度山之戀，東海大學的 BBS 站。我不是東海的學生，不過我會上這個站。因為，東海是我最想考而考不上的學校，念不了這裡，上上它的站，總行吧！

所以我大二的時候，請我哥幫我組了電腦，還安裝了上網的軟體，我找到了大度山之戀這個 BBS 站，並且註冊加入，我是 cecia，別瞎猜，只是隨手鍵入，一點意義也沒有。

我哥人在新竹科學園區工作，他從新竹開到台中市區，買了電腦零件之後，又開到沙鹿鎮來，幫我組裝電腦。他把東西載來那天，對我說：「小姐，下次妳自己去載好不好？台中的路好難走，妳自己又不是沒車！」

是的，我們家每個人都有一部車，雖然，其實我家並不是很有錢。之所以會給每個人配一部車的原因，是因爲我們家的人太容易發生交通事故或意外災害。

我爸騎腳踏車到廟口下棋時，被賣菜的機車撞到，所以他要買台更大的，誓言討回這一撞，不過自從他買車之後，沒再見到過那個賣菜的阿婆。

我媽每天下午都會出門遛狗，我家的狗狗是隻純種的小馬爾濟斯，他們出門散步時被鄰居的秋田狗追過好幾次，所以她現在都開車去遛狗，狗的散步空間，從巷口到巷尾，變成從車後座的左邊到右邊。

我哥趕著出國的那一天，搭乘的火車在平交道撞上了大貨車，結果害他錯過班機，與要註冊的外國大學研究所無緣，所以只能在新竹科學園區上班，他從此不再相信大眾運輸工具。

我開車的理由跟交通意外無關。我新買了 LV 皮包和手機的那個晚上，在學校附近被搶，當晚一共損失了兩萬五千零八十元，我沒有哭，不過我的信用卡在流眼淚。

所以，我爸給我們每個人買了一輛車，我的是白色的豐田 Tercel，暱稱叫「小白」。反正他不怕沒錢，只要台灣人還愛賭，我爸就永遠不會有失業的一天，是的，我爸爸是個六合彩的組頭。

我在我的說明檔上面填了這樣的句子，用來作爲紀念，紀念我那個很無聊的夢。

當然，網路不是我的全部，我還有很多要忙的事情，我還有一堆報告要交、要實習、要參加辯論社、還要定期幫同學的文學電子報寫詩。爲了我未來遠大的志向，我還要接觸各種奇怪的專業雜誌，我是護理系的學生，我的志向，是當個護士。

我拿石頭砸自己的腳
一顆很大很大很大的石頭
腳　很痛
痛的要死　迸出血痕
痛的連心都在顫抖了

可是臉上的表情還在微笑
假裝笑容十分美好
假裝痛著的是別人的腳
口氣要漫不在乎
語調要輕鬆自然

我不痛
我不痛

眞的不痛
一點也不
努力自我催眠
即使血流如注
即使心　在顫抖……
我·不痛
綠的天

我的暱稱與筆名都是「綠的天」，理由很簡單，我喜歡綠色。取一個這樣中性的名字，可以省去很多被搭訕的麻煩，尤其是當你一邊在苦苦思索著文章的下一句，卻忽然有人傳訊過來問你要不要一夜情時，你會氣得想砸電腦。

我會在 BBS 上面寫詩，也會把詩貼到同學的電子報，雖然這些詩並不像詩，大多數都只像感覺而已，而且我不是那種可以天外飛來一筆，也不是那種運筆如神的人。每一個字句，我都要經過非常嚴肅的思考，才能寫得出來，儘管，即使是這樣，文章也還未必是好文章。所以我在寫東西詩，必須保持絕對安靜，我會把房門關起來，把音樂關掉，只留下桌燈一盞，不過我喜歡開著電腦螢幕，而且連上線，因爲我在瞥眼到安靜的BBS畫面時，會特別有靈感。這純粹是個人癖好，就像有人喜歡一邊洗澡，一邊寫歌一樣。

十元硬幣，你掉落在地上的東西。
有價值，卻低廉。
十元硬幣，正面是你來了，背面是你走了。
不肯撿拾，
是我愛你的心，
棄如
蔽屣
……

我想在「蔽屣」後面多加一點什麼，因爲同學說，我的詩太短，浪費了她電子報的空間。她不懂，一字一珠璣的珍貴之處。我要轉頭看幾十次電腦螢幕，要搖多少次筆桿，要把多少枝筆摔到斷水，才能想到下一句。

電腦螢幕保持在大度山之戀的主選單上面，沒人找我，我也不認識任何人，這個時間，我認識的所有人都睡死了，現在是凌晨四點半。

當我第八次轉頭回去看螢幕時，有兩個字瞬間畫過我的腦海，雖然我尚且意識不清它們是什麼字，不過我已經有靈感了。水性筆在一剎那間停止搖晃，我咬了咬牙關，筆尖距離手記紙還有兩公分，我正要落下……

「嗶」地一聲清響，電腦喇叭裡面忽然發出這個聲音，腦海中模糊的兩個字猛然清晰過來，它們叫做……沒了。

「同學，妳的說明檔裡面有錯字喔！」傳訊的人是個陌生的ID。

bbx，一個暱稱叫做「長毛怪人」的傢伙，沒格調、沒創意、沒禮貌，而且打斷我思緒的人……

突然出現是你的風格，不管闖入的是電腦畫面，還是我的心。

02

bbx。長毛怪人，這傢伙是誰呀?!

我是淑女，我是淑女，我是淑女……我不斷提醒我自己，雖然，我真的很想罵人。

「不信妳再看一次妳的說明檔，寫得不錯，但是有錯字。」

你這是誇獎我還是諷刺我？看著桌上的詩，在我最詩意飽濃時中斷，我聽見了自己咬牙切齒的聲音。放下筆桿，重新檢查我的檔案。有錯字嗎？我檢查不出任何錯誤來。

「時間經過兩分鐘，妳還沒改……」

關你什麼事啦！

再看一次吧！我說服我自己。

「我已經抽完一根菸了，但錯字還是錯字，看來妳眞的不知道錯在哪裡。」

我在心裡面對他說：你最好能指出我的錯字來，不然，我不會放過你！

「再字應該改爲在字，細節很重要，妳不應該忽略它。」

「要不是再一瞬間懂了你的痛」要改爲「要不是在一瞬間懂了你的痛」。

我眞的錯了一個字，趕快把它改過來，這位「長毛怪人」還很好心，又傳訊來：「這是國中生常犯的錯誤，妳下次要注意唷！」

那張寫著詩稿的手記紙，已經被我揉爛了。

「同學，我不是國中生。」

「高中生犯這種錯誤更不應該。」

「我已經是技二的學生了，不好意思。」

「技二了還寫錯字喔，妳完蛋了妳。」

我拒絕跟一個無聊的人繼續糾纏下去，把訊息切掉，索性關機算了。

「小乖，要不要吃芭樂？」淑芬走進我的房間，她是我同學，新竹人。

「不要，心情很差。」

「怎樣，妳又江郎才盡了嗎？」

「被一個痞子打斷了。」我把那張已經揉爛的紙團拿給淑芬看，淑芬不寫作，不過她看了很多言情小說。

「這裡中斷也不錯呀，我覺得，味道剛剛好。」

「可是就是不甘願呀！」

「那痞子是誰？」淑芬問我。

「一個叫做長毛怪人的，誰認識他呀！」

我把剛才他糾正我錯字的事告訴淑芬，淑芬說：「不錯的搭訕方式喔！」

「搭妳個頭！」

她捧著芭樂，坐在我的床邊。「我覺得妳這樣寫作太辛苦了，一切都只發生在腦海裡面。」

「不然呢？」

「妳應該親身經歷，去談個兩場戀愛的。」

又想鼓吹我往火坑裡面跳呀！

「不要，我現在過得挺好。」我一口回絕了她。

一個人沒有什麼不好，我可以一個人開著車到台中市看電影，可以約幾個朋友一起去KTV唱到倒嗓，可以毫無顧忌地在新光三越逛一整天。

淑芬說，不不，這是錯的。「交個男朋友，看電影他會買票，會幫妳拿爆米花跟可樂；去好樂迪唱歌的時候，妳在唱，他可以去幫妳倒飲料、拿零食；去逛新光三越時，妳可以不只看看而已，可以叫他把信用卡拿出來。」

「是嗎？人家又不是欠妳的。」

「那叫做愛情呀，懂嗎？我可愛的小乖乖。」淑芬捧著我的臉，很親切地對我說。

愛？我一點也不覺得愛應該是這樣。愛一個人，除了付出金錢之外，更應該付出的是心力吧！可是淑芬說來說去，講得談戀愛好像只是找個金主或菲傭而已，況且，多個人就多個意見，我最討厭去跟人家協調什麼了，一個人，不是很自由嗎？

「小乖，長大點，妳不可以這麼任性的。」淑芬抱著我的枕頭，在臉上摩蹭著。「這種愛情的味道，妳早晚要嘗試的。」她做出很……很……唉……的表情。

淑芬跟我同年，不過她已經交過了一籮筐的男朋友，言情小說對她最大的幫助，就是讓她能夠很容易掌握男人的想法，而且，讓她培養了製造浪漫的能力。

「妳改好啦？孺子可教也。」才上線，那長毛怪人又傳訊來。

「謝謝喔。」

「妳的說明檔很有意思。」

「那只是夢裡面的情節。」

「我不是說引號內的內容，我指的是屁話那一段。」

我很想問他，你是來亂的是不是？

下了課之後，冒著大雨，我一路跑回來，早知道會下雨，今天就應該開車出去的。回到家裡，很習慣地就打開電腦，想放唱片來聽，卻不小心變成連線上網，正想脫掉這身濕衣服，bbx 就出現了。

「你很閒是不是？整天掛在線上找人聊天？」一邊換衣服，我一邊問他。

「笨蛋，這叫默契，我剛上來一分鐘而已。」

罵我笨蛋？「隨便你，不過我正在忙，沒空理你。」

他也很乖，居然就不再傳訊過來。換好衣服之後，我想去看看他的說明檔。

別看我，別問我，反正說了妳也不懂。
不懂就算了，我不怪妳。
因爲，那是妳的智商太低了……

這是哪門子的自我介紹呀？我很疑惑地，又很蠢地，自己送了訊息給他，想問問他的說明檔的意思。

「妳眞的很不聰明耶，都說叫妳別問了，妳還承認自己智商低。」

這是第一次，我想見一個網友，想見他，是因爲我想扁他。

我不高，只能號稱一五三公分。從小，就有一堆男生圍在我旁邊，笑我矮冬瓜，而且，通常都還是我哥帶頭的。我會一邊哭，一邊追著他們，追到之後，我會很想打人，可是又打不下手。最後我就會回家告訴媽媽，媽媽會幫我把我哥給逮回來，讓我好好揍他一頓。這個「長毛怪人」讓我想起那段悲慘的童年歲月。

「你讓我很想扁你，我眞的很笨嗎？」我不相信，我是才女，我是才女，我是才女……

「至少妳不聰明呀，妳喜歡閱讀嗎？」
「喜歡呀。」
「看過《傷心咖啡店之歌》嗎？」
「這本剛好沒看過。」

「張大春的作品呢？」

「誰呀？我不認識。」

「村上春樹呢？」

「聽過而已。」

「張國立？張系國？」

「……」

「妳看誰的作品最多？」

「藤子不二雄。」

「哈哈哈哈哈哈哈哈哈哈哈哈哈哈哈……」

我說我還看了很多吳淡如的、光禹的作品，他沒回答我，只是一直狂笑而已。

「有沒有聽過白先勇？陳映眞？」

「報紙上看過介紹。」

「台灣的出版社數不數得出五家？」

「包含漫畫的話就可以。」

「小姐，妳最熟悉的作家是誰？」

「席絹。」

「我想，妳還是回去多念兩年書再來吧！」

我眞的很無知嗎？

「不跟妳扯了，我要去大便。」

「站住！」

我生氣了喔！我是眞的生氣了喔！你對一個不相識的女孩這麼無禮，對我大肆侮辱一番之後，居然跟我說你要去大便?!太過分了！

「喂喂，你給我回來！」

訊息與希望一同落空，這個人已經走了。

像風一樣是你的習慣，可是，我這根風中的蘆草，你注意到了嗎？

03

長毛怪人。一個長成什麼樣子的人，會叫做長毛怪人？我想到的是歷史課本裡面，古文明中的那些人類，駝著背，很高壯，而且手裡拿著狼牙棒。他們會去捕捉野獸，茹毛飲血，直到有一天，不小心學會用火……總之絕對不是會去看村上春樹的那種樣子。

東海的學風很自由，所以怪人也一大堆。以前去看過他們學校的社團成果展，結果看見一堆打扮得怪里怪氣的人，這個什麼長毛怪人，大概就是那種的。

我想他幹嘛呢？奇怪了。

六月的星空，明亮，而略熱。明天第三節的護理學要小考，我連一個字都沒念，淑芬卻過來敲門，約著說要去夜遊。

「跟環工系的男生一起去，要不要？」

「不要。」

「開車去大甲喔，不要嗎？」

「三更半夜去大甲幹嘛？我不去，妳去吧！」

淑芬走過來，闔上了我的筆記本。

「出去看看外面的世界，尊重一下妳的青春吧！」她用很成熟嫵媚的笑容看著我，我則是一臉呆相地回應著她。

我不喜歡夜遊，因爲什麼都看不到，更不喜歡跟陌生人去夜遊，因爲不但看不到風景，還得面對一些無聊的寒暄。我的身高體重，我的興趣嗜好，我的家庭背景，你要不要順便問我的牙醫紀錄呀？拜託！

看著車窗外的一片漆黑，我不停責怪自己的意志不堅，心裡想，如果我乖乖在家裡，這當下護理學應該已經看完一半了。

車裡，淑芬很開心地與他們聊著天，她的護理學成績向來比我爛，不過卻一點也不擔心。有些人就有這種本事，眞能泰山崩於前而面不改色，而我肯定我沒有這種能力。

男孩們都很優雅，只是因爲陌生，問的問題老是不著邊際，我安靜地看著車窗外的黑暗，納悶著自己跟來的意義。

到了大甲，我只有在7-11下車過一次，而且是去買養樂多。站在店門口，喝著養樂多時，我有一種難得的滿足感。這個有點無聊的晚上，至少我做了一件讓我自己開心的事情，這件事情，花我不到十塊錢。

環工系裡面有個狂追著淑芬的男孩，淑芬跟他們很熟，所以聊得很開心，她很努力想把我介紹給她的朋友們，不過，我眞的沒興趣。這幾個男孩子都長得白白淨淨的，很秀氣、很斯文，當然也就難免有點沉靜，我喜歡會說笑的人，如果要降低一點水平，會搞笑也可以，千萬不要那種太安靜的，我會受不了的。所以夜遊結束時，我連電話都沒留。

「妳怎麼好像很不高興呀？」回家之後，淑芬問我。

「不是不高興，是因爲我不知道要說什麼好。」

「就聊天嘛！」

「說是聊天，盡問些身高體重，不然就是大眼瞪小眼，多無趣呀！」

「才剛認識，不然妳希望人家跟妳聊什麼？」

其實我也不知道，只是覺得，就是不喜歡那樣的男孩子吧。

「今天妳比較晚上來喔。」

噢，又遇到他了，長毛怪人。

「跟妳說的作者，去書局找來看了沒？」

「沒空。」

「要記得去找喔！對妳會很有幫助的。」

「有空再說。」

「妳脾氣眞的很不好喔！好冷淡的口氣哪。」

我的筆每次提起來，在距離紙張不到兩公分的地方，正要落下的時候，他就會傳個訊息過來。

「先生，我一向很忙，又一向沒空，我現在也很忙，我沒空跟你說話。」

「那不吵妳，先給妳安靜一下。」

眞是謝天謝地。

可是當我可以安靜地寫作時，我卻又寫不出來了，這是怎麼回事呢？我把桌燈拉高，讓光線可以照得寬一點，回頭看看電腦螢幕，那最後一個訊息。

「那不吵妳，先給妳安靜一下。」

「那不吵妳，先給妳安靜一下。」

……唉，我投降。

「你是學生嗎？這麼晚不睡覺的。」

「我是夜間部的，我剛回來。妳忙完啦？」

「放棄了。」

「妳忙什麼？」

「寫詩。」

「寫詩?! 妳行嗎？」

瞧不起我是吧！

「我不問妳，當月落下時的聲音，我不問妳，當黎明初起的聲音。」

「朝露在蟬鳴時清醒，於鶯啼中死去……」

「知不知道誰寫的？」

我對著螢幕搖搖頭，他也好像看見了我的答案。

「我寫的。」

不會吧？對於這個怪人，我開始感到好奇。

「你不像是會寫詩的人。」

「我不像我的地方有很多，多到我都懷疑我自己是不是我。」

什麼意思？他告訴我，他常常在半夜裡睡不著，因爲他找不到平衡點。他討厭這個世界，又喜歡這個世界。討厭世界的紛爭，討厭世界的華麗。又喜歡世界的風波，讓他可以證明他自己。

「你要證明什麼？」

「證明我活過。」他說，他想知道自己有沒有一種所謂的才華在身上。「因爲世人的眼光，不是我的眼光。妳以爲的成就，不是我以爲的成就。」

他想用力燒完他自己，燒到一點也不剩。

「然後呢？」

「然後我會把我覺得最好的小說寫出來。寫完後，把這輩子所有認識的人找來。」

「找來幹嘛？」

「開一場個人演唱會，唱這輩子所有我寫過的歌。」他說，幹完這些事情之後，他就會跑到新光三越頂樓去，「砰的一聲，把自己摔成肉泥，一了百了。」

瘋子，我可以確定，他是個瘋子，難怪要叫做怪人了。

「那長毛的意思是什麼？」

「我留長髮，好提醒我自己。不要在人潮之中，被一眼淹沒，什麼都不剩。」

嗯。以我不大專業的護理眼光來看，你需要的是一個精神科醫生，或者長期的心理治療。

「既然你有這麼偉大的志向，那你應該很忙才對。」

「我沒說我很閒。」

「那你還有時間上網來找人聊天？」

「我想看看那些我一輩子也不會認識的人，他們腦袋裡在想什麼。」

「看到了嗎？」

「沒有。」

「爲什麼？」

「因爲妳很忙，而且態度冷淡，所以我什麼也沒看見。」

怪起我來了。

我說，好，我讓你看看，你到底想看什麼？

「妳喜不喜歡吃味噌湯？」

「味噌湯跟我腦袋裡在想什麼有關係嗎？」

這是什麼問題呀?!

「個人喜好，我喜歡吃味噌湯。」

「我不討厭。」

「妳看不看電影？」

「我很愛看電影。」

「妳跟不跟別人一起看電影?」

「一般來說不會,我喜歡自己看電影。」

「妳睡覺會不會打呼?」

「我不知道,我從來沒別人一起睡過覺。」

「嗯嗯,問完了。」

我很懷疑從這樣無聊的對答裡面,他能了解我多少,不過我更懷疑,對於他腦袋裡的東西。說得那麼好聽,你想看看那些你不認識的人腦袋裡在想什麼,可是你自己呢?我覺得長毛的腦袋應該才是最值得研究的。

沉默了一分鐘之後,淑芬又過來了,她穿著很可愛的小叮噹睡衣。我忽然心念一動,換我給了他一個問題:「你問了很多問題,現在我也想要問一個。」

「喔?好呀,給妳問。」

「你……喜歡小叮噹嗎?」

「我現在坐在小叮噹造型椅子上,手上握的是小叮噹造型的滑鼠,滑鼠下面是小叮噹圖案的滑鼠墊,今天天氣很熱,我只穿一件小叮噹內褲而已。」

「這種人妳跟他也能聊得下去喔?」淑芬咬著蘋果,很不可思議地看著我。

「妳不覺得這個人很有趣嗎?」我笑著說。

「我覺得他很變態。」淑芬叫我讓開一下,她坐在電腦前面,送了個訊息給長毛怪人。

「你穿什麼內褲關我何事?」

「我只是回答妳的問題。」

「我不是小乖，我是她朋友，看不下去，所以出來插嘴。」

「那麻煩妳退下去一邊站好，朕沒宣妳上殿來。」

淑芬嘴裡叼著蘋果核，當場傻在那裡。我突然笑了出來，很大聲，很大聲地笑出來……

報名！你的終結演唱會那天，我要當你唯一的特別來賓！

04

我開始對這個人有點興趣了。隔天中午我又上線，他不在，他是晝伏夜出的那種人。查詢一下關於 bbx 這個人，上站七百六十三次，發表過三百五十五篇文章，好可怕的人。如果說一天上站一次，表示他已經在這裡大約兩年之久，平均每上來兩次，他就會發一篇文章。

我想去看看他的作品在哪裡。笑話板，沒有，我一直覺得他是很適合說笑話的那種人，因爲他本身就是一個笑話。心情板，也沒有，我也以爲他會是有很多心情要說給大家聽的人，因爲大概平常沒人會想聽。小說板呢？又沒有，看小說的人未必寫小說吧！我這樣猜。最後，我在詩詞板找到他的作品了，全部都是詩，還有一堆歌詞。

沒想到這個人寫的詩詞還眞多哪！我很納悶地隨便點選一篇來看。

我們都不是沙場上的鬼雄　亦不能是豪傑
一縷亡魂　惟足堪配與草木同朽
從來　張得見春曉的　曙光的
唯有坐鎮揮麾的翎羽而已

如果你將一坏黃土細塵打指縫間滑落
將不見我馳騁的丰姿
刺刀斜曳的樟樹枝椏邊
我與草木　同沾雨露

這是在寫啥呀？看不懂。

飄離的蒲公英種子　　能不能越過海洋　到不熟悉的地方
除非是強烈的逆時針運轉
低氣壓形成的暴風　　才能將細胞落在遙遠的島嶼上
我要走了　不知道歸期　　我要走了　卻不知道歸期
海邊幼小的招潮蟹　橫著腳步

它也猶豫著　是否能漫遊重洋到那一方
或許只能依賴高高的浮雲　　降落它的水氣順著風流動
才能讓感覺蔓延到未知的島嶼上
我要走了　不知道歸期　　我要走了　卻不知道歸期

你會不會思念著我　如果不是那麼忙碌的時候　　多想我一些
當蒲公英又再盛開的季節　我將歸來　　跨越暴風圈的逆時針方向　我將歸來
你會不會想念著我　如果不是那麼疲倦的時候　　多想我一些
當招潮蟹終於又爬過了沙灘　我將歸來　　當浮雲再度滑降著細細雨絲　我將歸來

結尾總是這樣難寫　　過程總是如此折煞了人
過程總是煎熬得很　　結尾總是這樣難以妥善交代
我要走了　我將歸來　　我能告訴你的　祇有這樣而已
而打我整理起行囊離去　到我終於歷盡風塵歸來
我都愛你
我能對你做的　只有這保證而已　　愛你

雖然我不知道招潮蟹、蒲公英，和他愛的那個人有什麼關係，不過，這篇我比較看得懂，也比較能夠感動。只是，當要將這樣的詩文的作者，與那個說要去「大便」的怪人聯想在一起時，老是有一點搆不上邊……

「小乖。」

淑芬跟我上一樣的課，我們同科系，選的課也一樣，所以，大部分我在宿舍的時候，就會有她。不過有她的時候卻未必有我，因爲我們除了窩在宿舍裡面聊天、吃水果之外，她還有很繁忙的社交活動，我還要忙著寫作跟睡覺。

「晚上吉他社辦活動，期末成果展，去不去？」

「不去，沒空去。」

「可是有很多有才華的男生耶！妳不是欣賞有才華的人嗎？」

「除了才華之外，還要有點憂鬱的特質。能收能放，在幽默與憂鬱之間來去自如，能用眼神放電。最好不要太多話，最好是能夠很孤傲，而且要意志堅定。」我解釋給她聽。

「喔，這種的吉他社大概沒有。」她突然大叫一聲。「啊，我知道哪裡有，而且有一堆。」

「哪裡？」

「我書架上。」

「什麼？」

「禾林小說系列裡面就有一大堆。」

淑芬說我要的太夢幻了，這種人現實中不會出現，就算出現，他也一定是個怪胎。

是嗎？我沒有特別指定的條件，因爲我知道我並不是絕世美女，不過人總要有點堅持。就算找不到，我也不想屈就，跑去吉他社，看那些小男生耍猴戲，與其濫竽充數，還不如窩在床上睡覺。

結果，這一睡睡到了半夜四點半。睜開眼睛的時候，手機上面顯示著八通未接來電。

我有睡得這麼死嗎？

電話是淑芬打來的，還有留言。她說今晚不回來了，他們要連夜飆到阿里山看日出，還說看不到日出絕不回來！

眞是瘋了……

傍晚就睡覺的結果，是我現在卡在半夜，睡也不是，起來也不是，打開了房間的燈，或許，靜夜深思，正是動筆的好時候。

我的你，你在哪裡？遙遠天際間，無聲，無影……

不對，好像少了點什麼，我喝了半瓶番茄汁，想起來，忘了開電腦了。上線之後，大度山非常安靜。我又繼續寫。

喚不到你的蹤跡，你的雪印鴻泥……

不對，還是覺得少了點什麼，我回頭看看電腦螢幕，跳入聊天選單之中，我發現我少了什麼了。bbx 今天沒有上線，那個長毛怪人，今天沒來。

放入CD，溫嵐開始唱歌。放棄了番茄汁，我泡了一杯咖啡，只留下一盞桌燈，包著小棉被，窩在電腦前面，房間裡面瀰漫著一股芳香的氣味，那是檸檬口味的去味大師的效果。一切是如此的溫暖，在溫暖中，又帶點欠缺的感覺。欠缺的是一個說話的人。

一個在我說不出話來的時候，還能繼續說下去的人，他今天沒來，而我竟然爲了他今天沒來，稍稍地感到失落著……

第二天，病理學小考，我差點睡過頭。全班同學考到一半，看見我神色倉皇、急急忙忙衝進教室，教授對我說：「同學，不要急，下次妳可以先換雙鞋再趕來，我會等妳的。」

低頭一看，我穿的是一雙十元，浴室裡的拖鞋。

而那一晚，他又沒來，大度山上，我依然獨自靜默，那首詩也還是沒寫完，停留在「雪印鴻泥」的片段。在房間裡面踱來踱去，搔首擺頭，就是找不出一點靈感來，於是我又熬到天快亮才朦朧入睡。

所以，第三天的內外科我又遲到了，愛講故事的教授對我說：「小姐，妳可以不給我面子，但是一定要給史懷哲面子，好嗎？」

回到宿舍，我把包包重重摔在床上，立刻上線，我要跟那個長毛怪人說，都是你害的！

都是你害的，你死到哪裡去了?!我連續兩天上課都遲到，都是你害的！

心情超爛的，一想到你的白爛，心情就更壞。好想找個人來罵罵……

第一次寫信給你，就是想罵你！哼！

雖然我也不知道我在想什麼，不過，我還是把信寄給他了。

寫完信之後，心情好像得到一點抒發，淑芬過來找我，約著一起逛逢甲夜市。

嗯……在怨念得到適度的發洩之後，是應該做點什麼來補償自己的。

所以，我們開著我的小白，一路殺到逢甲，她買了衣服鞋子，我買了小說帽子。

「居然有人來逛逢甲是爲了買書，妳這樣很怪耶。」

「不然呢？我衣服已經很多了呀！」

「女爲悅己者容呀！」

「又沒人悅我。」

「是妳不讓人家來悅妳，不是沒人要悅妳。」她從皮夾裡面拿出一封信來交給我。

「這是上次去夜遊的時候，跟妳聊天那個環工系的男生要給妳的。」

哪個呀？在車上一片暗，到了大甲也是一片暗，我根本不記得他們的臉，更不記得誰跟我聊過天。淑芬說，反正每個都很帥，叫我別擔心。

「人家對妳很有意思，妳就給人家一個機會吧。」

叫我給我不記得長相的人機會？這個要求會不會太離譜了一點？

回家的路上，我讓淑芬開車，自己拆開了那封信，信上說得很簡單，對我很有興趣，對我的文采也很有興趣。淑芬有給他我們電子報的訂閱方式，所以他也訂了，也看了我好幾篇短詩，希望能夠跟我做更進一步的朋友，信的最後，他寫著：

時間是條河流，妳是清澈的溪，我是飄逸的川，在無意的眼神交會之間，盼望合流。

很有詩意，可是我很沒興趣。

「不錯吧？我本來叫他附照片，不過他說他會不好意思。」

「叫他把他的身高體重、血型星座、牙醫紀錄、財產證明都拿來吧！」我把信摺好，塞進車子的置物箱裡面。「這樣我會考慮一下的。」

05

女人都喜歡有人悅，但是，也要我甘願讓你悅才行。

很快地，長毛怪人回信了。

妳是不是瘋啦？說得好像妳有一肚子大便一樣似的……

剛好，我今天一大早就拉肚子，拉到已經過了半夜十二點還沒有要停的意思。今晚，淋著雨到台中市去上電腦課，發現今天課表沒有排課。下樓要去吃碗麵，眼鏡鏡框居然忽然自動斷掉，於是我在台中市痴痴地等著學弟開車從沙鹿來救我。妳說，我比妳的情況好多少呢？眞的，眞的是一肚子大便呀！

乖，不要哭，長毛在這裡，我不喜歡女孩子哭的樣子，因爲我很心疼我認識的每一個女孩子。即使只是網友，我也希望妳總是快快樂樂的。有什麼不高興的事情，笑一笑……眞是很倒楣的事情，就認命想開一點，妳要相信有來生。

乖乖，長毛疼妳，還給妳香一個*0*。

去吃碗冰吧，妳的腦袋會冷靜一點。我兩天沒上來，因爲我的電話線被剪了，沒繳錢，這是常有的事，每個月都會來一次，所以給妳我的手機號碼，有問題、要哀嚎的時候可以打給我。

〇九二〇九二×××

再香一個*0*，反正這種便宜不撈白不撈。

長毛　百無聊賴中

我不知道，眞的不知道，這是不是淑芬說的一種高明的搭訕手法？他沒說什麼，也沒做什麼，卻讓我開始對他有興趣，然後，忽然這樣給了我他的電話。

據我所知，都是男生在網路上去跟女孩子要電話的，他卻是給我他的號碼，要我自己打過去，這樣他不會因爲要不到電話而沒面子，而且，電話費也不用他付……眞是聰明。

雖然不大會用手機的電話簿功能，不過因爲我懶得去找筆跟紙，於是抓起鍵盤旁邊的手機，我試著把電話記在手機裡面，接著又把信看了一次。

「妳有亂視或青光眼嗎？」

「什麼？」

「不然一封信妳要看多久呀？」

「你在信裡面這樣佔我便宜，我還沒原諒你耶。」

「大不了讓妳香回來而已，我不介意的。」

「去死吧你。」

「眞是沒禮貌哪！」

懶得跟他多扯這種怪問題，我問他關於寫作的事。他說他是中文系的學生，不過他也不是東海的，他念靜宜中文系。靜宜大學也在中港路上，就在我們弘光隔壁而已。我建議他把他那些寫得不錯的詩拿出去發表，他說不要。

「與其把金玉珠寶拿出去給一堆庸才當成狗屎，我寧願把它們放在網路上，有眼光的人自然會看到。」

他還說其實他放上去的那些東西不叫詩詞，只是他吠出來的心情而已。

嘿，你很臭屁喔！

「十個讀詩的人裡面有八個假內行，一個是瞎子。」

「那最後一個呢？」

「最後一個很忙，只能瀏覽。所以妳把詩發表了也沒用，我不想幹這種事。」

居然有這種人，害我都不好意思跟他說我在電子報上面發表詩作了，他一定會笑我無聊的。

這是第一次，我用比較平靜的語氣跟長毛說話。不知道爲什麼，我忽然發現，這兩天來焦急與盲目的情緒不見了，在他剛才傳給我第一個訊息之後，忽然不見了。

他說他喜歡自己跟自己說話，會把照片收在電鍋裡面，也會把電話放在冰箱之中，他會把他養的貓抓起來表演後空翻，會讓牠耍特技。不過大部分沒事幹的時候，他會騎著機車在路上逛來逛去，讓自己像個斷線的風箏一樣。

然後，他問我我平常都在幹什麼。我說我喜歡寫詩，雖然詩不像詩；我喜歡看電影，會一個人開車去台中看電影，不過更多的時候，我喜歡躺在被窩裡面睡覺。

「那改天一起去看場電影吧！各付各的，零食自己買。」

「好呀，這樣比較輕鬆自由。」

這不算是邀約，我也不算是答應他的邀約，不過，這是我第一次想見見網友，見見這個怪怪的網友。

不過在我見到那個長毛怪人之前，我卻先見到那個環工系的男孩了。他很高，很俊俏，頭髮也長長的，有明亮的雙眼與白淨的牙齒、清晰的臉龐，很像漫畫灌籃高手裡面的流川楓，而且略帶點憂鬱，還有一點安靜的優雅。完全不像上次去夜遊時，那種暗濛濛的感覺。

「上次道別前，我說過，我們一定會再見面。」

有嗎？喔喔，我不記得耶。「嗯嗯，我知道，所以，我們又見面了。」

該死的淑芬，居然出賣我。

我喜歡在中午的時候，一個人坐在校園角落吃飯，雖然偶而會有野狗過來打擾，不過，其實感覺很悠閒，這裡只有淑芬知道，他會到這裡來堵我，當然是她說出去的。

「我想，妳一定會忘記我的名字的。」

他走到我的身邊，蹲了下來。我是直接坐在草地上，他可不行，他穿著的是一件很白的褲子。

「我叫葉雨庭，環工系二年級，目前在做酸雨的專題研究。」

酸雨？剛好跟名字有關係耶，天注定你要走這一行了。他問我期末考準備得如何，我說大致還好。酸雨說他最拿手的是英文，如果這方面有需要，要我儘管開口，我很禮貌地道謝，還問他要不要一起吃三明治。他微笑地搖搖頭，頭髮在他前額很輕盈地晃著，他遞給我一張紙條，在我打開紙條時，他說他跟同學要到實驗室去趕實驗進度，向我道別。

我沒有華麗的文采，只能對妳解釋水質污染的可能性與嚴重性。台灣目前大部分的河川都已經遭到人爲污染，除了屬於我的川，還有妳的河，我想還算清靜之外，其他的我已經不看好未來與前途了。想認識妳，更接近妳，研究屬於夜空中，最閃亮的星河，究竟有多麼迷人。暑假快到了，我會一直留在台中，妳呢？人家說，夏夜星空最美，可以清楚看見銀河。我不知道眞的假的，妳會讓我看見嗎，我的銀河？

這樣叫做沒有華麗的文采啦！那我還要不要混啊？我不知道我有沒有他以爲的那麼美好。我的房間裡面有個臉盆，裝著三天來的髒衣服；球鞋已經髒了，我在等它更髒，好準備換雙新的。從他那一身白褲子，可以感覺出他很愛乾淨，甚至可能有潔癖。而我呢？身上這件當睡衣穿的T恤已經一個禮拜沒換過了，他到底是看上我哪一點呀？淑芬叫我別想太多，這個世界本來就很沒道理，我也這樣認爲。

晚上上線時，我問長毛：「你會每天洗衣服嗎？」

「不會，我一星期洗一次，這樣比較過癮。」

「你會很喜歡做家事嗎？」

「會，等我看它亂到一個程度時，我就會開始收。」
「那如果你旁邊的人比你先看不下去呢？」
「那誰看不下去誰倒楣，自己去收。」
「你介意女生很迷糊嗎？」
「不介意，世界不必看那麼清楚，記得腦袋放哪裡就可以了。」
「你喜歡穿白褲子嗎？」
「不喜歡，因為刷不乾淨。」
「你覺得這個世界很沒道理嗎？」
「我覺得妳很沒道理。」
「我？」
「妳又沒要嫁給我，問我那麼多幹嘛?!」
啊？臭長毛！問問會死喔！

最後一個問題，如果我穿白褲子，髒了你會幫我洗嗎？

06

七月的時候會不會跟酸雨去看銀河，我不知道，不過從高速公路一路開回台中的我，現在很想看電影，隨便什麼電影都好，反正，我想出去走走就對了。

我哥在新竹交了女朋友，瞞著我媽不敢說，還要我去幫他鑑定。這種事情找我，無異就是送死。那個女孩會刺繡、插花、跳土風舞，還會燒一手好菜，這些我都沒興趣。那個女孩只看儂儂雜誌，不寫東西，認識的作家比我還少。我跟我哥說，我反對，因為我跟她沒話聊。

在路上，我決定打一通電話，一個我從來沒撥過的號碼。

我沒有設定手機電話簿的習慣，通常我會帶著手記本，上面記載著所有親朋好友的電話與電子信箱。這個電話，是我唯一一個記在手機裡面的，因為，我以為我永遠也學不會使用手機電話簿功能，所以我永遠也不會打。

不過反正在塞車，我可以趁現在研究一下手機，順便，拿他的電話當實驗品。

電話響過了第八聲，沒有人接。車陣還是動也不動，塞在荒郊野外，我連這裡是哪裡都不知道。

我又撥了一次，響到第七聲時，電話通了。

「喂，講話。」

「嗯……」

「快點啦，我在大便啦！」

真是沒禮貌的傢伙！我氣得馬上掛了電話，把手機摔到副駕駛座上去。

車子往前動了大約五公尺，全部又亮起煞車燈，前面不知道究竟發生了什麼事，我只能看見一片車潮，固定不動的車潮。

看著丟在副駕駛座上的電話，我看了又看，安靜的手機像是具有神祕的吸引力一般，不斷勾引著我的手與我的思緒。

「喂？」

「喂。」

「幹嘛？」

「沒有，問你好不好而已。」

「很好，沒事，有點拉肚子。」

你一定要一再強調你人在馬桶上面嗎？尤其是對一個陌生的女孩子，這很不禮貌耶！

「我在高速公路上面塞車耶。」

「喔，我這邊正在飆耶，妳聽見聲音了嗎？很激烈說。」

噢……眞後悔打這通電話。

「你什麼時候放暑假？」

「快了，現在在期末考了。」

「考得怎樣？」

「普通，很閒，反正也不過就那樣而已。」

「那，有時間去看場電影嗎？」

「什麼？」

「我問你要不要去看電影？」

他那邊收訊忽然變差了，我說什麼他都聽不到的樣子，反倒是我這邊，聽到他開始在自言自語：「喂喂喂喂……妳聽得見嗎？唷呼……我在廁所裡面，收訊非常差，不過我不想沾著大便跑出去講電話，所以我慢慢說，妳就忍耐著慢慢聽。我今天中午醒過來肚子就很痛，大概是昨天晚上的永和豆漿有問題。我覺得我很聰明，可是我眼睛不好，所以看不見豆漿裡面的細菌。我快大完便了，很高興妳在這個時間打電話來陪我消磨時間。我個人認爲大便時最適合的伴侶是三國演義，而不是中國時報。而且我也認爲……」

我拿著話筒，已經不知道該說什麼好了。不久，我隱隱聽見抽水馬桶沖水的聲音。

「喂喂喂……聽得到嗎？」

「你大完啦？」我出聲問他。

「大完了。」

「我只想問你一件事。」我左手抓著方向盤，右手拿著手機，看著很沒前途的交通狀況。「你到底知不知道我是誰？」

電話那一頭他笑了，笑得很開心，還發出「咯咯咯咯」的怪笑聲。「廢話，我當然……不知道。」

我發誓，我已經很多年沒講過這句話了，今天是我第一次破戒：「媽的……」

所以我們還是沒去看電影。我只跟他說，那就算了，改天再聊，然後直接掛了電話。

我是氣質美女，我是氣質美女，我是氣質美女，我是……儘管我不斷地在我心裡面這樣提醒我自己，不過我還是聽見我嘴巴裡面說出來的：「媽的……」

回到家之後，我決定把長毛的電話從手機裡面刪除，並且對天設誓，絕不再找他去看電影。我把長毛的電話紀錄在一張小小的便條紙上，然後塞進我書桌抽屜的最裡面去。

我想約去看電影的人竟然是那個樣子，完全不管我是誰，只會告訴我他認爲最理想的廁所讀物是哪一本。

那麼想約我去看電影的人呢？

他現在就站在我的面前。

教室裡面一堆人往這邊看過來，看著比我高出一個頭的酸雨，他很靦腆地站在我面前，對我說：「星期五晚上，趁著考完試，不知道妳有沒有空？」

我怔怔地看著他，完全不知道該怎麼回應。

酸雨的手交握在小腹前，拇指指甲還輕輕摳著食指指腹，我感覺得出他很緊張，事實上，我也沒好到哪裡去。

酸雨是環工系的籃球隊員。環工系的籃球隊相當有名，可以跟校隊打成平手，酸雨還是他們環工系球隊的得分王。當然，這些都是淑芬說的。我號稱一五三公分，籃球是一種我絕對不會去碰的運動。

我們班上很多人都知道酸雨，幾十個人的眼光盯著我們看。我不敢轉過身去面對背後的他們，可是，我也不知道應該怎麼面對眼前的他。

「或許是我太心急了，我知道。」他用鞋尖蹭蹭地板，說：「我只是想更認識妳，希望妳不要介意。」

我聽見自己比蚊子還小的聲音說：「不會。」

「那星期五晚上，妳……」

「我不確定那天晚上要不要回家，所以……」

「沒關係，沒關係，妳考慮好了再告訴我。」

然後他拿出一張名片給我，上面寫的是：「環工系學會公關組長」，還附有電子信箱跟聯絡電話。

看著他的背影消失在長廊的盡頭，我忽然有種罪惡感，很莫名的罪惡感。同學們議論紛紛，只有淑芬對我微笑不語。

「怎麼辦？」

「去呀！妳知不知道有多少人羨慕妳？」

「是嗎？那讓給她們好了。」

淑芬搓搓我的腦袋，叫我笑一個。笑一個？我怎麼笑得出來。

鏡子裡面的我，臉有點圓，雙眼皮因爲睡眠不足，所以有點浮腫，揮揮手，沒有耀眼的光芒；轉個身看看，我背上也沒有小天使的翅膀，那我到底哪裡吸引他了？居然可以讓他這樣跑到教室外面來找我，就只爲了約我星期五晚上去看電影。

「我想不到任何一個會讓他想約我去看電影的理由。」

「就跟我手上這顆芭樂一樣，我想不到任何吃它的理由。」淑芬晃晃手上那被她啃掉一半的芭樂，說：「很多事情是沒有道理的。」

「難道妳叫我接受嗎？接受一個很沒道理的邀約？」

「妳只是去看電影，不是去獻身，更不是叫妳嫁給他。」

「我該答應嗎？」

「妳討厭他嗎？」

我搖頭。

「那就可以考慮接受他了。」淑芬說：「反正妳沒有別的選擇，這個也不太差，不是嗎？」

沒有更好的選擇，現有的又不太差時，就應該接受他嗎？事情如果都能那麼簡單被處理，這世界就不需要心理醫生了吧？更何況，我未必是眞的沒有別的選擇。是不是更好的我不知道，不過，至少我不是被選擇的，我是可以主動的。

等到午夜十二點半，我問長毛這個問題：「你吃芭樂會需要理由嗎？」

「會，我吃芭樂絕對是有理由的。」

原來這個世界上，眞的有人是有理由的吃芭樂的，我覺得相當興奮，終於找到可以支持我論點的人了。

「是嗎，你可不可以告訴我，你吃芭樂的理由？」

「很簡單，芭樂有籽籽，把籽籽吃下去，可以防止便秘。」

雖然我看不見他的臉，可是我已經可以想像他愚蠢的表情了。

「當我意識到我快要便秘時，我就開始狂吃芭樂。」

嗯嗯……嗯嗯……嗯嗯……我不知道我除了「嗯嗯」之外，還可以說什麼。

妳贏了，淑芬；你贏了，長毛。

不是每顆芭樂我都吃，那還要看是誰給的。

07

距離星期五之約，還有五天，每天我都遲到，每個教授看我的表情都愈來愈難看，因爲我遲到得愈來愈嚴重。

長毛總是有說不完的話，他會告訴我很多詩人，很多詩風，然後會舉例說明。

我白天上了整天的護理課之後，晚上還要上新詩習作，只不過，他的說明裡面，大部分都是瞎掰的。

比方說，他會告訴我，席慕蓉的詩裡面，經常以男性觀點去看待女性的愛情，以男性的立場去描寫女性的表現，這是一種很簡單的方式，就像男畫家最會畫男生，男小說家最會寫男生一樣。

「從你的論點可以得知結果，所以席慕蓉是男生囉？」

「關於這一點，妳應該親自去向席慕蓉求證。」

「爲什麼？」

「因爲我也不知道，我只是瞎猜的。」

後來他去翻詩集，看到封面上席慕蓉的照片，這才確定席慕蓉是女的。

他會這樣隨便瞎說很多千奇百怪的故事。從瑜亮的心理情結，到養貓的小百科；從中港路設置慢車道的理由，到黑格爾的極限說。可是當我問起他自己的事情時，他又老是在迴避著，只對我說些很表象、很簡單的東西。

「我喔，兩條手臂一張嘴，沒有什麼好知道的。」他總是這樣說。

花了一個星期，我只知道他比我大兩歲，重考過一年，家住南投埔里，這樣而已。

長毛習慣把世界分成兩部分，一種是事情，一種是心情。所有一切理應可以解釋的叫做事情，不過這得看他自己願不願意解釋；而他不願意解釋的或者根本解釋不出來的則叫做心情。大抵而言，我認識的他，都是事情或事實上面的他，心情部分簡直少得可憐。

而他就眞如他所說，很認眞地想了解我的想法，雖然我其實是個沒多少想法的人。到最後，他唯一對我印象深刻的，是我「小乖」的綽號。

「誰取的？這個人有創意。」

「創意？」

「完全顚覆現實，當然是創意的極致表現。」

我是淑女，我是淑女，我是淑女，我是……媽的……

淑芬來問我何時要給酸雨答覆，我說我不知道，今天已經是星期四晚上了。

「要嘛就乾脆一點拒絕，要嘛妳就眞的給他個機會吧！」

乾脆地拒絕與乾脆地答應，對我來說都是很難乾脆的事情。淑芬今天沒吃芭樂，她躺在我床上，臉上貼著一層面膜，只能微微張口跟我說話。

我要答應酸雨嗎？我能拒絕得了嗎？拿起他給我的名片，我對著一串電話號碼發呆。

「葉同學嗎？」

「小乖？」

「嗯，是我。」

叫他「葉同學」還眞是不習慣，我跟淑芬私底下都叫他酸雨，叫久了反而還順口點。

「妳可以叫我名字就好。」

叫你名字？那不更怪嗎？

電話中的他笑了笑。「或者妳也可以叫我酸雨，這是淑芬說的。」

死淑芬，妳又出賣我了，我瞄了瞄那個貼著面膜，已經睡死的女人。

星期五的約定，我很客氣地拒絕了，理由是我要趕回家，而我家住員林，不過暑假我不會回我老家，這次只是因爲太久沒回去，要讓家人看一下而已，過幾天就回來。

酸雨也很客氣，一直說沒關係。或許，他也早已猜想到我的答案了吧？所以一直沒再來教室找過我，要等我自己把這答案說出口。

掛掉電話後，我把淑芬挖起來，叫她撕下面膜，跟她說了我的處理方式。

「妳要回家？」

淑芬用很懷疑的眼光看我，在她面前，我很難假裝什麼，只能心虛地點點頭。

「小乖乖，妳眞的是要回家嗎？」

我發覺我頭的擺動，已經從上下垂直九十度，變成斜六十度。

「妳那麼乖唷，我好感動唷，妳眞的要回家唷！」

我的頭從斜角擺動，逐漸變成四十五度，然後變成水平搖晃了。

「那妳幹嘛拒絕他？」

「我眞的不知道我跟他要講什麼啦？」

「不熟可以熟嘛！」

「又不是下鍋煮玉米，煮得熟喔？」

「給他機會嘛！」

「妳幹嘛不自己去給他機會？」

「噢……」淑芬很想掐死我，她的表情清楚地傳遞出這個訊息。

「妳幹嘛一直鼓吹我跟他出去？」我忽然覺得有一點不對勁了。

「嗯……」

「謝淑芬……」

「嗯……」

「告訴我，我請妳吃芭樂。」

一顆芭樂可以換一個祕密，這是多麼划算的交易呀！淑芬喜歡酸雨的死黨，就是那個也一直在追她的男孩。所以，如果我星期五跟酸雨出去，基於我跟她是好朋友的立場，她就有理由跟，因爲她要跟，酸雨就得找他死黨一起出來，才能湊成兩對。

原來是私心作祟。

聽完理由後，氣得我差點把整顆泰國芭樂塞進她嘴裡去。

芭樂戰爭結束後，淑芬建議我，星期五下午考完試之後，還是出去躲一躲的好，以免我在學校附近晃，被酸雨或他同學看見，那就尷尬了；而且我的小白停在樓下，目標太過顯眼了。

可是我能去哪裡呢？台中市我只知道往電影院的路，難道我要在電影院躲一天嗎？

「不然妳就買好存糧，在家裡躲兩天好了，讓全世界都以爲妳回家了。」

這還有可能一點。

除了在電影院躲一天，在屋子裡面閉關之外，我想不到什麼方法，除非……

書桌抽屜裡面很凌亂，千奇百怪的東西都有，花去我大半個小時，我才終於找到那張便條紙，打了一通電話給長毛。

「我是小乖。」

「誰？」

「小乖啦！」

「噢，幹嘛？」

「你星期五有沒有空？」

「有呀！」

「我去找你好不好？」

「找我？好呀，妳要坐船還是坐飛機來？」

「什麼意思？」

「我現在人在綠島耶！」他說，今天是他們畢業旅行的第一天，第一天就直奔綠島了。

天哪！這是天要亡我嗎？

那個週末，我眞的回家去了，反正長毛人在綠島，晚上也不會上線。又不知道酸雨會在哪裡出沒，到哪裡都不安全，既然如此，我不如乖乖開車回家算了。

家裡很忙。剛好遇到我媽心情好，動員我爸和那隻馬爾濟斯在大掃除，我簡直是回去自投羅網的。

你不在，我的心不開。
佇立在潺潺的清泉邊，犄石如鏡。
映得我一臉黯然。

你不在。
帶走了水聲，帶走了月影，
也帶走了，我的心。

我用水清洗我家外面那塊磨石子地板時，看著水流過地板，忽然有了這樣的感觸，但問題是，到底那個「你」是誰呢？「你」在我心裡面已經浮現出一個影子，但還沒有完全實體，我不敢去想這樣的問題，因爲我知道我會把問題複雜化。

放暑假之後，學校空盪盪的。淑芬跑到一家小診所去打零工，我只好自己在家，因爲電子報不會因爲暑假就停刊，我依然要每天努力地擠出一些汁來。

然而電腦螢幕上面，平靜的大度山之戀，卻引發不出我一點點的思緒來，我把「你不在」這首詩寫好，然後就對著螢幕發呆。

綠島，一個遙遠而陌生的地方。整個島都是綠色的吧？不然爲什麼叫做綠島？島上風景如何？

有個長頭髮的男孩，現在正在那個小島上，不知道他睡了沒？會想上網嗎？會想到大度山上面，有個我正在發呆嗎？

想著想著，我忽然發覺眼淚流了下來，連自己都覺得莫名其妙。

上帝的不存在，於焉可見。
我的思念終於沉沒在蔚藍海面裡。
你卻無知。

愛情的不成立，從此證明。
你的自我始終投影在碧綠南島上。
我卻茫然。

無知，卻茫然……

我在寫什麼呀……思緒一直無法平靜下來。

淑芬每天都很好奇，究竟我坐在書桌前幹什麼。酸雨的那個死黨終於對她展開追求，所以她開始變得沒時間理我。不過，她每天出門前都會給我一顆芭樂，回來時會給我一份香雞排或鹹酥雞。

「小乖，聽我家那口子說，酸雨也從他家回來台中了。」淑芬說：「他應該很快就會找妳吧，這次不要再讓人家失望囉！」

我看著一臉幸福的她，眞不知該微笑好，還是該苦笑好。

啃著今天晚上的雞排，電腦螢幕依舊空白，忽然「嗶」的一聲鈴響，手機訊息。

「我回來了，妳在哪裡？」

短短八個字，讓我心裡一面亂。你終於回來了，終於開始找我了，該來的終於會來。

我盯著八個字的訊息，心裡百般糾纏，眞希望你不要回來，就算回來，也不要馬上就找我。

之前酸雨給我的那張名片，我已經收到書桌抽屜裡面去了，一時之間不想去找，所以我想從手機訊息裡面直接提取號碼，撥個電話給他，隨便掰個理由。就說最近身體不舒服，大概都不會出門好了，如果他識時務，應該會了解我對他眞的無心。

「喂，我是小乖。」

「唷唷，我每次蹲廁所都會接到妳的電話耶！」

嗯?!這不是酸雨的號碼嗎？難道那封訊息不是酸雨傳給我的?!

「你是長毛？」

「廢話，妳打我電話，不找我妳要找誰？」

「……」

「喂喂，快點講話，不然我要穿褲子囉！」

「你……」

我要講什麼呢？我要講什麼呢？早知道應該多看一眼那個號碼的，我居然沒發現那不是酸雨的電話。又不然，我不該把長毛的號碼刪除的，至少訊息上面會顯示是他傳來的。現在這樣忽然打了一通莫名其妙的電話過去，害我尷尬萬分，我急得都已經快要哭出來了，百忙之中，我嘴裡竟然講出我完全想不到的話來。

「你、你、你明天下午有空嗎？我想找你。」

我的世界天旋地轉，我的眼前光炫神迷，耳朵裡面傳來他的聲音：「是嗎？那明天下午兩點半，靜宜校門口見。」

在「喀」地掛上電話之前，我聽到了抽水馬桶的沖水聲。

該笑嗎？我是在笑著的，只是，眼淚是自己偷溜出來而已。

最慌亂時講最真的話，我想找你，我想，找你。

第二章

沉淪在我的存在中，我是自己的神。

成為我的信徒，我將帶妳走入我的生命。

誰囚籠了誰，將在汗水滴落眉間時分出勝負。

命運是如此安排的，我將在此遇見妳，開啓不可分割的鍵連。

沒有可以解釋的理由，唯有無可預知的愛情，

正在發生，正在蔓延。

以特別來說，他絕對是一個特別的人，會對我說他奇怪的人生觀，卻又不喜歡告訴我他其他的事情，甚至，也不大喜歡告訴我他太多現實中的事情，即使說了，也都很簡略。

需要把自己搞得像謎一樣嗎？握著方向盤，我想著這個問題。

從弘光到靜宜，不用十分鐘的路程，說不定我們可能早就在某家便利商店裡面擦肩而過，甚至，可能在東海或沙鹿某家擁擠的自助餐裡面對面吃過飯，只是我們彼此不認識而已。

08

晴朗的六月底，天空沒有一片雲，藍色是唯一的顏色。

說不上該不該興奮或期待，從早上九點半起床之後，我就一直坐在床邊發呆，一直失神地坐到中午，最後，我連像樣的衣服都沒考慮，隨便穿件上衣與牛仔褲就出門了。而直到我發動車子，都還在懷疑這是不是眞的。

我想見他，可是絕不是這樣慌亂下所做的約定，更不是那樣隨便一句話就約定了時間、地點，他好歹也應該稍微客氣一下，或者尊重女性的看法。

「是嗎？那明天下午兩點半，靜宜校門口見。」一句話就都打定了所有主意。

忐忑的十分鐘，經過四個路口，我到了靜宜校門口，中港路上的車仍舊不少。把小白停在校門口的電話亭外，我四處張望，沒有一個人是穿得一身黑的，記得長毛說過，他喜歡穿一身黑，因爲這樣最方便，什麼搭配都省了。

我也沒看見哪個男孩是長頭髮的，附近只偶而有幾個學生經過而已。時間到了下午兩點二十六分。打個電話給他吧！昨天晚上，我又重新把他的電話輸入回手機裡面，以免又發生什麼糗事。

「到了沒？」

「嗯，我開白色的車。」

「靜宜對面有家7-11，開到對面來。」然後他就掛了電話，眞是……

我下車去買了一瓶礦泉水，好沖散炎熱的感覺。背靠在後車箱上，靜靜地看著我所陌生的這一帶。

天空好藍，依舊沒有白雲，正如我的腦袋，空得沒有任何想法，我遇到突發事件時常常都會這樣，呈現莫名的呆滯。正當我在享受發呆的樂趣時，一輛黑色的三冠王機車衝到我身邊來。那輛機車速度極快，騎上人行道之後，還差點撞上我的腳。

「小乖？」

「長毛？」眞的是你嗎？連我手上的礦泉水都嚇呆了。

他不高，不胖，頭髮說長不長，大約快要及肩，不過卻非常凌亂，完全沒有梳理；臉上都是曬傷的痕跡，連鼻尖也在脫皮，更誇張的，是他沒穿一身黑出來，他穿著一件黃色的上衣，上面印著「中D份子」，那應該是他們的系服或班服，已經洗到發白了；下半身是一件寬大到不行的米色滑板褲，已經髒到發黑了；還有一雙水藍色的夾腳拖鞋，已經爛到快斷了。這是我以為的那個長毛嗎？看著正對著我笑的男孩，噢，我的天哪！

「系、系服嗎？」

「我學弟的班服，我也買了一件。」

我顫巍巍地伸出一隻小手指指著他的上衣，另一隻手則抱著礦泉水，緊抱在胸前。「你的臉？」

「曬傷啦，綠島太熱了。」說著，他居然很輕鬆地從臉頰上面撕下一塊皮來。「妳看。」

讓我嚇傻在原地。

「上車吧！」他拍拍機車座椅。

「要去哪裡？」

「我家呀，不然妳要站在路邊聊天喔？」長毛一副很輕鬆自然的表情。

你不知道邀請一個初次見面的女孩去你家，是一件很不禮貌的事情嗎？現在是下午兩點半，你應該問我要不要喝杯下午茶，再不然也要客氣地問我吃過飯沒有，我沒吃，我好餓，我好想罵髒話……他用破爛的夾腳拖鞋在思考的樣子，直接叫我上車。

而我也很不爭氣，鎖上車門之後，連安全帽也沒戴，三冠王已經開始飛了。他的長髮不斷飄到我臉上，刺刺的，癢癢的，不只是臉，還有更深的心，都有莫名的感覺。

他家也不遠，是個小宿舍，在學校附近而已。樓下有一排機車，停放得很整齊。我下車之後，他的三冠王特別塞在角落的電線桿旁，特別顯眼。

我問他是不是自己住，他說不是，上面是個客棧，也是遊民收容所。基本上，是個沒有門禁與限制的窩。

有這種地方嗎？有的。

這棟樓很乾淨，是新樓房，只是到處擺著凌亂的東西，甫一上樓，就遇見一個短髮的女孩穿著睡衣從走廊逛過去，叫長毛一聲學長。

「我學妹。」

「噢。」我還抱著礦泉水，心裡面驚疑不定。

轉過樓梯間，又遇見一個原住民的男孩，他手上拿著一瓶竹葉青。我沒喝過，不過我知道那種酒很烈。他身上酒氣濃重，遇到長毛時，叫了一聲學長。

「我學弟。」

「噢。」有點不該來的感覺。

他們門前有個鞋架，我看到好幾雙女鞋，長毛在前面推開門，然後甩甩腳，直接把腳上的夾腳拖鞋拋出去。

「欸，妳好。」房間裡面有個頭髮卷得很離譜的男孩，坐在房間地上，他手上有把吉他，旁邊也是一瓶竹葉青。

「你好。」

「我學弟，叫阿福。」

我又對那卷髮男孩點點頭，他很專心地彈著吉他，似乎沒有理會我們的打算。長毛要我隨便坐。隨便坐？這個房間裡面有一張大床，上面棉被亂七八糟，另外還有一隻恐龍布娃娃，我依稀記得，長毛說過那是他最愛的布娃娃，而且，還是自己買給自己的生日禮物。床邊有一張電腦椅，上面堆滿衣服。除此之外，這房間沒有其他像是椅子的東西，我也很想隨便坐，不過，我不知道我可以坐在哪裡。

他點起一根香菸，然後鑽進了床底下。我才想彎腰去看他詭異的舉動時，他已經爬出來，還抱著一隻貓。

「唷，說阿姨好。」他拉著貓的腳，對我做動作，然後開始叫我看他的貓如何神奇。那隻可憐的金吉拉，被長毛抓起來後空翻，接著被他扒開四肢，大跳豔舞。

阿福說還有更厲害的，於是兩個男生加一隻貓，開始演出人貓大決戰。我愣在原地，礦泉水抱在懷裡，背包也沒拿下來，看著他們興奮地表演絕活，我有點想拔腿逃走的衝動。瘋了，一堆瘋子……這裡是什麼鬼地方呀?!

長毛大概覺得我對他們的表演不感興趣，所以把貓放開，貓馬上逃進廁所裡躲起來。我強作鎮定地在房裡瀏覽著。他有六個書櫃，還有一個大櫃子，全部都是書，從中國歷史、地理，到諸子百家與現代文學，甚至連《說文解字》都有。

本來我站在門口旁邊，隨時準備逃命的，但不知何時，我已經被一排小說所吸引，慢慢移動到了大書櫃前。

「哪，妳也不用去買了，乾脆我的書借妳好了。」他很自然地說著，然後，又衝進浴室去抓貓。

這次我不再理會他們人貓之間的把戲，專心地看著他架上的書籍。這些書大概可以開家小書局了。

「大頭春，這是誰呀？」

「就是張大春啦！」

浴室裡面傳來貓的慘叫聲。

「好多村上春樹的書，你都買齊了嗎？」

「太厚的就沒買。」

接著換他慘叫。

「為什麼沒買？」

「太貴了。買不起。」

最後是人跟貓一起慘叫。阿福丟下吉他，也衝進浴室去幫忙抓貓。

我覺得，身為一隻寵物，生長在這種家庭眞是可憐。我媽的馬爾濟斯只能在車後座散步，已經很委屈了；這隻貓要應付這種主人，還被強迫當成馬戲團動物，簡直生不如死。

長毛要我隨便看，想看什麼書自己搬。

「那麼多，兩隻手怎麼拿？」我盯著一堆書發起呆來。

「噗」地一下，一個小紙箱丟到了我的屁股。

「裝一裝吧！」

「你不怕我借了不還？」

「書是拿來看的，不是拿來擺的，妳如果會認眞看，送妳也沒關係。」

他趴在地上，按住貓的頭，開始親吻貓臉。

我手裡的礦泉水不知何時已經放下了，看著他很自然、完全不掩飾地做著眞的很愚蠢的動作，絲毫不因為我的來訪而有所改變，不知為什麼，我的嘴角忽然浮出一點弧度，有了連我自己都不能理解的微笑。

那是你的樣子嗎？這輩子，你都會一直這樣子嗎？

09

挑了幾本書之後，我發現了一堆照片，趁著他們在玩貓，我忽然想要偷窺他的過去，於是我翻起了照片。

照片裡面，還是長毛，他穿的一身黑，頭髮梳得很乾淨整齊，露出淺淺的微笑，而他懷中，是一個很清秀的女孩。照片上的時間，是上個星期，四天前的事情。

「妳在看照片呀？」他放下了貓，叫阿福把貓抱出去。「我畢業旅行的照片。」

「她是……」我小心翼翼地指著照片中的女孩，長毛已經走到我的身邊，他比酸雨矮一點點吧，但是也還高出我一個頭左右，我聞到他身上的汗味，感受到他站在我身邊時那巨大的壓迫感。

他接過了照片，眨眨他原來很好看的大眼睛，我看見他的眼睫毛在顫動著，嘴裡，吐出我最不願意聽到的答案：「我女朋友。」

照片裡的綠島很美，因爲我只看照片裡的背景，不敢再多看一眼照片裡的他和她，偶而看到他的獨照時，我會多看一眼，但不能太久，我怕會掉進照片中他一個人的神話裡。

綠島很美，有很藍的天空、很綠的樹、還有很藍的海洋，照片看久了，似乎還能聞到風裡的鹹味。

「海島上的天氣熱不熱？」

「嗯，很熱，非常的熱。」他點起一根香菸，撥開床上的棉被，恣意坐下。

「那邊東西會很貴嗎？」

「還好。」

翻完照片之後，我研究著他的吉他。「這邊的租金呢？貴嗎？」

「不會，很便宜。」

「你跟你學弟妹感情都很好的樣子。」

「算不錯。」

我老是問著沒有意義的話，因爲，我不知道我要說什麼。或許本來是有一些話可以說的，然而，在知道他有女朋友之後，我卻忽然腦海一片空白，甚至，也忘了我肚子很餓的這件事情。

「那……綠島好玩嗎？」忽然，我想到這個簡單的問題。

「那是一個，妳會想要老死在那裡，甘心變成一堆砂的地方。」他嘴裡的煙，吐成了一串迷幻的白影。

又安靜著，我如果沒問話，他也不會問我，只是安靜地坐在床上，任由窗外的陽光，恣意灑在他的背上。

後來打破這僵局的，是他學弟阿福。阿福下午要去面試，他要去沙鹿的麥當勞打工，所以要找長毛陪他去。

長毛看看我，他的眼神很明亮。「要不要一起去？」

我趕緊搖搖頭。「沒關係，反正我們住得很近，下次我再過來找你。」

他叫阿福去換衣服，準備出門。

「你不用換衣服嗎？我可以先出去。」

「又不是我要應徵，幹嘛換？」他走過來，說：「怎麼，我長得讓妳很害怕嗎？」

我搖搖頭。

「還是我要坐在馬桶上面跟妳講話，妳才會自然點？」

我不但猛搖頭，連臉都紅了起來。長毛笑一笑，忽然伸手捏了一下我的臉。「妳的臉好圓喔，讓人忍不住想捏。」

我很想很自然地踢他一腳，可是腳卻抬不起來，只能瞪他一眼。

中港路的車還是一樣多，礦泉水依舊是那半瓶多一點，除了手上這個小紙箱是個突兀的證明之外，一切都像在作夢。「這是我第一次見網友。」

「我也是。」他對我笑一笑，然後和阿福騎著兩輛機車，飛馳而去。

後來我沒再見過網友，也再沒有這樣的經歷，但是據我所知，似乎沒有男生會把第一次見面的網友直接帶回家裡的，就算有人這麼做，也應該會先整理過房子。

我望著紙箱裡的村上春樹，感覺很不眞實，一點也沒有見網友的味道，我像是他某一個學妹到他家去拜訪一樣似的，那樣簡單、輕鬆。

我以為我在他家待了很久，但其實只有大約一個小時而已，天空仍舊湛藍。路邊經過的學生用納悶的眼光看了我一眼，我在微笑，同時也在流淚。

淑芬不在家，大概是出去約會了。傍晚時手機收到酸雨傳給我的訊息，他說他人也在台中，快七月了，希望約我去看銀河。

銀河到底長什麼樣子？是不是探索頻道裡面播放的那樣子？我不知道，因爲我終於還是沒跟他在七月出去。

只有一次，我跟淑芬到東海夜市吃消夜，我們在夜市牛排攤子前面巧遇。酸雨的頭髮長了一些，人也清瘦了一些。我們只簡短地寒喧幾句，然後互道再見。我不敢回頭看他，因爲我知道他正在回頭看我。

淑芬問我爲什麼要拒他於千里之外。

「或許是感覺問題吧，我還不知道應該怎樣面對他給我的感覺。」

這是藉口，可是除了這個藉口之外，我沒有更好的理由。

長毛還是每天半夜上線，彼此還是會聊很多話題。我把他借給我的書都看完了，對他提出很多疑問，他也會不斷跟我解釋，用他那一套只有他自己認同的思維方式來解釋，而後跟六月底一樣的情形，他忽然失蹤了，我猜想是他的電話費又沒繳。

對著電腦螢幕，空自呆然。

他還是不提他女朋友的事，或許之前他不喜歡談他身邊的一切，也是因爲這個原因吧！可是我想跟他說，其實我不介意，能當你的朋友，在你高高在上的眼中，能當你的朋友，其實我已經很滿足了。

我知道在你桀驁的人生觀裡面，會有很多不如意與不快樂，我知道你有很多事情，知道你有很多跟別人不一樣的事情，只是你從不說……

我在只屬於我的世界裡　用盡全力嘶喊
我在不屬於我的世界裡　放任形骸飄移

我在心靈最角落裡　暗地裡策畫著如何自私又不傷人的愛情
我在臉孔最明白時　揚起了嘴角要露出驕傲不苟於世的自尊
我在陽光最耀眼時　從黑色的濾鏡下窺探紅塵中庸庸碌碌的一切
我在黑夜最瀰漫時　從幽深的窗邊去遙望蒼穹裡反反覆覆的思想

我　絕對不是　妳所想像的那樣子
我　沒有那麼堅強
我　絕對不是妳所以爲的那樣子
我　沒有那麼勇敢

我走過的路　不是那樣滄桑　我只是用心去看
我走過的路　不是那樣漫長　我只是用心去想

如果有一天　當妳發現我不是妳所愛的那樣子　妳還會不會愛我
如果有一天　當妳感覺我不是妳所等的那個人　妳還會不會等我

其實我依然在乎　其實我依然在乎
我不是那樣忘記一切的人　我不夠鐵石心腸
但我沒有可以追逐的理由

當我的世界一片空茫
當我的心靈一片虛妄
我想要一盞光　讓妳只能看見我
但看見的　卻是懦弱的我
我想要一個夢　讓妳只能夢到我
但夢見的　卻是無能的我

雖然我在一無所有時還有笑容　那是假意的笑容　我在哭泣
雖然我在意氣風發時還有反思　那是表象的反思　我在墮落
我只能說聲抱歉　因爲我的言語從不曾投降
我只能說聲抱歉　因爲我的夢想從不曾妥協

但是我不會改變　沒有人應該爲了誰改變　除非妳願意
但是我不會在乎　沒有人應該爲了誰在乎　除非妳值得

但是　誰值得　誰在乎
我的面具下　妳的面具下　我們有沒有共同的臉　我不知道
我的內心裡　妳的內心裡　我們有沒有共同的夢　我不曉得
別愛我　不愛妳　但是誰知道什麼又是什麼
當我開始拋棄我自己
妳就可以離去　如果妳不願意遠離　也請不用在意
我是一個喜歡畫下痕跡的人
我是一個喜歡寫下傳說的人
我是我　不是妳想像的我　也不想是妳想像中的我
我是我　不是妳以爲的我　也不想成爲妳以爲的我
神決定了一切　而我決定了神的是否存在
我只在乎我在乎的　妳是否在乎我　這　我不在乎
我　如是說

很沒頭沒腦，他就這樣寄一篇東西給我，讓我一頭霧水。像詩，也不是詩，像信，也不是信。問他說這是什麼，他說，這個叫做自我介紹，準備將來等他腦袋眞的燒壞時，給心理醫生或精神科醫生看的。

那你寄給我幹嘛？

他說，我念護理的，以後會當護士，所以先寄給我，叫我幫他備案，日後如果有需要時，幫他跟醫生解釋一下他的病史。

我在鍵盤上敲出這句話來：「你自己有女朋友，爲什麼不叫她幫你收著？」

他沒有回答，過了很久之後，他離線了。

我其實是很在乎的。

淑芬這樣說：「雖然這傢伙腦袋有問題，而且個性行爲都很怪，但是妳就是會喜歡他。」她叼著芭樂，在我房間裡面走來走去。「所以其實妳是很在意他的。妳承不承認不重要，重要的是妳心裡面自己怎麼想。」

我怎麼想？看著他很狂放的一封信，我早已失去了想的能力。

10

想你是一種愉悅並痛苦的折磨，而我竟煎熬且快樂地嚐著。

關於長毛，我沒多少時間再想他的事情，因爲我已經讓電子報開了兩次天窗了，負責發行的同學威脅我再不交稿，就要上傳我的照片充數。

在線上遇到他，他還是會跟我提到很多他的想法與知識。他喜歡自由，崇尙唯心主義，那是一種，堅持一切都由心出發、由心開始的論調。我不知道那是來自哪個哲學家的看法，我只知道，那是長毛的看法。

難得一天淑芬沒出去約會，我們一起跑到東海去吃「聞香牛肉麵」。加湯加麵不加價，是對學生莫大的恩惠，不過，對我們兩個食量小的女生來說，卻一點用處也沒有，我們其實是去吃泡菜的。

吃完麵，又去逛了唱片行。淑芬一直跟我說，如果今天我們帶著男朋友出來，就可以順便再去逛服飾店了。我笑一笑，不知道我的「男朋友」在哪裡。

「再考慮一下酸雨吧！」

「再說吧！」我只能這樣無奈地笑笑。

淑芬約了她男朋友八點鐘在樓下見，所以我們得趕在七點半回到宿舍，好讓她梳妝打扮一番，不過因爲中港路上有點小車禍，她的騎車技術又不好，所以我們回到家時，已經晚上七點快五十分了。

遠遠地，我看見我們樓下停著一部豐田可樂娜，那是淑芬她男朋友的車，不過車邊站著兩個人，一個是淑芬的男朋友，另一個背靠車門，抽著菸，他正朝著我們樓上看，他是酸雨。

「好久不見。」

我也微笑地點點頭。

「不好意思，我是搭便車過來的。」他向我們解釋。

我躲在淑芬背後，但是淑芬卻直接溜到她男朋友身邊去，還對我扮個鬼臉。

酸雨還是那個很靦腆的招牌笑容。「我只是想過來看看，看看妳住的地方，看看妳好不好。」

「我很好，謝謝。」

我低著頭，心裡面尷尬不已。雖然並沒有什麼好尷尬的理由，但是那種感覺卻揮之不去。

酸雨拿了一個小紙包給我。「這是我家做的產品，我這次回去，順便帶了一個給妳。」

我接過那個東西，用手稍微握一下，猜想應該是個相框。

酸雨很溫柔地說，希望有時間再約我出去走走，我說看看吧，如果有機會的話。

「我還要搭他們便車回去，妳快上樓吧！」他這樣對我說。

爲什麼呢？我不是最美麗的女孩，沒有最燦爛的光環。平凡，有點遲鈍，甚至有時候我還很討厭我臉頰上面圓圓的肉肉，而你卻要喜歡我，卻要對我這麼溫柔。

打開紙袋，是一個雕花精緻的銀色金屬相框，我把相框擺在電腦旁邊，放上了我跟淑芬的合照。

這裡住不下去了，至少這個暑假住不下去了，我這樣告訴淑芬：「我可不想哪天穿著睡衣下去丟垃圾時遇到他，我會崩潰。」

「說不定妳穿睡衣去丟垃圾時，他就穿著西裝，捧束鮮花在垃圾桶邊等妳。」

「那我寧願死了算了！」

我打定了主意，暫時躲他一下。

「妳能躲去哪裡？」

「我要回家。」把東西簡單收拾一下，順便把冰箱裡面所有的水果通通塞給淑芬。

「我回家住個兩星期再回來。」

「如果酸雨眞的來了，我要怎麼跟他說？」

「說我感染登革熱，回去接受治療了。」

「拜託，誰會相信妳的鬼話呀？」

「不然，妳說我回去相親好了。」這倒是眞的，我今年才二十出頭，我媽已經開始想安排我去相親了。

「這樣吧！」淑芬捧著我給她的水果，站在我房門邊對我說：「我會告訴他，妳暫時不想談戀愛，也不知道怎麼面對他的好。所以妳要回家沉澱一下自己的思緒、調整自己。這樣好不好？」

不愧是個情場高手，居然可以想出這樣精采的話來，我笑著問淑芬，她對多少人用過這種藉口，她說：「我看過的男人比我吃過的芭樂還多，這只是小意思。」

七月的後半段，我都在家，天氣很熱，心也很亂，絲毫沒有所謂的沉澱，更沒有什麼調整，反而，我更縱容我自己在線上等待著長毛的蹤影。

哥哥的電腦沒搬去新竹的員工宿舍，所以他的房間變成我的房間。

一個人安靜地在房間裡面，我的暑假如此漫長。一成不變的生活裡面，不是吃就是睡，再不然就上網。可是我老是感覺有哪裡不對，一種內分泌失調的症狀，像是病發前的徵兆，我老是在睡夢中醒來，而原因都是我夢見一個黑色的身影。是他。

在線上，我跟長毛說我回員林了，長毛說他對這裡也很熟，他經常坐火車到員林來玩，在火車站附近的光明街商圈一帶瞎逛，不過可惜以前沒遇見過我。

「你遇不到我的，因爲，光明街在我們眼中，是國中生聚集的地方。」

他說我不懂欣賞，愈是沒有文化的地方，愈是有值得玩味的東西存在。我說我感覺不出來。

「當然，因爲妳不夠用心。」

我不夠用心？

「好。」我答應他，找一天去逛逛光明街商圈，如果我找到什麼值得玩味的東西，我下次請他吃牛肉麵，如果沒有，他輸我一箱開喜低糖烏龍茶。

光明街商圈都是巷子，有電玩店、服飾店、書局、飾品店等等，到底那裡有什麼值得玩味的東西呢？

睡到中午起床，幫媽媽整理過房子，我說我要出門。媽叫我要嘛下午之前回來，不然就晚上十點過後再回來。今天星期四，六合彩開獎，別忘了，我爸是組頭，今天可是他們的重要集會日之一。

於是，我一個人在路邊吃過肉圓、喝了紅茶、看了一場電影、逛了兩家書局，然後又走遍了整條光明街。

文化，在這裡沒有，值得玩味的東西，我同樣感覺不出來。這裡只有到處亂竄的國中小鬼而已。

我只感覺腳很酸，皮包變很重，拿出手機來看看，時間已經過了晚上十點半。長毛，你欠我一箱烏龍茶了。

不過我沒有因爲即將贏得一箱烏龍茶而開心，因爲我不愛喝，而且，現在我得走到好遠的地方去牽車，小白停在很遠的巷子裡面。

左手晃著我的小皮包，右手拿著車鑰匙和手機，我猶豫著是否要現在打給長毛。

車在巷子裡，一片黑暗，只有遠處的一小盞路燈而已。

你一定還沒睡，你今晚會上線嗎？會告訴我光明街究竟有什麼值得玩味的東西嗎？你玩味的是這世界的紛亂與感覺，那是我始終不懂的遙遠。

如果今天是跟酸雨來逛街，他會向淑芬說的那樣，當個優秀的男伴，爲我提東西、付帳單嗎？

就算會，我也寧可不要，我不想欠他什麼……

胡思亂想是打發時間最好的方式，卻也是走在路上最危險的事情，我的思緒飄到遙遠的世界去了，沒聽見後面傳來的機車引擎聲。當我回神時，那輛機車上面的人，已經一把扯住了我手上的皮包，用力拉了一下。

我嚇了一大跳，連尖叫聲都來不及發出，整個人已經跌倒在地上，手裡面的皮包也被奪走了。

他們有幾個人？騎著什麼車？車牌號碼幾號？不知道，腦袋裡面一片空白，我的身體在顫抖，我的眼淚在氾濫。歹徒的機車尾燈，在黑暗中發出暗紅色的光，轉眼消失無蹤。

這是你說的值得玩味之處嗎？我輸你一碗牛肉麵了。

不知道爲什麼，坐在路邊，驚慌失措的我，忽然只想到這場賭注而已……

我從沒贏過你，無論賭的是食物，或是，愛情。

員林火車站前有家茶店，很小，店面小、格局小、招牌也小，小到你經過它都不會發現這裡居然有家茶店，小到我在員林土生土長十幾年，都不知道這裡有家茶店。

可是長毛居然知道。

「那家店很小，妳要仔細找。」他在電話裡面說：「那裡很怪，店員不大愛鳥妳，除非妳跟他們很熟。」

「什麼店？那麼奇怪。」

「我也不記得店名，不過依據這家店的這個特性，我給它另外取了名字，」他說：「只賣熟客。」

眞的有一家這樣的店，店裡面也眞的是這麼一回事，我在座位上坐了快二十分鐘，居然沒有人理我，非得要我自己過去點單才行。

坐在朝外的座位上，看著艷陽天底下的員林，人車繁忙，一片熱鬧的氣氛。

我沒有預感到今天會是好或壞，也沒有特別的第六感，除了維持習慣性的發呆之外，只比平常多了一點點期待感，期待，看到遠從台中來看我的長毛。

厭倦外面紛亂的車潮街景之後，我回頭看看店裡面，發現最裡面有一桌客人一直玩得很開心，店員也一直過去陪他們，一群年輕人嘻嘻哈哈的，好像我是多餘的一樣，還眞的是「只賣熟客」。

爹娘們很希望我趕快去警局報案，可是我懷疑警察們會花多少時間，處理我這件實在不怎麼樣的小搶案，所以我說算了。

被搶那天晚上，我沒有立刻報警，到了半夜才對他們說這件事情，那時，我還傻傻坐在地上，但是卻不由自主地撥出了長毛的電話。

他說：「我明天去看妳，妳在茶店等我，我告訴妳，員林火車站對面有一家茶店……」

就是這樣子，所以我早上去重拍大頭照，去各機關申請證件補發，又去報社刊登遺失啓示，然後站在火車站前面，趁著等紅燈的短短三十秒，爲我皮包裡面的四千元默哀。

不過說是這樣說，長毛並不是眞心來慰問我的，他是來逛街的，慰問我的時間只有簡短的半小時。

他說：「很新鮮的經驗吧。」

「啊？」

「妳已經是第二次被搶，我卻是第一次有朋友被搶耶！」

這種話你都說得出口，還算什麼朋友呀？

於是我在「只賣熟客」請他吃了一碗牛肉麵，當作償還賭注，長毛很開心地吃完麵，捏捏我的臉：「妳的臉好像又變圓了耶！」

我很懷疑，眼前這個濃眉大眼、一頭亂髮的男孩，眞的是長毛嗎？他眞的是我的「朋友」嗎？唉。

「不管怎樣，我還是很高興你今天來看我。」

「噢，順便而已啦，妳別太放心上。」

我納悶地看著他。

長毛說等一下他要去逛街。放著熱鬧的台中市不去，跑到員林來逛街，眞是怪人。

「因爲這裡到處都有妳童年的足跡呀，我在依循妳的足跡前進呢，對不對？」

不必說這種甜言蜜語，你這個無情的傢伙。

我在「只賣熟客」等了你快一個小時，你來看我三十分鐘，沒有說出一句安慰的話來讓我窩心，還說我的臉又更圓了。可是，我一定是腦袋哪裡出了問題，在跟他從茶店出來之後，我竟然跟他說：「對了，下下個月初是我生日。」

「九月初？」

「嗯，九月七日。我想約幾個朋友去唱歌，你來不來？」

「考慮，心情好就來。」

心情好就來，說點好聽的會死嗎？他總是這樣。在應該說些好聽話的時候笨拙如牛，卻又在不相干的地方，盡說些怪話。

我回家的這兩個星期，淑芬也回家去了。我先回到宿舍，還是做著跟平常一樣的事情：睡覺、上網、寫詩、反覆看長毛借我的小說。酸雨從沒有直接打過電話給我，但是每隔一兩天，他就會傳一封訊息來，提醒我要注意身體、要記得吃飯、不要熬夜寫作……

我偶而會回簡訊給他，謝謝他的關心，像是有點距離，又像是只在身邊，是一種很微弱的關切，卻不斷傳來。

而幾乎每天晚上我都會遇見長毛，對著電腦，我試圖也去了解他，但卻非常困難。我想知道他跟他女朋友的事情，除了他告訴我他女朋友叫婉怡，是大學班對之外，其他的他什麼也沒說。

而我問他，基於他最初想要了解別人的目的，從而認識我之後，對我的看法怎樣，他則說，我是極少數一臉倒楣相的朋友，其他的，同樣什麼都不說。

淑芬在九月初回來，她很驚訝於我被搶的事情，更震撼於我在被搶後第一個通知長毛。「妳居然是第一個通知他！妳爲什麼不告訴我？」

「妳在新竹嘛！又不可能跑來員林看我。」我解釋著。

想在我生日時到 KTV 去慶祝的事情，其實計畫已久，我們從上個學期就開始計畫要約哪些朋友，然而經過許多波折，早已淡忘這件事情。

可是距離我生日愈來愈近，我和淑芬雖然不在一起，但卻不約而同想到這件事，我們兩個人，一個在新竹，一個在彰化，卻各自策畫著生日的節目，所以她約了她男朋友，還希望他找酸雨來，好讓我們有機會培養感情；而我約了長毛，長毛還說可能會帶貓一起來，好讓貓表演新的馬戲團把戲。

「糗大了，要讓他們王見王嗎？」

「妳幹嘛約酸雨啦？」

「妳又幹嘛約長毛呀？」

誰該來，誰不該來，都是問題，因爲感覺的問題。

九月初是溫暖中略帶秋涼的季節，適合瀟灑而俊逸的酸雨先生，這是純粹從感覺上面去評斷的。而淑芬則認爲，以酸雨對我的好感來看，他很有可能會在那時候對我告白，就算他沒告白，爲了日後鋪路，他也勢必然會爲我備上一份厚禮。

但是我想要的是什麼？

我喜歡拿著麥克風的時候，不必故作惺惺，不必老是擔心五音不全或大呼小叫而有損女人形象，這種時候，我想我需要的是長毛，因爲他總是讓我感到很自然。

所以我對淑芬說，這是我的生日，我有權選擇邀請的朋友，酸雨對我很好，我當然知道他的用心良苦，但是我更希望，是長毛陪我過這個生日。

淑芬只好打電話給她男朋友，請他不要約酸雨了，以免我會尷尬，她很不願意，可是沒辦法。九月七日，是我的生日，不是她的生日。

許多事情都發生在偶然的「意外」中，出乎意料之外。

沒有誰能預料到感情的封鎖線將在何時潰堤，沒有誰能預料到生命的轉折會出現在一念之間。我以爲我可以將長毛當成一輩子的好朋友，甚至他可以是我很好的文學導師，而再不然，他也可以是我最重要的心靈依託，我對他一直潛藏的感覺永遠不會迸現。不是我不敢對一個自己欣賞的男孩子表達，而是我不想我的初戀，就是當一個第三者，那種感覺不是我想要的感覺。

結果我生日那天，並沒有大隊人馬開拔到好樂迪去，我們只有三個人去唱 KTV，因爲酸雨不來，所以淑芬的男朋友也不方便來。一堆原本計畫邀約的朋友們，回家的回家，旅行的旅行，通通不見人影，變成只有我跟淑芬、還有長毛三個人去慶祝而已。

我們三個都住在台中，可是唱歌的地方，居然是在員林的好樂迪 KTV，理由只因爲我有一張即將過期的好樂迪員林店的折價券，可以折價三百元，所以我跟淑芬下午就過來逛員林，長毛晚上自己再開車下來找我們唱歌。

要知道，兩個五音不全的女人在 KTV 鬼叫，是多麼可怕的一件事情，可以多個音準比較像樣的男生來襯托，就可以改善很多聽覺美感的問題，至少，當我們唱完時，也還會有個人爲我們鼓掌，雖然長毛是心不甘情不願，拍的很敷衍了事，也還好過好樂迪的魔音器裡面粗糙的罐頭掌聲。

「我覺得被騙了。」長毛坐在椅子上，皺著眉頭、圓睜怪眼地說：「妳說要慶生，我以爲是派對，會有很多未來的辣護士、俏護士。」他瞄了一眼正在吊嗓子呻吟的淑芬。開玩笑，兩個大美女在這裡，難道你看不見嗎？

長毛抓抓下巴，對我說：「妳居然只帶一隻寵物來而已。」

「你不滿意呀，告訴你，人家才看不上你咧，淑芬有男朋友了。」

「她跟哪位佛門高僧談戀愛嗎？」

「你到底想講什麼？」

「捨己爲人的佛家精神，被如此貫徹發揮，多叫人感動呀！」

耳裡傳來咦咦呀呀的長音，我們一起抬頭看看唱得忘我的淑芬。

「妳自己聽，誰受得了呀？妳居然騙我來參加這種派對。」

雖然我也覺得淑芬今天唱得實在很「嚴重」，不過我總沒有理由讓他這樣一直批評我的朋友。

看著這個穿著一身黑、一臉嫌惡的傢伙，我說：「說人家唱不好，你又唱得多好呀？而且，今天是我生日耶！」

「生日又怎樣？」

「你沒對我說一句生日快樂也就算了，你連禮物都沒有帶！」

我們不理會淑芬慷慨激昂地對著電視呻吟，開始自己大小聲起來。

「膚淺，只重視物質的女人。」

「放屁，沒有物質，哪裡來漂亮的女人？」

「妳算哪裡漂亮？」

「至少我不覺得我醜。禮物呢？禮物拿來！」

「原來妳想假借生日之名敲詐我！」

「敲詐你也是應該的！總之今天我最大。」

「妳最大？妳頭最大！」

「屁話，不要囉唆，禮物，禮物，禮物拿來！」

「妳要禮物是吧？」

「對，我要禮物，不然今天唱歌的錢你出！」

我們坐得本來就很近，開始大嚷大叫之後，因爲愈來愈激動，兩個人也愈向前傾。忽然間，長毛抓住我的臉，用力掐住我兩邊臉頰，然後，猛然在我嘴上吻了一下。

「很特別的禮物吧！」

那一年我二十一歲。除了堂本剛之外，我沒有認眞喜歡過一個男生，我習慣安靜地、沉穩地壓抑我對感情的需求，好讓自己以爲我是一個可以自己生存得很好的人，可是，原來不是這樣的。長毛用他的唇，突如其來地，擊潰我所有以爲的以爲，打破了所有我對愛情的懵懂，還有禁錮。

淑芬終於唱完了。她站在旁邊，納悶地看著我和長毛：我們正四目交投對望著。他用很不爽的表情看著我，我用很呆滯的眼光回應著他。

我的初吻，沒了耶……

居然是這樣沒的說……

12

一份改變一生的禮物，不是任何人都受得起的，包括我在內。

我們裝得好像沒事一樣地唱完歌。長毛話變少了，他很認眞唱歌，他歌聲不錯，就是咬字不夠清楚，但他很坦然地將他的台灣國語發揮在歌聲中，絲毫不以爲意。

我有唱跟沒唱差不多，反正翻遍好樂迪所有歌單，我能從頭唱到尾的歌，算一算大概不會超過十首。整個包廂，除了最盡興的淑芬之外，其他的一切，包含電視機和麥克風，還有桌上的啤酒桶，全都隨著我和長毛的沉默，也陷入一片沉重之中。

沒想到，這輩子會有這樣一次意外，讓一個男孩這樣唐突地闖入我的世界，連問都沒問一聲，就進駐其中，也連招呼都沒打一個，就輕易地收藏了我的吻。

淑芬她男朋友在約定的時間出現，要接我們去吃消夜，不過我拒絕了，我還有點事情要做確定。

「你爲什麼要吻我？」

「不知道。」

「這是我的初吻耶。」

「這是我給妳的禮物耶。」

我們站在好樂迪門口，兩個人都背靠著牆，一起用無神的眼光，看著來往的人車。

「你會把我所有的生活都打亂的。」

「所以呢？不然讓妳吻回來。」

我連那句「你去死吧」，都說得有氣無力的。

「你幹嘛吻我啦！」

「我喜歡妳呀！」

「神經病，你看上我什麼，喜歡我什麼？」

「說得出來就不是眞正的喜歡了吧？」

「……」

有一輛車從我們左邊疾駛過去，大鳴喇叭，尖銳的喇叭聲，掩蓋了我們的話聲。

「不好意思，重說一遍好不好？」

「……」

有兩輛機車很悍地從右邊狂飆過去，沒水準的排氣管聲，劃破美好的夜晚。

「不好意思，麻煩妳再重說一遍……」

我吐了一口氣，背脊離開了冰冷的磁磚牆，轉個身面對長毛。「我問你一個問題喔。」

「問啊。」

他放下了馬尾，披頭散髮，遮住了他的雙眼，一件寬大的黑襯衫、一條黑色牛仔褲、一雙黑色球鞋，我在一片黑暗中，搜尋來自他眼裡的光。

「你眞的喜歡我嗎？」

「嗯。」

「噢。」我不知道我到底想問什麼，腦海裡面一直在是一片空白，隨便運轉，聽著自己一直很呆滯無神的聲音，我覺得四肢無力。

夜晚的喧騰，讓我們在這瞬間陷入沉默。長毛看著我，看了很久，而我則全身躁熱，非常不自在。

「我也要問妳一個問題。」他忽然說話了。

「給你問。」

「妳喜歡我親妳嗎？」

我不應該這樣回答的，如果我說不喜歡，或許可以從此省去很多事，可是，我一再強調，那時候我腦袋裡面是一片空白的。正當我的理性已經被他剛才的吻給敲破，所有感情開始潰流的同時，他也轉過了身，輕輕攬住我的腰。

晚上十點四十分，好樂迪員林店的外面，「只賣熟客」的兩百公尺外，大柱子旁邊，一排停在騎樓下的機車後面，長毛輕輕攬住我的腰，他說：「還想要我再親妳一次嗎？」

他問我的兩個問題，我竟然都用點頭作答。

男人的嘴唇原來可以如此溫暖，舌頭原來可以如此濕滑，他的鼻息混融了我的鼻息，我在他懷裡，完全迷失了方向。

「笨蛋，嘴巴不要開那麼大。」

「噢……」

有兩道熱流，從我臉頰滑落，是在哭什麼呢？感歎著終於知道詩裡面那種醉月涵星的情感是什麼滋味了，是如此叫人沉迷。

「舌頭不要吐那麼出來，吊死鬼嗎？」

「噢……」

那晚我沒回台中，打電話請媽媽開車來接我，她來的時候，馬爾濟斯還在後座散步。長毛開著一輛破車回台中，破車是阿福的朋友送的，沒音響、沒冷氣，車門不能鎖也不用鎖，因爲車子駕駛座的門連窗戶也沒有。

他在回台中的半路上遭遇臨檢，酒測是過了，但是他沒帶駕照、行照，所以一口氣被開兩張罰單。

我一直失神落魄，從送他上車之後開始，更加嚴重。媽問我在笑什麼，我說，大概是太開心了。

「生日派對很好玩嗎？一定很熱鬧吧，不然妳怎麼會這麼高興？」

我點點頭，很熱鬧。繽紛的光在眼前環繞著，即使馬爾濟斯已經抱在我懷裡，我還看得見光芒閃爍。

二十一歲那一年的生日，我了解了一件很重要的事情：感情不是想像中如此難以擁有，只要你願意，把心放開，它就會在不知不覺間，鑽進你的世界裡。

這是我的祕密，我無法對淑芬說出口，更無法對任何人說出口。看著電腦螢幕，我會開始嚴重失神，咧開嘴傻笑。走在路上，我會不由自主摸摸自己的嘴唇。

「妳最近是怎麼了？好像怪怪的。」

「哪有？沒這回事。」

「妳那樣子，看起來像是在……」

不會吧？我有表現得很明顯嗎？應該不會的，我強作鎮定，企圖裝出什麼事都沒有發生的樣子，淑芬很狐疑地觀察著我的表情。

「我看妳就是一副春情蕩漾的樣子。」

「才沒有。」我水平地搖搖頭，淑芬不肯放棄，把臉逼近了我的臉。

拜託，淑芬，求求妳不要這樣看我……我的頭又開始歪了，從水平搖頭，變成斜角搖頭。

「小乖乖……」

「沒……有……」我抿緊了我的嘴，努力憋住笑，很用力地想把頭再擺回水平角度。

「小乖乖唷……」

完蛋了，我鎮定的表情正在剝落中，我的頭又更斜了，都快變成垂直了。

「妳瞞不過我的，小乖乖唷……」

唉，我又輸了……

聽到長毛吻我的事情，她起先很驚訝，開始詢問我關於長毛的很多事情，可是我愈說，她微笑的表情就愈少，到最後，她已經完全笑不出來了。

「小乖，妳確定妳喜歡他？」

我點點頭，像小女兒在父母面前回答關於未來女婿的事情一樣，有點害羞，還有點膽怯。

「他有女朋友耶。」

我點點頭。

「而且，我一直認爲他腦袋不大正常，有點怪怪的。」

我也只好點點頭。

「妳眞的喜歡他？」

我點點頭。

這二十一年來，我身邊的世界發生過很多生離死別，也自認爲已經看到了很多悲歡離合。可是，這是我第一次有這種異樣的感覺，我想我可以很肯定地告訴自己，那叫做愛情。

淑芬很擔心我，她覺得長毛這個人太不保險了，可是有誰是保險呢？

「酸雨呀，我還是認爲他比較好，斯斯文文的多好。」

「很多戀愛時斯文的男人，最後都會打老婆。」

「他應該不會吧……」

我拜託淑芬，這件事無論如何不要洩漏出去，連她男朋友都不能說，以免傳到酸雨耳中。我逼淑芬發誓，如果她把我的祕密說出去，日後必遭破產命運，每張信用卡都爆，而且，最重要的，她將再也不能吃芭樂。

因爲酸雨的善良與深情，讓我不忍心傷害他，我一直認爲，只要我刻意保持著一定的距離，總有一天，時間將沖散他對我的感覺，等到雲開月明的那一天，就是酸雨可以重新再追求屬於他自己的眞愛的那一天。

九月十六日，星期五，開學前三天，淑芬才發現她的學生證居然丟在新竹老家，我很想陪她一起回去拿，不過我也有很重要的事，我的電腦掛掉了，送修一個星期還沒好，但我明天就要交稿了，爲了避免照片在電子報上面被刊登流傳，我今晚一定得要生出三首詩來。所以，我只好打電話給長毛，跟他借電腦。我不敢找酸雨，因爲我不知道怎樣面對他。去跟長毛借，似乎是怪了點，也危險了點，但是……我也懷疑，這會不會是我想見他的一個理由？

電話中，他無所謂地說：「可以呀，妳今天可以過來用電腦。妳要寫啥？寫不出來的話，我還可以幫妳寫。」

寫不寫得出來並非最重要的問題，我擔心的是他女朋友。「可是你女朋友……」

「她回家了，連阿福都跑了，今晚只剩我跟貓在家。」

你跟貓在家？那意思就是說，今晚只有我跟你囉？

你在誘惑我嗎？如果不是我想太多，大概就是我想太少了。

13

該發生的事情，就是會發生。很想愛，卻不能愛的，最後就是會愛；以爲自己可以堅持的，也應該堅持的，最後往往都堅持不住。

愛情小說裡面，男女主角生死不渝、刻骨銘心，可是他們常常連手都沒牽過，更別提親吻了。那很假，雖然我也很愛看，不過我知道那不大可能，至少，這時代眞的不大可能，所以，我跟長毛沒有那麼簡單，又是習慣性呆滯害了我。

第一次，我擁抱著一個男人，他的長髮在濡濕了汗之後，在我臉上搖晃著，甚至，會有汗珠沿著長長的頭髮，滴到我的臉。

關於事情爲什麼會變成這樣，我沒有辦法解釋。這個世界很沒道理嗎？我想起淑芬說過的話，這個世界本來就很沒道理，不然也不會變成現在這樣了。

我躺在他的床上，看著他穿好衣服，點了一根香菸，又躺回我的身邊。

我賴在他的臂彎裡，腦袋裡面還是相當空白，不是不曾試圖去整理思緒，可是總是無能爲力。

「妳在電話中說妳要寫東西，不會是報告吧？還沒正式開學耶？」

枕著他的臂，我說我要寫詩。

他很納悶地看看我，我說，我是爲了寫電子報的詩，所以急需電腦。

長毛叼著香菸笑了一笑，放開我的脖子，他坐到電腦前面，把嘴上那根菸熄掉，再重點一根新的。

「幾首？」

「三首就夠了。」

「如果我在這根菸燒完之前，可以寫出三首詩，妳就輸我一碗牛肉麵。」

「不然換你輸我一箱烏龍茶。」學著電視上看到的那樣，我用一件小棉被包裹著身子，走到他旁邊來。

茶代酒　茶代酒　同欲澆愁　愁在浮華美　愁在人兒醉
何處來的星　何處來的月　要伴誰淚
滴入茶　似滴入酒　慰我還清醒　慰我卻傷悲
奈何知我少　奈何仇我多

茶代酒　茶代酒　難澆滿愁　愁在人情苦　愁在人兒獨
笑掬一瓢飲　悲掬一瓢飲　趁著熱濃
傾入喉　似傾入心　醉我忘俗世　醉我竟成痴
謝天有知我　謝天已足矣

〈喜知〉

花開了沒有　冬　已太久　楓凋葉催　我看雪意濃
待時　待花開時
春來了沒有　冬　已太久　風掠竹殘　我歎醉意濃
待時　待春來時

散落一地的心意啊
急切
等候的人兒　痴候的人兒
倚杯靜默　設席空候
亂竄凋寒霜凍人　翻攪葉海風挹人
人卻執著
心愁　灼熱　誰意風霜苦
只爲春來　只等花開　只待腳步來
再相逢　逐顏開
〈喜候〉

你予我一盞茶香
暖我冷絕的手　暖我凍碎的心

你予我一盞茶香　卻醉了我
醉了逐流的我
但我不悔　爲的是旅人無依
卻遇著燈　燈下
遇著茶香
茶香
暖手
〈喜逢〉

「穿好衣服吧！」長毛回過頭來對我說：「我們去吃妳付錢的牛肉麵。」他叼著半根菸，喝了一口礦泉水。

這是一個怎麼樣的男人呢？我不懂。

坐在小白裡面，陳昇很深情地唱著〈鏡子〉，這是他借我的專輯，我拿著他買給我的一包維珍妮涼菸，默然出神。

能單純地享受一些簡單的樂趣，就已經是種幸福了。至於我在我原來的世界中，以及她在她本來的世界中，還有些什麼人或事存在，那並非關鍵。

這是他的想法。慵懶地躺在他懷中，接受他的憐惜，可是我的心裡面卻百感交集。

「爲什麼你要抽菸？」

「因爲我高興。」

「那不高興的時候呢？」

他沒有回答我，轉過頭來對我笑一笑，把菸遞到我嘴邊，我搖搖頭，縮進棉被裡。

「很多時候都可以抽菸，不見得跟高興或不高興有關。」他說：「我喜歡看著煙不斷飄起來的感覺，很自由，直到它消散不見為止。」

「可是香菸味道很臭。」

「女孩子別抽這種菸，妳應該抽涼菸。」

於是我們吃完牛肉麵之後，長毛買了一包涼菸給我，並且幫我點了一根，我沒有吸進肺裡，只讓煙在嘴裡停留，那是一種，輕淡，飄渺的薄荷味道，就像，他的指尖輕畫過我脖子時的感覺。

「我不明白像我這樣脆弱的要求到底有什麼難……」

他的歌聲也很淡，像陳昇的歌聲，有點哀愁，可是卻很淡。我坐在他的床邊，看著他翻開樂譜，拿起吉他，彈著自己創作的歌曲，雖然已經不記得他唱些什麼，但是吉他清脆的聲音，還有他深濃而輕描淡寫的歌聲，卻還在心裡縈繞著。

「又不是夜鶯渴望艷陽天裡與池水裡的錦鯉去求愛……」

我又點著了一根涼菸，任由白煙在封閉的車窗裡面繚繞，瀰漫著昨晚的感覺。

「你有女朋友了。」

他點點頭，沒有作聲，只看著牆上的布簾，布簾印著李白的將進酒，很隨意的書法字，還印滿了奇怪的印章。

「所以……我跟你之間……」

「什麼都沒有。」他低低地回答。「我什麼都不能給妳，也什麼都不會給妳。」他的頭髮垂到眉間，眼神很平靜，聲音也很平靜。

我祈求著些什麼嗎？是的。他如此沉靜，不再是電話中，或線上表現得很搞怪的樣子，也不是第一次我們見面時，他抓著貓玩遊戲的蠢樣子。他很安靜，動作不多，可是充滿自信，像……一切都因他而存在，也一切都因他而不存在的那樣沉靜。

我祈求著，讓平凡無奇的我，可以守在他的身邊，成爲追隨著他的人。只是，我無法確定，除了我之外，還有多少人也在追隨著他。長毛有女朋友，可是他還是很隨意地跟女孩子來往，就像吃飯那麼簡單，或許，也不帶感情。

我茫然了。車子停在中港路邊，外面的人車聲音都被車窗隔絕，車子裡面迴盪著陳昇的歌聲與維珍妮的白色輕煙，我茫然了。

如果淑芬知道了，她會怎麼以爲？她會很驚訝、很震撼，也可能會很生氣，我居然就這樣把自己交給一個只見過三次面的男孩，而且，他還是淑芬眼中的怪人、異類。

可是我後悔嗎？不，沒有什麼是應該後悔的，即使我始終在一片迷濛中、始終恍惚，但是我的腦袋與我的身體都還有反應，可是，我的反應是迎合，不是拒絕，因此我沒有後悔。如果我會後悔，應該是後悔愛上他，否則我怎會如此？甘心成爲追逐他腳步的人？

我不後悔。

我不後悔。

陳昇的歌唱完了，所有朦朧的感覺消失了，汽車音響的唱片跳到下一張，彭佳慧的歌聲。我忽然回神了，維珍妮的菸灰掉落在我穿著牛仔褲的大腿上，同時，手機聲響起，震動了一下，是一封簡訊。

我的心情頓落谷底，所有的溫暖與甜蜜全都在瞬間冰凍。

「我想，我有必要這樣勇敢一點對妳說。雖然可能會讓妳很訝異，也可能就此改變我們之間的關係。但是，我不願再如此沉默下去，請讓我勇敢告訴妳：我喜歡妳。」

酸雨，你何苦如此……

愛與不愛間都兩難，我如此平凡，這不是我能過的關。

第三章

自我極限的追求，是我的夢想。
因而我不懂愛，其實不懂愛。
刻骨眷戀的人，擦肩而過的人，妳們好嗎？

怎麼樣的人是我選擇的，又怎麼樣的人選擇了我？
如果答案終於只是一片空白，妳是否依然在這裡等我？

大度山上的夜晚，沒有風聲，我卻聽見了妳的思念。

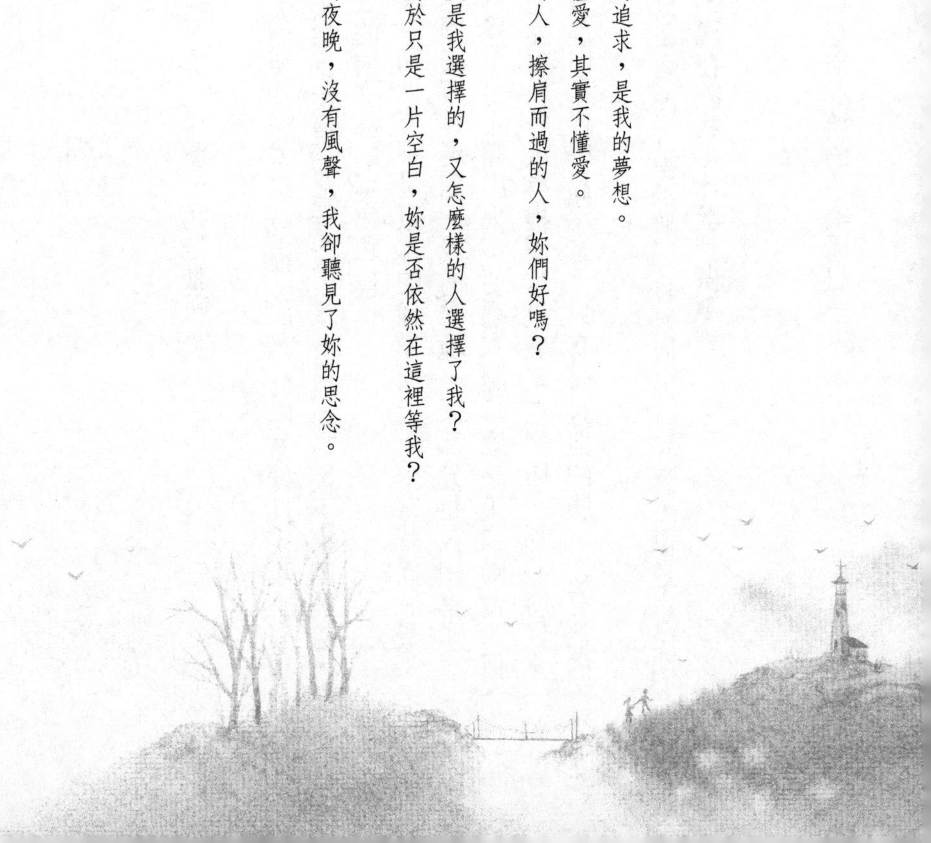

14

我不是長毛的女朋友，是的，我的確不是。那麼，我是誰呢？

我是小乖。

房間裡面，貼著一張奧黛利赫本的大海報，還有一隻很大的小叮噹布娃娃，桌上有檯燈、筆筒、手記本、還有我的馬克杯。水藍色床罩的彈簧床上，有我昨晚換下來的睡衣，有我看到第七十六頁之後，一直沒接下去的侯文詠的《白色巨塔》。

鏡子裡面，我還是小乖。只是，總有點地方不是原本的樣子而已，平常時候感覺不出來，但是一個人安靜時，就會從細微的地方發現到，我的靈魂，某部分也被圈進了一座巨塔之中，遭受禁錮，所以我倒水時會不小心滿出來；要曬衣服時應該走到陽台，但我會把整桶衣服拿到門口去；要到樓下丟垃圾時，會提著垃圾袋走進廁所。那些時候，就是我的靈魂鑽進巨塔裡的時候，巨塔裡面，什麼都沒有，只有一張他的臉，還有他的溫度。

先處理酸雨的事吧！我回了一封訊息給酸雨，告訴他，我對他很有好感，但是只是朋友的好感，很感激他對我的青睞，不過，現在的我，什麼都做不到。

而他回給我的，是一封更短的訊息。

「……」如此而已。

就這樣，我在房間裡面關了兩天，只吃淑芬給的芭樂過日子。

「不要老是一個人這樣想東想西的，要，就做點什麼去改變現狀吧！」淑芬勸我。

但我不知道我能做點什麼，我連「大度山之戀」都兩天沒上去了。

「寫封信給他，傳個短訊給他，打個電話給他，甚至，直接去找他。」淑芬的結論是：「妳已經等了他兩天，是個男人的話，兩天夠他想出一些話來對妳說了。」

而接下來的，是淑芬開始說起她見識過的各型各色的男人……基本上，這個坐在我床邊，大口亂啃著芭樂的女人，與故事進展無關，所以我們還是不要理她好了……

撥了一通電話給長毛，他在機車上，給阿福載著，那頭傳來呼嘯的風聲，還有阿福更難聽的歌聲，聽起來像是在唱那英的〈征服〉，咦咦呀呀地鬼叫著。

「我現在沒辦法講電話，妳去大度山看，我有寫信給妳！」說完，他就掛了電話。

你終於決定對我說寫什麼，給我一個理由或交代了嗎？會說些什麼呢？我很期待，可是卻也恐懼著。

連線速度很慢，我也拿了一顆芭樂來啃，看著撥號進度，心裡想著他的笑容，長毛呀長毛，你爲什麼要讓我這樣喜歡你呢……

終於上線了，我進入主畫面，顯示我有一封新信件，是他寫的，他說……

我在家，大便時會想妳……

這是你要給我的交代嗎？這是你要給我的「信」嗎？嘴裡剛咬下來的小芭樂塊，頓時不知道如何咀嚼，你在耍我呀？

你那叫信嗎？那個根本是紙條吧?!

我回給他。

洗過澡，洗過衣服之後，我又上線，他也又回信了。

我在大便時想妳。這個才叫紙條，夠短了吧！

氣得我立即又回信給他：

我想你。

哼！比你還短。我忘了我想問他什麼，忘了我想求證出一些什麼，都是你害的，搞什麼比短的……結果連續傳了好幾封信，長度比我們平常的水球還短。

「妳瘋啦?怎麼啦?」

他在線上直接問我。終究是我贏了，因爲他寫不出兩個字的信來，只好傳訊給我。

「你只有在大便時會想我嗎？」我想不到我要用什麼樣的話來問他的感覺，結果我只能這樣問。

「我只有大便時會有空。」

「其他時候可不可以也想一下呀？」
「想不想對妳很重要嗎？」
「很重要。」當然重要，而且，更希望他想完之後會告訴我。
結果他說：「我盡量。」
看著「我盡量」這三個字，我心裡無限惆悵。
其實，我很想問他，現在他的心裡面在想些什麼，現在對我是什麼樣的感覺。在之前，我們會在線上聊天，偶而見面，也會聊很多事情，可是，這兩三天，他卻對我異常的安靜與沉默。
你究竟是怎麼看我的呢？我好想知道。
你在想什麼呢？我好想知道。
是無法解釋的感覺嗎？如果是，你其實可以這樣回答我，不用給我更為難的神色。
這一次，我錯得更離譜了，本來要下樓去丟垃圾的我，提著垃圾袋，很恍惚地走進淑芬房間。她正在換衣服。
「啊……妳幹嘛不敲門呀？」
我嚇了一跳，垃圾袋掉在地上，結果也散了一地垃圾，不過無所謂，眞正會弄髒地板的，只有芭樂心而已，而且，那些大部分都還是淑芬在我房裡吃的。
「小乖，妳還好嗎？我覺得妳的自律神經已經嚴重失調了。」
我笑一笑，用我圓圓的臉來回應她。

淑芬一邊掃著地，一邊問我長毛的事情：「那傢伙到底哪裡好？」

「我不知道。」

「妳對他了解多少？」

「很少。」

「拜託妳不要像個國中生好不好，一點都不了解他，妳就愛他愛得要死。」淑芬抓著掃把邊掃垃圾，邊瞪著我。「哪，我問妳最簡單的，他叫什麼名字？」

長毛叫什麼名字？長毛不是就叫做長毛嗎？看著我的遲疑，淑芬用皺成一團的表情看著我，「雅芳，我的小乖乖，妳千萬不要告訴我，妳不知道他名字喔……」

欸……我要想一下，長毛告訴過我，但是我老是記不起來。見他之前，他是一個存在於網路的人，所以他就是長毛；見過他之後，他頭髮原來眞的有點長，所以還是叫做長毛；至於眞實的名字，我一直認爲那應該不重要，也不代表什麼。

甚至，我會以爲，他在使用他自己的本名時，他是他，但他在使用長毛這個名字時，他就變成了我的長毛，因此我從來不曾去在意過現實中，他的名字。

在淑芬的催促之下，我只好又拎著破掉的垃圾袋跑回房間，丟了垃圾袋，再打開電腦，幸虧本人習慣好，會將訊息備份，所以我很快便找到了之前的對話紀錄，我找到了！他的名字，叫楊穹風。很詩意的，感覺上就很脫俗的一個名字，雖然，我還是比較喜歡他叫長毛。

隨手抓起筆筒裡面的一枝筆，我把「楊穹風」三個字寫在手掌心上，很高興地想要再跑過去跟淑芬說。

這時候，電腦靠著的窗外忽然閃過幾下很詭異而美麗的藍色光芒，我愣了愣，正想探頭去看個究竟時，整個世界居然都停電了。

一片黑暗中，我要怎麼讓淑芬看到我手裡的字呀？今天天氣有點冷，外面雲也很厚，幾乎沒有半點月光，我從書桌抽屜裡面摸出一個打火機。那是長毛送我的。才剛點亮打火機，這個世界就忽然開始劇烈地震動。

是的，就是重創台灣島的九二一大地震。

我不記得你的名字，因為思緒中早已被你的身影佔滿空間。

15

房間裡面，馬克杯摔破了；鬧鐘也摔下來了，連小叮噹都被搖倒在地，房間裡面所有的一切都震動著，發出搖晃碰撞的聲音，我擔心電腦螢幕會不會從書桌上面栽下來，但是我更擔心天花板會不會從我們腦袋上面砸下來。

趕緊抓起我放在桌上的皮包、手機和車鑰匙，幸虧我跟淑芬的房門都沒關，所以我能在一片混亂中很輕易地跑到她房間。

淑芬大聲尖叫，整個人縮在牆角，也眞是佩服她了，我進去時，她縮成一團，手上還牢牢抓著一顆剛咬兩口的芭樂。忍受著她刺耳的尖叫聲，丟掉她那顆芭樂，我把她拖出房門外。

地震一直持續著，我很害怕，也有點恍惚著，不過遇到這種生死交關的事情，至少我還比淑芬冷靜一點，她像全身癱瘓一樣，只剩下喉嚨跟聲帶還維持正常。

「啊啊啊啊啊……」

說錯了，也很不正常。

幾乎是用拖的把她拖到樓梯間，恰好遇到從樓上衝下來避難的幾個男生，他們合力把淑芬抱下樓去，我也跟著衝到屋外。有人去開了車燈，有人手上有手電筒，我也有打火機，整棟樓在微弱光線中，不斷搖撼，彷彿世界就要毀滅了一樣地劇烈震動著。我看到淑芬一把眼淚一把鼻涕的模樣，覺得很可憐，和她緊緊抱在一起。

地震搖了好一會兒才停，聚在樓下大約有二十幾個學生，還有附近鄰居，大家紛紛七嘴八舌地討論著，不知道震央在哪裡，也不知道這是幾級地震。淑芬一直急促地喘著氣，雙眼發直。

「淑芬，沒事了，妳不要怕。」想勸她不要怕，但其實，我也害怕得很。

「嗯……嗯……嗚啊……啊啊啊……」她忽然像發瘋一樣嚎啕大哭起來，所有人都被這突如其來的哭聲嚇了一大跳，我趕緊伸手去捂住她的嘴巴。淑芬哭得好淒厲，我抱著她的頭，抱她在懷裡。

這樣哭了快五分鐘，她終於哭累了，只剩哽咽的力氣，而我的左手掌上面，都是她的眼淚、鼻涕、還有口水，攤開手掌一看，我看見一個用油性原子筆寫的，還很清晰的藍色字跡，沒有被眼淚、鼻涕、或口水給洗去的名字：楊穹風。

手機已經完全不通了，但是沒有人敢進屋子裡面去打打看市內電話還通不通，誰都不能保證，待會兒會不會又來一下更大的地震。

我攙著淑芬到我的小白旁邊，開了車門，讓她坐進去。剛剛地震時，大家因爲緊張而沒有感覺，這時候，才眞的開始覺得寒冷。窩在車裡面，我開了車內的小燈，打開空調，還放了音樂，淑芬愣愣地看著我，我也擔憂地看著她。

遇到這種災難，可以擔憂的事情有很多，會擔心家裡面有沒有事，家人的安危如何，會擔心自己的朋友有沒有事，會擔心等一下會不會有更嚴重的災難接踵而來，也會擔心學校的上課是否還能維持正常，更擔心的，是自己親密的另一半。

我很擔心長毛。

那個自稱一睡著就像過世的人，不知道有沒有逃命去呢？還有他那隻可憐的特技貓呢？然後，我想到他有女朋友，一個跟他住一起的女朋友，而且他們一整大群的學弟妹都在，應該不用我擔心吧？我看著手機，完全沒有訊號，遙望遠處的靜宜大學方向，除了黑暗，竟然還是黑暗。

接著，我想到酸雨，不知道酸雨那邊情況如何，而才剛想到酸雨，淑芬她男朋友就開著車子飛快地趕到了，當然，車上還有另一個人，就是我剛想到的他。

他們兩個大男孩一停下車，就大步地跑過來，我和淑芬下了車，看著他們，淑芬呆站在原地，任由她男朋友將她一把抱入懷中。

「嗯……嗯……嗚哇……啊啊……」

又來了，淑芬一投入她男朋友的懷裡，好不容易止住的淚水就又潰堤了，我坐在小白的引擎蓋上面，一時之間，不知道該用第幾號表情、第幾號心情面對酸雨，我們怎麼會是在這樣的情景之下又再度見面呢？我看著酸雨從我面前跑來，他在接近我時放慢了腳步，距離我五公尺、三公尺、一公尺。

他也是從驚惶中逃出來的。每次我見到酸雨，他總是穿著整齊，相當瀟灑，而此刻的他，在小白的車燈照射下，穿著一件白色的短袖上衣，深藍色的體育褲，頭髮好像還是濕的，一副剛洗完澡的模樣。

酸雨手上拿著一件大外套，走到我的面前。

「妳沒事吧？」他輕聲問我。

我搖搖頭，酸雨對我淡淡地微笑，將外套披在我的身上。

「不管妳眼中的我是什麼樣的朋友，在我來說，妳都是最重要的人。」

我看得出來他很冷，身體微微發抖著。「外套給你穿吧，我不冷。」

他笑著搖頭，「那是爲妳準備的。」

我抓緊外套的衣角，低著頭，看看自己腳上的拖鞋，很朦朧，眼眶裡面很朦朧。

爲什麼呢？我很想問他，爲什麼呢？爲什麼這個時候，會是你在我身邊呢？

我抬起頭，看向依然是黑暗一片、遙遠的沙鹿方向，然後，再轉頭看看佇立在我面前，寧願自己冷著，也要留一件外套給我的酸雨。

爲什麼呢？

我哭了。

從停電開始，到地震猝然而來，看著淑芬崩潰，看著世界陷入劇烈變動，我始終維持著還算可以的鎮靜，然而，現在我卻用力地哭了，看著他對我很勉強表現出來的微笑，我反而抑制不住我的淚水，任由他將我擁抱在懷裡，任由我哭倒在他懷裡。

抽泣聲中，我聽見酸雨對我說：「就算是個朋友的擁抱吧！我都甘願，只要妳沒事就好，只要妳沒事就好……」

16

抱歉，對你說著感謝，我的心，卻在山的那一邊……

那天晚上，我們坐在車裡面，直到天亮。

淑芬曾經對我說過，如果不討厭，就可以接受，可是事情並不會永遠如此單純，我不討厭酸雨，卻也無法接受他，因為，我心裡的空間，還住著另外一個人。

淑芬跟她男朋友坐在前座，兩個人都已經睡著了，我跟酸雨坐在後座，看著窗外漆黑的景色，只是是各自不同的方向。

「酸雨……」

「嗯？」

「我……有點話想對你說。」

我把外套還給他，自己下了車。他也沒把外套穿到身上，和我一起靠著後車箱發抖著。

「我，有我喜歡的人了。」

他不說話，只是安靜地點起一根香菸。

「所以，我知道你對我很好，也知道其實能有你在身邊，是一件很幸福的事情……」

「他對妳好嗎？」他打斷了我的話，我淡淡地微笑了一下。

「對我好不好，這個我自己可以去感覺，不過，愛上他，我應該不會後悔。」

酸雨轉過頭看著我：「只要妳可以找到妳想要的幸福，我就會永遠祝福妳。」他臉上有微笑，只是笑得很僵硬。

「還是謝謝你對我的關心。」

他搖搖頭，拍拍我的肩膀。「記得，任何妳疲倦或難過的時候，這裡都會有我。」

我又對他說了一次謝謝，他不再說話，要我回車裡去，以免著涼。

長毛的手機始終打不通，事實上，每個人的手機都打不通，不過我知道他應該沒事，因爲沙鹿地區並沒有太嚴重的災情傳出。

學校已經宣佈停課一週，我們又多了一星期的暑假，大家都趕著回家。

我打公用電話回員林，老爸說家裡沒事，不過卻嚇壞了家裡那隻馬爾濟斯，害牠現在都要跟主人抱在一起才肯睡，牠每天都弄得滿床狗毛，害我媽氣得要命。爲了避免麻煩，所以我跟老爸說好，這星期就不回家了。

淑芬由她男朋友陪同，回新竹老家去了。酸雨說他也要回台北一趟，因爲他家房子在新莊，好像有點問題，他要回去幫忙處理。我整天坐在屋子裡，依然是停電的狀態。

長毛的手機依舊不通，台灣大哥大在這一區的通信尚未恢復，偏偏我們都是這一家的。

直到第三天早上，聽樓上的學弟說，台灣大哥大已經恢復通訊了，於是我趕緊打給他。長毛說，地震那一晚他正在打麻將。

「打麻將？」

「而且剛好我自摸，打三百兩百的底錢，我是清一色，不求人，連四拉四。」

「然後咧？」

「妳知不知道有幾台？」

「不知道。」

「這一把的錢夠讓妳買三百顆芭樂了。」

天哪！不會吧?!

「結果就地震了。」

「所以地震一來，等於你其實沒贏錢？」

長毛說，他對所有人大喊，要大家用牌尺抓著牌，通通靠牆不准動，無視於電腦螢幕被砸爛，無視於電視變成一堆廢鐵，更無視於整組本來就鬆垮的玻璃窗摔成粉碎，他們眞的窩在牆角，直到地震結束，用打火機照明，非得把錢算出來才甘願。「逃命？開玩笑，妳知不知道我有幾年打牌沒贏過了？」

我聽得目瞪口呆。

我不知道如何將我的關心傳遞給他，不過他卻對我說：「我很擔心妳，可是妳的電話打不通，又不知道妳住哪裡。」

心裡甜甜的，我說：「我沒事，我也很擔心你。」

問他接下來學校停課這段時間，有什麼打算。

「這兩天我已經逛完所有災區了，明天我打算回埔里去看看。」

「埔里呀！車子開不回去吧！」

「笨蛋，我會騎機車回去嘛！」

喔。

我叫他自己多小心，可是他的話更出乎我的意料之外：「我是想問妳，要不要跟我一起去我家。」

去你家？

縮在房間裡面，面對著還沒整理完的一地凌亂，我懷疑我有沒有聽錯，你這是在邀約我嗎？你家耶！會看到你爸媽耶！

「小乖？」

「我……我在。」

「妳要不要去？」

我點點頭，問他爲什麼要約我去，電話那頭傳來他輕微的笑聲：「總得找個理由約妳嘛！」

他不喜歡戴全罩式安全帽，那會遮掩他英俊的臉，造成美眉的損失；他不喜歡穿黑色以外的衣服，除了搭配方便之外，黑色最適合他修長的腿；他常常叼著菸騎車，因爲這樣最瀟灑；他老愛在速度超過八十時引吭高歌，風聲跟歌聲可以表現出他的不羈之色。

以上，都是他自己說的，跟我無關。

我沒去過埔里，可是沒想到第一次去埔里，就是在大地震之後，看見滿目瘡痍，讓我非常難過。長毛也很難過，不過難過只在眉宇之間一現即隱，他還是玩世不恭的表情，告訴我這堆廢墟以前是他國中母校，那片亂瓦以前是警察局。

埔里街上失去了秩序，根本不用戴安全帽，因爲警察都去救災了，路上到處都是巨大的裂縫，騎車要非常小心。

長毛家並沒有嚴重的損傷，只在牆上有條小裂痕而已，可是他家對面的整排房子卻通通轉了個彎。

他爸媽心臟也很強壯，還是在家裡面老神在在，而且到處去串門子。我們一路上買了很多礦泉水，也買了不少乾糧，因爲據說震央就在南投，這裡損傷嚴重，甚至出現糧食短缺的現象。一路上，不斷有各地湧入的救災物資，許多陌生的人，開著自己的小貨車，將各地的物資不斷送進這個他們也相當陌生的地方，能夠放下自己手邊的工作，伸出援手去幫助更需要幫助的人，我覺得很感動，這是一種很偉大的精神。

所以我們雖然騎著小機車，卻也一路上逢店就買，想買一些東西回去給他家人，不過幾乎全台中的便利商店都找不到一般礦泉水了，只剩下果汁水。同樣地也沒有泡麵了，只能買到一些餅乾而已，我很擔心這樣些微的糧食能幫助長毛的家人多少，但他說凡事盡量就好，剩下不足的，有這些各地來的救援，埔里應該籌措得到所需物資。

長毛在講這些話的時候，聲音很認眞。我坐在後面，抱緊了他很瘦的腰，聽著他的聲音，我知道他其實也很擔心。

你總有認真的時候的，在心裡面我這樣想著。

不過，這些認真的一切，在到了他家之後完全被推翻了。長毛爹爹跟他一樣，都喜歡叼著香菸逛大街，只不過長毛爹爹喜歡抽白長壽，他看到我們手上這堆果汁水與餅乾時，很納悶地說：「你們買那幹嘛？我們家都吃不完了耶！」

伸手一指，我看見不遠處的空地上，堆滿了食物與水，還有小山高的飲料，更遠一點的地方，有許多僧侶正在煮食，不斷傳來食物的香味。

「你們買的東西實在太差了。我們都吃現煮的，不然也吃四十塊一碗的大碗泡麵呢！」

有些時候，你不得不相信遺傳這種事情。長毛說他在台中像流浪狗一樣活了七八年，所以養成很痞的個性，可是，我更相信，這種個性，與遺傳有著更絕對的關聯。

「沒有事情可以打敗我們，只要我們還活著。」地震過後，長毛爸爸這樣說。

17

第二次，我把自己完全交給他。

別人害怕餘震，不敢回家裡面睡，長毛的爸媽白天在家，晚上也是睡在車上。只有長毛，他的神經大條更勝其父，所以我們還睡在他房間的床上。

「萬一晚上又地震，那怎麼辦？」

「那不正好嗎？我們就這樣死了，也還抱在一起。」他無所謂地說。

溫暖的鼻息一直吹到我的臉上，我看著他沒有表情的臉。

「你可不可以告訴我。」看著他平靜的表情。「你爲什麼喜歡我。」

「喜歡一個人需要理由嗎？這不是教室裡上得到的課程，我也不是老師。」

「那我要怎麼知道，你眞的喜歡我？」

他笑了一笑，搓搓我的頭，擁我入懷，我聽見他輕輕的聲音：「如果我在妳的身邊，而妳始終無法感覺，那兩個人在一起還有什麼意思呢？」

我很想問他，那你的女朋友呢？那個照片上，有著純樸笑臉的女孩呢？

於是我想到了綠島，忽然想到了綠島，想起了他人在綠島，而我在台中思念著他的那時候。「你還想不想再去一次綠島？」

「嗯，我願意老死在那裡。」

「總有一天，我也要去綠島看看。」

「爲什麼？」

「我想看看，值得讓你甘心老死的地方，長什麼樣子。」

長毛說，那我更應該去看看北海道或大阪城，因爲他其實是沒有錢，不然他更想去日本。

「我也想去日本玩。」抬起頭，我看著他的臉。

「如果有一天，如果有那麼一天的話，我們一起去玩。」

去哪裡很重要嗎？不，重要的，是能不能跟你一起去。

以前埔里有一家茶店，叫做「稻香村」，長毛從高工開始，每次回家都到這裡報到。他有七個結拜兄弟，通通都是埔里人，幾乎每個週末，他們都會到那裡聚會，而且，他都喝百香綠茶。

「極品通常無法永恆，稻香村就是一個例子。」我們站在一堆廢墟外面，長毛指著那塊已經摔成兩截的招牌。「趁著晚上沒人注意，我們來把稻香村的爛招牌扛回家好了。」

我不是極品。我有圓圓的臉，還有呆呆的腦袋，甚至我還很愛哭，而且我一向很倒楣，半年之內可以被連搶兩次的人，應該不算極品，那麼，我可以一直陪在你身邊，變成你的永恆嗎？

看著他黑色的長袖襯衫，衣袖飄飄地坐在機車上抽菸，我很想問他：我可以陪你直到永恆嗎？

「以前我會帶我女朋友回來喝茶。」在我胡思亂想時，他忽然開始自顧自的說了：「她一直是最支持我的人，支持我的夢想。我喜歡音樂，我想當個詞曲創作者，我更想當個文字工作者。」

他叼著菸，攤開雙手的掌心，自己笑了起來。「可是其實我什麼也沒做到過，而我今年已經二十三歲了。但是她始終那樣支持我。」

從未聽過長毛談起他女朋友婉怡的事情，我不敢打擾他，只能靜靜聽著，路邊偶而會有車輛經過，揚起漫天沙塵，但他卻絲毫不以為意。

「可是，感覺會變。我們從很親密的情人，逐漸在變成很要好的朋友。我不知道婉怡感覺到了沒有，但是其實我很擔心，面對一段正在消退黯淡的愛情，自己竟然如此無力。」

記得長毛提過唯一關於婉怡的部分，是他們開始於大一，也就是說，他們在一起，已經快三年了。

「或許會有改變吧！當我畢業之後。」

「我不介意當你的第三者。」我忽然這樣說。

長毛轉過頭來看著我。

「我沒有想要你給我什麼，也知道我無法擁有你的全部。但是，我會想讓你知道，你已經在我心裡紮根，根深蒂固了。」

下午三點，埔里鎮的市中心，地震後的滿目瘡痍前，他坐在車上，將我擁抱在懷中。無法期待你的愛情世界會有什麼樣的變動，因爲今天我得到你，卻會讓另一個女孩傷心，所以我得忍著所有我對你滿滿的愛，情願安靜地躲在你的背後，只是我無法控制我的淚水、我的傷悲。讓我在心裡面說就好，被他緊擁懷中，我只能看見他披散在肩膀上的頭髮。我用嘴巴，吐出無聲的心聲：我愛你。

那是第一次，跟他一起騎車出門。

回家的路上，他騎得飛快，因爲他已經記住了哪裡的路面有損毀，也記住了哪裡的山坳有崩塌，我們只花了一個小時出頭，就回到了沙鹿。

這八十幾公里的路上，他很少說話，反而一直唱歌，唱他自己寫的歌。問他爲何而唱，他說他很高興。

「高興？」

「我爸媽都很喜歡妳，妳不覺得應該高興嗎？」

我當然很高興。臨走前，長毛娘還拿了一條圍巾給我，怕我路上冷。她一聽長毛說我愛吃芭樂，立刻又從廚房找出一包地震前買的泰國芭樂。去他家住了兩天半，他爸媽對我非常客氣，我感受到了好久沒感受過的家庭溫暖。

雖然長毛說，他爸媽本來就很好客，不過無論如何，我都還是很開心的，因爲長毛也曾經帶著婉怡回家過，我是以一個非他女朋友的身分的女孩到他家的，如此的身分還能受到他家人的禮遇，我自然會很開心，至少，我沒有被排斥。

「這幾天如果沒事，不要到處亂跑。」他叮嚀我。

「我晚上可以打電話給你嗎？」

「這……妳知道不大方便。」

我看見他面有難色，自己的心情也跌落谷底。

「這兩天電話能通，那麼應該可以上網，妳可以寫信給我。我晚上會打電話給妳。」

「晚上喔，我等你電話。」

他笑著點點頭，在我嘴上深深的吻。一手提著芭樂，我用右手環抱住他的頸子，任由他將我攬著。

「乖乖的小乖，快上樓。」

我說不要，我喜歡看他離去的背影。

低沉有力的引擎聲，像他沉著地擁抱著我的肩膀。看著他消失在街的轉角，我提著一袋芭樂，脖子上圍了他媽媽送我的長圍巾，我開心地正要打開樓下的大鐵門。

但我發現有點不對，低頭去找鑰匙孔時，我看見地上有點突兀地多了個影子。有人在上面陽台探頭嗎？我抬起頭來往上看。

一個熟悉的人，站在淑芬房間的陽台，他也正看著我。是酸雨。

他跟淑芬的男朋友到新竹接淑芬回來，正好在我回來前的半小時回到這裡，他是外人，自然不方便老是待在淑芬的房間，便自己一個人到陽台抽菸，把房間留給淑芬跟她男朋友去互訴離情衷曲。所以，他看見了我讓長毛送回到樓下，當然也看見了長毛跟我擁吻。而我，當然也讓他的心，又徹底的碎了一次。

18

難的不是不說我愛你，難的是很難讓你知道，我無法愛你。

如果你要問我，一個第三者的感覺是什麼，我無法回答。

可是如果你要問我，愛上一個其實不該愛的人，感覺是什麼，我會說：除了不後悔，我什麼都沒想過。

從那一天之後，我沒再見過酸雨。

不過淑芬告訴我，她從她男友那裡輾轉得知，酸雨家裡面也無大礙，只是地基有點走位而已，算是不幸中的大幸。

而不久之後，淑芬跟她男朋友也分手了，理由是很老套的「個性不合、溝通困難」。我們兩個女人又像以前那樣，一起啃著芭樂，一起逛逢甲。同樣是她去買衣服、鞋子，我去買小說、唱片。

女要為悅己者容，所以我不在逢甲買衣服，我會到百貨公司去買。淑芬教了我很多化妝的技巧，還有跟男人撒嬌的功夫。她現在總是說：「告訴妳，我見過的男人，絕對比我們兩個加起來所吃過的芭樂還要多。」

不過要我改變自己的行事作風，去對別人撒嬌，這個我始終做不來。長毛也從未在意過，他會說：「有時間想這個，不如在妳腦袋裡面多裝一點知識吧！」

長毛在平安夜那天搬到東海，住到藝術街坊去了。一個公寓，四房一廳，一間套房給他學弟阿福住，他跟婉怡住一間，一間當書房，擺電腦，一間是倉庫。那陣子我偶而打電話給他時，他總是在刷油漆，在擦地板，有時候他還是會說：「我在大便。」

因為他女朋友在一家安親班當老師，所以他有更多自己的時間，甚至，多到可以讓我到他的新家去，說是幽會也好，說是稍解相思之苦也好，我已經顧不得那許多別人的眼光。在他家與他纏綿，聽他彈吉他，唱著一首接一首他寫的歌。

淑芬也不再對他提出微詞。「小乖乖，妳知道妳自己在做什麼就好，知道嗎？」

我點點頭，然後，她就幫我打扮得漂漂亮亮，送我出門。

當然酸雨並沒有離開我的生命，他還是會傳訊息給我，祝我耶誕快樂、祝我新年快樂、祝我身體健康……但卻從未祝我幸福，所以我知道他從未放棄過。

我的課業還是這個樣子，電子報的詩作產量倒是增加了。

長毛不知道從哪裡找到一個網路社群，加入之後還開了一個頻道，取名叫「寫一個夢」，很適合他的風格，因爲他簡直是那個頻道的神，從管理到審核到發表都一手抓，而這樣的意思，其實也反映出另外一面來，就是這個頻道其實沒啥人，只有他自己跟自己玩。

「多一個地方放自己寫的東西，萬一哪天電腦爆掉了，還有資料備份。」他這樣安慰自己。

偶而去看看，感覺這個頻道眞是冷清，所以我乾脆加入，還當了副主持人，從此，除了發表文章是他自己的事情之外，其他的通通變成了我的工作。

我以爲我會這樣一直當他背後的那女子，直到我們都畢業，直到，他口中那個「有一天」來臨。

不過我錯了，因爲願意守在他背後的女子，原來還很多。

長毛告訴我，他老爹希望他對未來多做打算，並建議他去當個公務員，所以，他報名參加補習班，每天都要從東海騎機車到台中市去，在復興路四段，後火車站那邊補習，時間是傍晚六點半到九點半。

「妳聽過行政學還有流派的嗎？」

「我知道插花跟茶道有流派，行政學要流派幹嘛？」

「好問題，這個見解我會寫在明年年初我考試時的答案卷上。」他笑著說。

最近他很認眞，連著兩個星期，他幾乎不上網，每天忙著念書。因爲我知道他女朋友的上班時間，所以我可以在適當時機打電話給他。

「我想見你，可以一起去吃個飯嗎？」

「我在忙耶，這兩天有小考。」

小考、練團，是長毛最常告訴我的理由。阿福跟他一起補習，補的是中醫檢定，他上的是一般行政。

他也組了樂團，通常每星期三練習，不過偶而會更換時間。

第一次我覺得不對，是在靜宜大學附近的一家茶店「茶舖」，我們一起吃飯時，他的手機響了，長毛接起電話，愈講愈小聲，最後乾脆走到外面去講。隔著櫥窗，我看著他的背影。即使是婉怡打來的，以前他也會在我面前講，不會這樣避開，那，這通電話裡的女孩會是誰呢？

咖哩飯忽然有點失去味道，所以我喝了一口百香綠茶，才發覺，忽然連百香綠茶也酸澀了不少。

「我補習班同學，也是一個網友。」他解釋著。

那女孩叫小雅，以前同樣是大度山之戀的站友，長毛跟她見過兩次面。那女孩也是護理科的學生，中台護理學院的，小我一屆。

「然後呢？」

「她在補習，很巧，剛好跟我同一棟補習班大樓。」他很平靜如常地繼續吃著飯。

「喔。」

「剛剛打給我，問我能不能幫她寫點東西，要交國文報告的。」

「前幾天遇見了，大家聊了幾句。」

「她幹嘛不自己寫？」我嘟起了嘴，連自己都感覺得到自己嘟起了嘴，但坐在我對面的他卻絲毫沒有注意到。

「不知道，反正只是一點點東西，無關緊要的。」

無關緊要嗎？從我們第一次見面開始，一切似乎也很無關緊要吧？我不是喜歡猜忌的女人，但是我也沒有笨得什麼感覺都沒。我看見長毛的眼神在閃爍著。

「你……要幫她寫嗎？」

長毛點點頭，於是我決定安靜，因爲我知道，他決定的事情，沒有誰可以改變。

淑芬說，如果我很愛他，就應該多注意他，多掌握他的行蹤。

「男人哪！嘴裡說的是誓死不渝，哼，轉個身還不是在那邊偷來暗去？」

「我要怎麼去注意他？我是他的誰呢？」我這樣說。

窩在小房間裡面，淑芬坐在小叮噹頭上，啃著芭樂，我反坐在木製椅子上，下巴放在手背上，手背疊在椅背上。

「妳想一直當他的第三者嗎？」

我搖搖頭。

「今天他可以有妳一個第三者，就有機會再冒出第四者、第五者來。」

「他有一個女朋友，我再愛他也沒用。」

「搶呀！小乖，妳不要這麼傻好不好？」

「他女朋友對他很好，我不想因爲我自己的關係，去傷害另一個很好的女孩。」

淑芬啃完了芭樂，歎口氣說：「如果長毛是奇貨，那奇貨人人都會想居。今天妳不去傷害長毛的女朋友，總有一天，還是有人會去傷害她的。」

聽著淑芬的話，我不自覺點點頭，默默思考著。

「所以，與其讓別人去傷害她，不如妳自己去，至少，最後得到長毛的人是妳。」

我說：「或許吧，可是，如果長毛自己不願意，就不會有第四、第五者了呀！」

「妳對長毛那麼有信心嗎？」

我對他那麼有信心嗎？我想到中午他那通電話，想到長毛說的那個叫做小雅的女孩，我對他那麼有信心嗎？耳裡聽到淑芬又說了一句話：「長毛不是酸雨，所以我不敢給妳保證。」

19

長毛跟酸雨不能相提並論，那我跟小雅呢？你卻不說話嗎？

如果你不愛她，爲何卻擁她在懷裡？如果你不愛她，爲何大老遠送她回豐原去？如果她只當你是好朋友，爲何三天兩頭約你逛公園、吃晚餐？如果她只當你是好朋友，爲何讓你牽著手，在補習班門口擁吻？

他一個答案都沒有給我，只有安靜地坐在我面前，如此冷靜而已。

「你會給我解釋嗎？」

我也可以很冷靜，只不過，不是眞正的冷靜，是憤怒嗎？是失望嗎？還是什麼呢？

「我給不了妳任何解釋，因爲妳應該都知道了，不是嗎？」

「因為我知道了，所以任何謊言都不用再說了嗎？」

「說一個謊言之後，要用更多謊言去彌補與掩飾。」

「所以你什麼都懶得說？」

長毛抬起頭來看著我。「我說過我不愛她，送她回家只是順便去豐原找朋友。我現在主動告訴妳，信不信都由妳。」

一道黑色的風，掠過我的眼前。他對我說完這些事情，說完他認為應該說的之後，轉身離去。

那是農曆新年前的事情了，我織了一條圍巾想給他，因為我知道他很怕冷，每天在台中與東海之間騎機車往返，我怕他感冒，所以織了一條圍巾，淑芬幫我挑選顏色、教我勾毛線的方法，還幫我收針。

星期三，他要上課，正好我跟淑芬要去台中錢櫃唱歌，所以順便送去補習班給他。

「妳什麼時候變得這麼猴急了？」

我笑一笑，沒說什麼。

九點半他下課，我們趕在九點十分左右就到補習班外面，坐在車上等他，因為長毛說過，他個人有提早二十分鐘下課的習慣。

補習班外面很空，沒什麼人，只有一個很可愛的女孩站在外面。她縮在大外套裡頭，露出很秀氣的臉，還有一撮馬尾，看模樣，像在等人，只是我不知道，她等的跟我等的，會是同一個人。

長毛遞給她一本書，然後，在補習班外面，與她擁吻。

「怎麼還沒下來？他不會翹課吧？」淑芬只見過長毛一次，早已忘了他的長相，而且長毛現在頭髮很長，半遮著臉，淑芬於是沒認出他來，她的手指跟車裡的音樂打著節奏，一邊問我：「要不要打個電話給他呀？」

我沒有說話，第一次有著瞠目結舌的感覺，多希望我認錯人，多希望我沒有織這條圍巾，多希望我沒有自作聰明要送來給他。

於是我抓住方向盤，猛踩油門，直接飆往錢櫃。

「妳幹嘛呀？」

「他應該是翹課了，我們去唱歌吧！預約時間快到了。」

忍著所有複雜的心情，我笑著對淑芬說，但是腦海裡面卻都是剛才的畫面，那女孩開心地抱緊長毛，長毛的手伸進她的外套裡面，也抱著她，兩個人在昏暗的補習班大樓下，很熱烈地吻著。

我把圍巾丟在錢櫃包廂裡面了，淑芬一直罵我粗心，還說要回去找。

「算了，天意吧！有機會再幫他織囉。」不知道爲什麼，我無法對淑芬說，或許是因爲她始終不看好我跟長毛的關係吧，我不想再聽見她罵長毛的話，也不希望讓她感覺到我當初有多麼愚蠢。

回家之後，我狠狠地痛哭了一夜。

和他爭執之後，長毛沒有再打電話給我。一個對自己過度自信與自尊的人，是不會輕易說抱歉的。對他，我很了解。所以當他說晚上打電話給我，卻失約沒打時，我會生氣、會哭，可是他會比我更生氣。當他答應要為我做什麼，而卻始終推說時間不夠、太忙、來不及時，我會嗔怒、會吵，可是他會比我更不耐煩。

我知道，他不喜歡道歉，與其要他承認錯誤，不如要他去死，所以淑芬教我，對付一個太強硬的男人，絕不能任他予取予求。

「妳看過《傾城之戀》嗎？」

「什麼？」

「張愛玲的小說。」

我一直以為淑芬跟我一樣，只喜歡看小叮噹，沒想到她的書架上，純文字的書，除了一堆愛情小說之外，還有一本張愛玲的《傾城之戀》。

「若即若離，欲擒故縱。」她這樣教我。

我在懵懵懂懂中學習這個技巧，但卻從來沒有眞正實行過，他的一喜一怒、一舉一動，始終牽引著我。

長毛的頭髮愈來愈長，我燙的玉米鬚捲也愈來愈直，而天空的雲愈來愈厚，他也愈來愈忙。

我在排隊，排在他練團、補習、陪女朋友、跟朋友喝茶……這些事情之後，我的情緒，同樣排在所有他要處理的事情之後。

「拜託，妳不要這樣巴著他不放好不好？」知道酸雨還會傳訊息給我之後，淑芬這樣建議：「除了妳之外，他可以有別人，那麼，除了他之外，妳也應該可以有別人。」

我拒絕這項建議，因為我不想再讓酸雨傷一次心，不過，也因此，我得學會很多讓自己開心的辦法，好忘記現在的他，除了我之外，還有婉怡，還有一個不知道何時蹦出來的小雅。

所以我強自壓抑著思念，狠狠地寫詩，寫滿了他的網路頻道，他的寫一個夢，變成我的寫一個夢，寫一個，充滿對他的思念的夢，而他卻渾然不覺。

淑芬不解於我跟長毛現在的關係，老是追著我問，所以我把前陣子在補習班樓下看見的那個畫面告訴她。

「說不定當初他說的那些，根本都是幌子。」淑芬又有了新的見解。「什麼探索別人的世界……」

「他說的是探索別人的腦袋啦！」

「啊一樣啦，反正就是那些話啦，我覺得搞不好只是引妳上勾。」

我不認同淑芬的推論，我知道，他的確是一個有那種奇怪傾向的人。

「哼，傾向，他有跟網路認識的女孩抱在一起、親在一起的傾向還差不多。」

我不聰明，可是我很會敷衍，當我不認同一件事情或一種道理時，我就會露出圓圓的臉上傻傻的笑容，淑芬當然明白，所以一旦看到我這種表情，她就會安靜閉嘴。

或許是吧！他對每個女孩都會如此吧！聊聊天，逗妳笑，然後跟妳說抱抱，還給妳香一個，做個「*0*」的符號給妳……我大概是這樣慢慢陷入他的圈套中的。

可是一個習慣吸毒的人，明知毒品要命，但卻永遠無法自制地停止，毒品不會說話，就已經有巨大如斯的影響力，更何況我所中的這個毒，還比我深明若即若離、欲擒故縱的愛情絕技。

爲了長毛，爲了跟上他的腳步，我開始閱讀，閱讀那些我從來不曾發生興趣過的作品，我開始認眞創作，寫滿自己的感情與思緒。但我沒有得到什麼。

那次爭執之後，他不再去補習班了，放棄小雅，也放棄了他的公職之路。我問他這樣值得嗎？他說，那本來就不是他的夢想。

不知道應該怎麼想的我，決定更瘋狂地沉淪在文字世界中，希望藉著一個接一個的故事，好讓我忘記這個人所帶給我的一切難過與悲傷，也忘記我眷戀仰賴著的快樂與幸福。

但是，我失敗了。當我以爲我終於快要可以讓他的影子逐漸淡薄時，他的一封信，就又讓我失敗了。當初爲了想知道他是否在網路上對每個女孩都這樣花言巧語，我接受淑芬的意見，註冊一個新帳號在他學校。

在靜宜計中的 BBS 站裡面，我有個新的身分，叫做 SOB。用這個新身分主動跟他認識，跟他聊天，對他暗示我想更進一步接近他，可是到了最後，他寫了一封信給我，很有他的風格的一封信。他說：

笨小乖，不要想耍我，我在大度山等妳，我想見到妳的 cecia。

他的信件都有一個標準風格，就是……眞的很短，他早就看破了我的伎倆了……大度山上，有他給我的一封更短的信。他說，關於最近的雨季，他很煩，叫我打個電話給他，於是，彼此沉默了一段時間之後的第一通電話，是我打的。

電話通的時候，梅雨季節都已經開始了。

「你要跟我說什麼？」

「妳覺不覺得雨下得很煩？」

「嗯。」

「沙鹿的雨，跟東海的雨應該是同一陣雨。」

「嗯。」

「我已經快要發霉了。」

「嗯。」

「妳幹嘛一直嗯，妳在大便嗎？」

不說話，不是因爲我找不到話說，更不是我人在馬桶上，笨長毛，你不知道我是在享受著聽你說話的感覺嗎？而且，我怕我一講話，眼淚就會掉下來呀！

「我在聽，你說。」我忍著自己情緒悄悄地起伏，簡短地說。

「所以我想出走。」電話中，他叫我走到陽台去看看外面，他說，他正在藝術街淋雨。

「妳有多久沒有見到太陽了？」

「不知道，好幾天吧！」

「最近有空嗎？」

我點點頭，回答說有。

「我想去找個看得見太陽的地方，妳去不去？」

我想去找個看得見太陽的地方，妳去不去？

我想去找個看得見太陽的地方，妳去不去？

這樣的話縈繞在我腦海深處，讓我又是一陣暈眩。

你想見到睽違已久的太陽，而我，想見到你。

第四章

我知道妳難過的理由，是因為妳只能在這如夢似幻中擁有我。
說不出話來，我也難過著。
現實由事實所構成，卻得用心情去承受，不用解釋，需要的其實是安慰。

從心之所行，就會是正道。
之於妳，也之於我，完美原不曾存在過，
那就這樣吧！我這樣走。
那就這樣吧！直到覆水難收。

20

藝術街的空氣透明度很高，沒有因爲綿綿細雨而受影響。

街上很冷清，路人不多，適合打著傘散步的時候，反而沒有什麼人，我的車停在街邊，在OK便利店買了一包涼菸。

始終學不會把煙吸進肺裡面，我只會吸到嘴巴，然後「呼」地又吐出來，浪費錢，但是花五十元，可以讓我滿足對他的思念，我認爲很值得。

長毛住的地方就在藝術街上，一棟老公寓的三樓。

我們要去南部，沒有確切的目的地，總之，就是要去找一個有陽光的地方而已，時間是婉怡回家的週末兩天，所以我準備了一套換洗衣物。

到了藝術街時，打電話給他，他說他剛洗好澡，下午兩點居然在洗澡？看樣子，他是打算晚上不洗了。

輕輕柔柔的風，飄著綿綿密密的雨，從灰暗的空中飄落，但我的心是喜悅的，因爲我們從沒有一起出遊過。

他穿著一件長袖的黑襯衫，黑得發亮，一件黑色牛仔褲，一雙黑色球鞋，當然，還有一頭及肩的黑色長髮，頭髮很濕，還在滴水。他很自在而瀟灑地走下樓，但卻沒帶行李。

「要過夜耶，你都沒帶東西唷？」

「帶什麼？」

「行李呀！」

「沒有帶那種東西的必要。」他這樣說，還點起一根香菸，無所謂到了極點。

我把駕駛座讓給他。不知道何時開始，只要我們一起開車出去，不管是吃飯也好、喝茶也好，反正開車的人都是他。

「要去哪裡呢？」

「去找一個看得見太陽的地方。」

南部吧！聽說南部現在艷陽高照。長毛說，那我們就往南去好了，先到台南，看有沒有陽光。

他不喜歡走高速公路，因爲高速公路太無聊，而且方向太明確，沒有冒險的感覺，所以我們走的是省道。可是，往南的省道很多，根本不知道哪一條好。

「那很重要嗎？別想太複雜，反正朝著感覺往南的方向走，這樣就好。」

的確，走的是哪一條路並不重要，我連路都沒看。小白是自排的，長毛只用左手握方向盤。我躺在他的腿上，看得見的只有天空，他的右手可以搓搓我的頭，可以在我身上到處亂搓。

台南，一個我很陌生的地方，而因爲亂開的關係，我們直到晚上才抵達台南市，才找到飯店，那是一家在巷子裡面，很不起眼的小飯店。長毛堅持要住那裡，因爲他去年有來過，飯店旁邊就是商店街。

八點多的時候，他說：「到了旅館，放好東西，我們就可以去逛街了。」

就爲了這家藏在小巷子裡面的旅館，我們耗到了十點半，是到商店街沒錯，可是所有的店卻都關門打烊了。

「至少旁邊還有夜市。」他用很白痴的口氣對我說。

第一次逛台南，去孔廟、延平郡王祠、赤崁樓，再到郊區一點的安平古堡、億載金城，台南的天空很藍，沒有雲，沒有雨，只有我手上的烤魷魚溢出香甜的美味。

他眞的很開心，因爲他終於看見陽光了，我更開心，因爲認識他到現在，已經快一年了，我們第一次出來玩。

億載金城的遊客很少，我們可以到處閒逛，在角落裡面親吻擁抱。他走在一片草地上，累了就隨地坐下來休息。

「以後，還有機會再一起來嗎？」

「會吧！」他看著遠方說。

「你會跟我一起來嗎？」

「如果妳還希望我陪妳的話，我就會陪妳來的。」

「這句話應該我來說才對吧。」我笑著說，他也笑了。

長毛說，那個小雅已經下臺一鞠躬了，叫我不要多心、不要亂想。

「爲什麼下臺一鞠躬？」

他很含糊地告訴我，那是因爲年紀、距離、思想都差太多，但是他沒說，那是因爲他愛我；而我當然也知道，現在小雅消失了，以後也還可能會有別人。

「以後，我們再一起來好不好？我好喜歡這裡。」

長毛說，幾百年以前億載金城還靠海，城上的火炮可以直接打到海面上的敵人，牆上「億載金城」四個字是當時某位大官取的，不過我沒記住。

「億載金城四個字，顧名思義，就是希望它可以屹立億萬年之久。」他指著城上的匾額，繼續說：「金城不壞，億載，哪裡能夠有億載不壞的金城呢？」

順著他的目光，我看了看衰敗的城牆，順著他的手指，我又看回他的面容。

「城牆可以損壞，那愛情呢？有沒有億載不變的愛情呢？」我在心裡這樣想。

沒有。我也這樣給了自己答案，而倘若我們要不到億載不變的愛情，那我們能期待的時間有多久？

「長毛。」

「嗯？」

「我們定個約好不好？」

他感到很有興趣，停下了腳步，回頭看我。

「五年之後，不管我們是不是還在一起，都要再回到這裡來。」

「五年嗎？好呀！今天是四月三十日，時間不好記，就定五月一日吧！」

五年後的五月一日，我們許下這樣一個約。

「就算我們已經不在對方身邊，無論如何，五年後，早上十點鐘……」

「都要在億載金城的城門底下見。」他帶著微笑這樣接著對我說。

五年後，是二〇〇五年。

我沒有陪他跨世紀倒數，也沒有陪他過過任何一個耶誕節，但是我們卻約定了要在五年後的勞動節，來這裡見面。

「到時候如果你忘記了怎麼辦？」

「妳可以打電話提醒我。」

「如果你跟別的女人在一起了，我要怎麼找到你？」

「我每次換電話，都會先通知妳，這樣好不好？」

「那，如果你換女朋友了，你還會不會跟我在一起？」

這句話問得有問題，我應該問，如果他要換女朋友，他會不會選擇我才對，可是我在不知不覺中，竟然早已習慣了當他的第三者。

他沒有回答，踩在軟綿綿的草地上，長毛大笑著走去。

時間會證明很多事情，也會考驗人的記性，所以我有牢記時間的習慣，會把很多事情用力地刻在腦海裡。不過，長毛常常說，我老是記一些不該記的，記得我們第一次接吻的日期、記得我第一次給他的時間、還記得第一次他在線上說要香一個，給我*0*的時間，但是其他的我都會忘記，忘記要去補考內外科、忘記要去拿我申請的在學成績紀錄，還會忘記我跟我家人約好的回家時間。

不過，我確信，我不會忘記五年之約，因爲我知道，如果最後我們依舊沒有在一起，那麼五年後的那一天，可能是我這輩子最後一次，有機會見到這個我一生最愛的男人。

回台中的路上，從豔陽高照逐漸進入霪雨霏霏，天空飄起細雨。西濱道路在中部以南的路段未完全通車，有些地方不好走，省道兩旁有很多漁塭，一望無垠，竟然沒有山。

「這裡應該算是嘉南平原吧！很寬闊。」

太寬闊的視線，是沒有盡頭的，我不喜歡這種感覺，因爲我會不安。倒不如明白地告訴我，盡頭將在哪裡等待我，至少我會甘願一點。躺在長毛的大腿上，我看著他開車時的悠閒。

「你會在盡頭來臨時告訴我嗎？我對你的要求已經不多了。到時候，你會願意先告訴我嗎？」

聽著車裡面環繞的伍佰的「愛情的盡頭」，他沒有回答我問在心裡的問題。

從狹隘的視線看出去，我只看到幽暗塵霾的天空，那才是我們原來生活的地方，才是我們終究要回去的世界，陽光普照的天空，原來只是兩天一夜的夢境而已。我的心裡很難過，長毛專注地開著車，沒有表情，只有眼神中帶著些許感傷的溫暖，我知道他其實是懂我的心情的。

雖然此刻的我們都沒有笑的心情，可是他喜歡我笑，所以，我還是笑了。

21

沒有永恆不壞的愛情，但至少還有亙古不移的思念。

九二一地震的受災戶，無論半倒或全倒，都可以申請很多補助，其中，我認爲最離譜的，是受災戶的役男可以免役。已經當兵的可以馬上退伍，即將入伍的可以直接免入伍。

所以長毛那一掛結拜兄弟、蝦兵蟹將們，通通沒有穿過迷彩服，就已經直接領退伍令了，只有他一個人例外。

「就是這條縫，如果它再長一點，我就不用當兵了。」他指著縫讓我看。

那一次再去埔里，市區已經恢復大致的秩序了，至少，騎車已經要戴安全帽了。他特別說明給我看，關於他得當兵的理由。

那晚去喝茶，他的朋友們不斷嘲笑他，還慫恿他回家自己偷偷敲斷一截樓梯，好申請爲半倒受災戶。

我知道他有多不情願，不過長毛爹爹說：「男人不當兵，算是什麼男人！你最好是乖乖入伍，到外島去磨練兩年。」

他爹，是誓死保護樓梯的人。

所以大家決定，今年六月長毛畢業時，要爲他辦一次聚會，恭送他入伍。我跟著大家一起狂笑，只有他一個人哭笑不得。

今年他大四了，而我大三了。淑芬已經又換過好幾個男朋友，她現在的口頭禪，又有點不一樣了，她說，她見識過的男人，比全沙鹿的水果攤的芭樂通通加起來還多。

「而妳，我親愛的小乖乖，妳還在跟那隻長毛狗藕斷絲連。」她這樣笑我。

「我已經很認眞學習妳教我的技巧了嘛！」

「拜託妳用對地方好嗎？把心思花在値得的人身上嘛！」

「還有誰呀？」

淑芬叼著芭樂，從口袋裡面拿出一封信來給我，上面字跡很秀氣，也很有勁道，最重要的，是它很眼熟。

我該說我忘不了妳嗎？是的，我忘不了。而妳該對我再一次回眸嗎？如果，妳願意的話。生命是一條漫長的道路，我們都期待終點是幸福，妳的幸福，是否已掌握在手上？我的幸福，還高掛在每晚清晰的夜空中，那裡，我稱呼她……銀河。

看到「銀河」兩個字，我就知道誰寫的了。

「這信是哪來的？」信紙摺得舊舊的，顯然放了一段時間，摺痕處都起毛邊了。

「信的主人寫好很久之後才交給我，妳知道是誰寫的嗎？」

「廢話，會叫我銀河的，只有酸雨。」

淑芬說，她今天中午從圖書館出來，遇見了酸雨，酸雨很親切地跟她打招呼，他們還一起吃了頓午飯。「他一直沒交女朋友。」

「沒交女朋友未必就是在等我呀！」

「可是，他說他是在等你沒錯呀。」

「神經病，怎麼可能？」

淑芬說，酸雨自己親口講的。

他經常寫信給我，兩三天寫一封，不過從沒寄出過，他常常寫了之後，把信放進信封裡面，然後到他們宿舍頂樓，再放一把火燒掉，對著天空裡的銀河，把信燒掉。

「我還活著，不必現在急著燒給我吧？」

「他不燒，妳就會看嗎？」

「不會。」

「那就對了，他自己也看不下去，所以只好通通燒掉。」

「這個人已經快要瘋了。」

「可是我覺得，這樣的事情他說的，我會比較相信。」

言下之意，就是她不相信長毛會有心做這樣的事。

「那妳慢慢相信吧，我可不想相信這麼……這麼夢幻的事。」

台中的雨沒有要停的意思，因爲電腦靠窗，所以我習慣關上這面窗子，只留上面的氣窗通風，不過今晚，我卻在電腦上面鋪了一條大浴巾，擋著雨水，好讓我看看窗外。我忽然很想看看窗外的世界。

沒有星空，當然更沒有銀河，唯有幾許細細的雨絲，不斷墜落在漆黑的大地上，還飄進房間而已。

你好嗎？酸雨。不知道你現在是不是也在看著天空？望不見銀河的夜晚，你的心情一定也不好吧！我可以猜測得到。

淑芬說，一個女人的一生，很難遇到一個這樣深情的男人，而通常就算遇到了，也大多不能把握，會因爲誤會、緣分而錯過，甚至，更悲哀的，是這女人根本沒有發現。

「你們之間沒有誤會，妳有發現他，你們的緣分其實早已存在。」她像個佈道的牧師，很認眞地對我說：「如果今天妳身邊的男人像他一樣，我就不會來勸妳了。」

如果你信奉的是眞神，你當然不必再去多瞧瞧另一個神，這道理我懂。

「所以，很多時候，妳應該朝著對的方向去走，而不能只朝感覺去走。」

有句話說：從心之所行，即爲正道。

這是長毛說過的，他說，這句話來自於一部小說，但是我覺得很有道理。跟隨著心的方向去走的，就是正確的道路了。於是我告訴淑芬：「我信奉的是我的神，而我並不認爲我信錯了。」

她看著我很堅定的表情。「那酸雨呢？」

「我沒有否定他的意思，只是……現在的我，依然無法接受他。」

「沒有要妳接受他對妳的感情，不過，至少妳可以跟他繼續維持友誼吧？」

「我也沒有拒人於千里之外呀。」

淑芬看看我，端詳了一會兒我的臉。「那妳要不要跟他見面？」

「什麼意思？」

「他很想見妳。」

他很想見我。很想見我，你可以打電話給我，跟我約時間；很想見我，你可以直接到我家樓下來等我，我沒有搬過家；很想見我，實在不需要透過別人來告訴我。我跟淑芬這樣說，淑芬點點頭。

結果，第三天，一切又跟去年一樣，一個高大的身影，出現在我們班的教室外面，淑芬眞的去跟他說，要就自己來找我，而這次更誇張，他手上還有一束金莎花。

「你拍廣告嗎？」

「我只是覺得，這樣比較正式。」

我的天哪！趕快把金莎花丟給淑芬，我拉著酸雨逃命似的離開教室，背後還傳來大家叫囂歡呼的聲音。

「我想不出理由去找妳。」

「一起吃飯，一起喝茶，這些不都是理由嗎？」

「那，萬一妳問我，爲什麼要一起吃飯，我要怎麼回答？」

欸……「我應該不會這樣問吧？」

「我不知道，所以我不敢約妳。」

他跟長毛一樣，也是一個很聰明的男孩子，只是，每個人笨的地方不同，長毛不會管理自己的生活，經常有一餐沒一餐，要不是沒錢，就是懶；酸雨笨在他不是很懂得如何表達，尤其，是當他跟自己喜歡的人在一起時。

「第一次，我用可以教妳英文當理由，第二次，我因爲地震的事情去找妳。」可是他想不出第三次了，尤其，在看見我跟長毛擁吻之後。「我猜想，妳可能不想見我。」

我很無奈地笑了一笑，什麼話也說不出來，看著他慢慢地要走回自己的教室，那樣孤單的身影，我忽然叫住了他，問他，要不要一起去看電影。

「今晚？」

我點點頭。酸雨說他明天還有考試，而且今晚還有實驗要趕，明天要提出來。

「是關於雨水裡面酸性物質沉澱速度的研究。」

他還在玩「酸雨」呀？我說，不然改天吧。

「沒……沒關係，只是，可能會晚一點。」他的臉上露出了很懇切的樣子。

於是我們約定，等他實驗結束之後，打個電話給我，我會在我家樓下等他，多晚，我們都去看電影。

我知道酸雨愛我，但是我無法愛他，沒有誰應該爲這樣無奈的感情說抱歉，我能給他的，不過就是一場電影之約而已。

這是我認識酸雨以來，第一次決定跟他單獨出去，而且第一次，就是那種不見不散的生死之約。淑芬很訝異，我居然會答應他，不管多晚都去。

「是妳自己說的呀，給他機會、跟他做朋友呀！」

「萬一他實驗到半夜，妳還要去喔？妳不知道約會強暴的危險性嗎？」

不會吧？「妳對他的人格不是很有信心嗎？」

「知人知面不知心嘛，萬一他得不到妳的心，卻硬要得到妳的人……」

我的心裡面砰砰地跳了兩下。

「那不就變成我害了妳？」

看著淑芬憂心忡忡的表情，我想了一想，忽然笑了出來。

「妳笑什麼？」

「如果他愛我愛得那樣深，這種事也是有可能發生的。」

「對呀，多危險呀！」

「不過這種事也不完全是壞事。」

淑芬驚異地瞪大了眼睛。

「至少他得坐個十年八年的牢，我也落個耳根子清靜，妳說對不對？」

在她不可置信的表情中，我笑著離開了她的房間。

即使我是銀河，也無法映亮每一個人，真的，只能說抱歉。

22

這場電影，我們終究沒有去看。

長毛要畢業考了，而在這之前，他要先去赴一場盛宴。二十幾個好朋友，一大掛的埔里人，居然只有他一個人要當兵，大家每個人出五百元，合資要在錢櫃給他擺一桌，歡送他即將入伍。長毛堅決不要任何人陪他去赴會，他說：「這種事情沒有什麼好光彩的，還是讓我自己去就好了。」

那天晚上，是六月十一日。

長毛有個壞習慣，就是酒到杯乾，人家敬他酒，他從來沒有不喝過，人家不敬他酒，他也會自己喝得很高興，據他自己聲稱，這是對「五柳先生」表示敬意的實際做法。五柳先生就是這種人，人家請他喝酒，他一定去，去，就一定喝光所有的酒。

長毛說：「我沒地方種五棵柳樹，但是我可以喝五瓶玫瑰紅還不醉……」

太過自信的人，往往都輸在他最自信的那件事情上面。所以，那天晚上他就醉了。十幾個人簇擁著他走出錢櫃，有人直接醉倒在錢櫃外面，有人吐在路邊。

長毛豪氣干雲地說：「放心，你們好好的繼續墮落，我會在軍中保護你們！」口氣很大，不過腳步很歪。

有的人還沒醉，打算開車送他回東海，他說不要。有的人更好心，要接他去朋友家小睡一晚，他也不要。長毛堅持，要倒，只能倒在自己的床上，所以他騎上三冠王，揮別所有目送他的朋友。

不過他本來應該轉上中正路，直接接中港路回東海的，但是不知道為什麼，他卻騎到台中市南區的復興路上面去了，而且，他也沒有順著大馬路走，他在巷子裡面鑽來鑽去，後來自己又騎出復興路，想直接飆回東海。結果，他把路邊的霓虹招牌看成紅綠燈，也沒注意到復興路上其實有安全島。

「砰」的一聲巨響，三冠王的車頭整個粉碎了，他筆直地撞上安全島，後車輪的推力讓車子後半部自然頂高，而又重重落下。長毛頓了一大下之後，連人帶車地往左邊倒。

凌晨，無人的復興路上，他愣愣地坐在快車道上，旁邊是已經死掉的三冠王。

我洗過澡，換好衣服，坐在書桌前，寫了一首很不怎樣的詩。長毛的電話沒人接，大概正在酒酣耳熱吧！酸雨的電話也沒人接，可能正在焦頭爛額中。

時間已經過了十二點。

「你們是要看子夜場嗎？台中沒有放子夜場電影的電影院吧？」

我白了她一眼，淑芬嘻嘻哈哈地出去了。

她說得沒錯，萬一酸雨真的弄到半夜三、四點，那這場電影還看是不看？哪裡還會有電影好看？搞不好只能去 MTV 了。

我在房間裡來回踱著，一直等待著酸雨的消息，直到半夜兩點半左右，手機響起。

「對不起，我剛做完實驗，剛整理好數據跟紀錄。」

「沒關係。」

「那……現在已經很晚了……」

「沒關係，不然，去看 MTV 也可以。」

「嗯，那麼，妳要不要先換衣服？我馬上到。」

我跟他說，我早就換好衣服在等他了，酸雨很興奮，幾乎有點語無倫次，要我先下樓等他，他十分鐘之內會到。

拿了皮包、手機、鑰匙，我還順便塞了一罐我爸買給我的防狼噴霧劑，雖然我很相信酸雨的爲人，不過，總是防人之心不可無，要我用自己的身體，去換酸雨坐牢的十年八年安靜，我可還做不到。

套上鞋子，才剛剛要走出門，去年九月底的那場惡夢忽然又來了，一陣天搖地動，伴隨著淑芬淒厲的尖叫聲，又地震了！

我嚇了一大跳，直覺不是往外衝，而是立即跑向隔壁淑芬的房間，一把拉住她，趕緊就要往外逃。淑芬則依循著既有的慣例，遇到地震就歇斯底里地瘋狂鬼叫，不過這次地震很短，不一會兒就停了。

我放開她的衣領，輕拍她的背脊，在她驚魂甫定的時候，我的手機又響起。

「是我。」

長毛?!「你沒事吧?剛剛地震了。」

「我知道，不過我比那更嚴重。」

「你……你怎麼了?」

「我車禍了。」

他狠狠地撞上安全島之後，人車一起側倒，半夜無人的復興路快車道上，他一個人坐在路中央，看著車頭撞爛的三冠王，正當他想站起身來時，六二一地震就來了。長毛坐在路中央，任由世界恣意搖晃，招牌、路燈到處搖，他還很悠閒地點了根菸，完全不怕有車飆過來撞死他，也不怕路燈倒下來壓死他，他很大聲地在夜空中高叫著：「靠!夠了沒有，這什麼世界呀!」

發洩完了之後，這才打電話給我搬救兵。

我該怎麼辦?酸雨要來了，但是長毛車禍了;我跟酸雨約好不見不散的，但是今天車禍的是我最重要的人。

淑芬氣喘吁吁地坐在房間門口。我手裡抓著手機，來回踱步，心裡面慌成一團，看著她痴呆的樣子，這下連個給我意見的人也沒有了。

我想打通電話給酸雨，可是我想不到我要怎麼說。打給長毛，開玩笑，對著自己最愛的人你能見死不救嗎?

從心之所行，即是正道。

從心之所行，即是正道。

我現在最想的是什麼?這還有什麼好想的?於是我快步往樓下跑，穿著本來要陪酸雨去看電影而換上的粽子裝往樓下跑。

小白的車燈亮起，一向習慣熱車的我，直接換檔，結果發現排檔鎖沒開。熄火、開鎖，再重新發動車子，左手抓住方向盤，右手放開手煞車，推到D檔，我的車燈筆直地射了出去。

從小巷子要轉進中港路上時，有一輛藍色的福特跟我照面經過，我本能地踩了一點點煞車，讓他先過。

那輛車上的人，跟我有一樣焦急的心情。他忙了一晚，準備要去接他心愛的女孩去看電影時，結果發生地震，所以他很急地狂踩油門，想要趕到那女孩的住處去，我在轉角路口處減慢速度，好讓他先過去。可是，他去了之後會落空，因爲那女孩終究還是失約了，那女孩現在也在車上，不過是在女孩自己的車上。

我，剛剛跟他擦肩而過，而他沒發現這輛車裡的人是我。抱歉了，酸雨，又要讓你失望了，對不起。

23

其實我們都一樣，都在從心之所行，只是，沒有交集而已。

那一晚，很難得地，全程都由我開車，因爲我可不想長毛在毀了三冠王之後，還連小白都一起撞爛。

他的機車放在路邊，人讓我載回東海。

「你沒事吧？有沒有受傷？」

「沒事，我感覺好像自己要飛起來一樣，然後撞到屁股。」

「那應該沒事吧，你屁股最有肉了。」

長毛點起了一根香菸，整個人像什麼也沒發生過地無所謂。我問他，本來要回東海的，怎麼騎到南屯區來了。

「我也不知道，就想說一直走就好了。」

一直走？一邊往西，一邊往南耶！

「你知不知道一直走會走到哪裡？」

他搖搖頭，我也搖搖頭。

「不要回去好不好？」他突然說。

「嗯？」

「不想回去呀！」

我看著斜躺在副駕駛座的長毛，他的雙眼朦朧。於是車子開到重畫區之後，我們去了汽車旅館。

那一晚什麼也沒發生，他睡得跟死人一樣。又洗了一次澡，我看看手機，上面有一封訊息。

「我想，妳終究有妳想選擇的。不過，我會依然在這裡。只是很擔心妳，回來時給我個消息好嗎？」

酸雨傳來的訊息裡面，語氣很平淡，但是我知道他有多難過。

翌日一早，長毛恢復精神之後，車又讓他開，一路開到沙鹿的機車行，他認識的店裡面。老闆開著小貨車，要跟他去台中市把車給載回沙鹿來修理，我對他揮手說再見。

昨晚的六一一地震，並沒有對台灣造成太大的傷害，我認識的人裡面，唯一受到傷害的，只有酸雨。長毛在地震前就已經撞車了，地震跟他無關，而酸雨所受到的傷害，卻是心理的傷害。

我們的宿舍是一整排的透天厝。對面是一片荒煙漫草，所以可以停車在路邊，這棟樓只有我有車，因此對面等於是我的停車位，然而，現在那裡有一部車，藍色的福特，車裡面有個年輕人，正躺在椅子上睡覺。

我敲敲車窗，把他叫醒。酸雨還穿著實驗室裡面的白袍，睡眼惺忪地看著我。

「對……對不起。」

「妳回來啦？」

我點點頭。酸雨疲倦的臉上，露出了一點微笑。

「沒事就好，因爲我很擔心妳，所以在這裡等妳，結果……」他抓抓臉，對我說：

「沒想到就睡著了。」

很想請他到樓上坐一下，不過我想他更需要一張舒適的床好補眠。看著他終於安心離去的表情，我覺得很不捨，也很愧疚。酸雨始終沒有提起那場電影的約定，而我不認爲他會忘記。

接著而來的期末考，我都心神不寧的。

淑芬說：「兩難嗎？這是眞實的愛情世界裡常有的事情，看開點吧！」

看開點？明明是妳又把酸雨拉進來的，居然叫我看開點。

「妳不覺得這比妳以前一個人瞎掰那些情詩，來的更具震撼力嗎？」

話是這樣說沒錯，不過，要搞到我念不下書，那就有點嚴重了。

這個暑假，我計畫要去旅行。淑芬興高采烈地翻著旅遊手冊，到處找景點。

「妳在高興啥呀？」

「要去玩耶，當然要高興一下呀！」

「我又沒說要帶妳去。」

「不管哪，嗯……」淑芬最勾人的地方，是她很狐媚的聲音，不過一個聲音聽了兩三年之後，再狐媚你都不會有興趣的，更何況，我也是個女人，這一招對我無效。「好哪，帶人家去嘛……」

「其實我也還沒決定是不是要約長毛，因爲我不知道他有沒有空。」

「不然妳要找酸雨嗎？」

說到酸雨，他最近又消失了，據說是忙著實驗室裡面的專題研究，被教授拉到台北去了，去測量海水污染的嚴重性，還有一堆怪怪的分析，酸雨臨走前，送了一大束香水百合到教室去，又引起騷動。

「不是叫你不要這麼誇張嗎？你這是在幹什麼呀？」我像個潑婦，大聲地對他說。

酸雨尷尬萬分，他說：「我怕送玫瑰會被誤會……」

送玫瑰會被誤會，送香水百合就不會嗎？一大束花，我連捧都差點捧不回來，智障也會誤會的。

「這樣吧，妳去問長毛啦，如果他要去，我就多約個男生一起去。」淑芬很賊地對我說：「兩個男生可以開車，多好！」

我也很想跟淑芬一起出去玩，可是我更想找長毛，跟他去做長途旅行。

不過願望落空了。

東海，藝術街，他又在搬家了。

因爲他那隻特技貓溜出去跟野狗玩，帶回了一身麻煩與災難，結果整個四房一廳的房子裡面，住的最多的不是人，是跳蚤。

「妳知道我的儲藏室多可怕嗎？進去之前，要先用漂白水抹身體，抹完要噴一層殺蟲劑。」他挽起褲管給我看。「接著要再噴一層殺跳蚤專用的『蚤不到』，這樣才能進去。」

他說進去之後，跳蚤就立刻密密麻麻地沾上他的小腿。

「這就是結果。」兩隻腳毛還挺長的小腿上面，到處都是紅斑。

「你要不要請人來消毒呀？」

「不必，我想放火燒一燒房子比較快。」

「那隻帶菌的野狗呢？」

「嘿嘿嘿嘿……」

長毛說，他跟阿福兩個人，爲了那隻野狗，去買了一把ＢＢ槍，追遍牠整條藝術街，打得牠飆屎飆尿。

「你們好變態唷！」

「敢把跳蚤傳給我兒子，我就餵牠吃ＢＢ彈。」

他兒子，他把那隻特技貓當成兒子。

所以他要搬家，搬到附近的套房，阿福還是住他隔壁，忙著找房子，忙著搬家，沒有時間陪我規畫行程。

「妳決定就好。」他這樣簡單對我說。

原本我以爲，等他搬完家之後，我們就可以一起出去玩了，然而當他終於搞定這個問題之後，卻又對我說：「我得去工作了。」

「工作？你已經拿到畢業證書，都快入伍了耶！還工作？」我皺著眉，完全不能理解。

長毛搖搖頭，給我看他的成績單。

「大四英文，零分？這是怎麼一回事？」

「不是那個，那個是必選修而已。所謂的必選修，就是選修，但是一定要選。不過修了不一定要過，所以我一開始就打定主意讓它當的。」他指著另一科的成績讓我看。

「當代主義批判，二十九分？」

我簡直不敢相信，不知道這傢伙書是念到哪裡去了。這種課程叫做通識課程，爲了避免你只專精於本科系，所以學校硬性規定這種課，很無聊，但是你又非念不可。畢業前，要修滿一定學分的通識課，否則……

「就像我現在這樣，延畢。」他很鎮定地對我說。躺在床上，我縮在他的懷抱中，他叼著菸，若無其事地對我說。

因爲只修兩個學分，所以他下個學期，一星期只有兩節課，剩下的時間，他想去打工。

我在規畫好行程之後，想找他一起再確定一次，沒想到我得到的是這個消息。

「我找好工作了，在台中工業區。」

「做什麼的？」

「滑板車。」

滑板車？一個讀中文系的去做滑板車？他點點頭，還說他是這家工廠裡面的最高學歷。

「哈哈哈哈哈哈哈哈……」一時之間，我忘記我應該爲不能跟他去旅行而難過，也顧不得淑女矜持，逕自大笑出來。

「喂……」

「哇哈哈哈哈哈哈哈哈哈哈……」

他倒是自信滿滿的。這是什麼世界嘛！一個中文系的延畢生，跟人家去做製造業，那也就算了，他還負責品管。如果說要長毛評論一篇小說，我相信他有這本事，可是要他去檢查一輛滑板車，這個就很匪夷所思了。

「小乖，妳要不要買滑板車？」

「幹嘛？」

「我送一台給妳好不好？」

我才不要拿性命開玩笑。

「不然給妳媽媽，她遛狗的時候可以騎。」

我更不要，我媽年紀大了，騎滑板車也跑不贏隔壁凶惡的秋田狗。

「不然妳那個室友，那個什麼什麼芬的，看她要不要。」

我問問就坐在我旁邊吃布丁的淑芬，她尖叫著說她不要。

「妳們很不給面子耶！」

「我看算了吧，你好好做，賣去外國給外國人玩就好了，謝謝喔。」

中午的時間，他從工廠打手機給我，問我要不要買滑板車，我差點沒有昏倒，他一直嘮叨著說我們不給面子，對他沒有信心。

起先，我總是一直笑著，但笑到後來，我卻笑不下去了，因爲我聽見他那邊，有女孩子的笑聲，還問他要不要一起去吃飯。

「怎麼會有女孩子？」

「工讀生啦，東海的學生。」

「你不要亂來唷！」

「我才不會。」

然後我聽見他跟她們說笑的聲音。

不會嗎？

淑芬說：「狗有一種很不好的習性，牠們總是改不了。」

我不願意這樣去想，不過，不過，不過……唉。

給我一個相信的理由，好過給我千百個背叛的藉口。

24

他都叫她「小公主」，因爲她是工廠裡面唯一一個他看得上眼的女孩。名字我不知道，我也不想知道，我知道的，已經夠多了。

工廠裡頭有一群七十年次的年輕小夥子，通通是高中剛畢業，長毛收了幾個小朋友當徒弟，教他們吉他，帶他們熟悉東海生活圈，每天一起吃飯、一起生活，「小公主」是大家的掌上明珠，於是也就理所當然地應該配上長毛。

那我呢？

淑芬問我：「那妳呢？」

我也不知道。到東海去找他的那一天，他跟我有約，約在他下班之後，一起吃飯。而天正朦朧，雲聚風起，開始下起雨來。

「要不要我去工廠接你？下雨耶。」打了電話給他，我知道他不喜歡帶雨衣在車上。

「不用了，我先送個同事回家。」他這樣對我說。

於是，我在他家樓下等了快兩個小時。車上的音響，從張宇唱到蔡健雅，接著是陳昇，當莫文蔚的專輯唱到第五首時，他淋著雨回來了。

走過雨裡，我到他面前。

「怎麼了？」

「你不是送同事而已嗎？你知不知道我等了多久？」

「雨太大了，我走不了。」

他走不了，不是因爲雨大，是因爲領口被雨打濕而有點模糊了的口紅印，還有一身雨淋不去的香水味。

「你不要一直做些讓我對你失望的事情好嗎？」第一次，我這樣對他說。

長毛甩了甩頭髮，看著我。

「你要給我解釋嗎？」

他搖搖頭。

「除了解釋，你可以給我不同的東西嗎？」

「我……」

我打斷他的話。「我不要什麼，我只要你讓我安心而已，很難嗎？你要的自由，我給你，你要的生活，我給你，那麼我要的，你可以給我一點點嗎？」

雨淋濕了我的全身，滿臉是雨水的我，他看不到淚水。

「一點點安心就好了。你想怎麼樣，你告訴我好嗎？不要瞞著我。」

他的眼神如冰，跟打在我們身上的雨水一樣冰。

「我也是個女人，很多事情，你不說，可是其實我可以感覺得出來的。」

記不得了，不知道這是第幾次，我在他面前哭，而接下來的，也都與以往如出一轍，我躺在他懷中，接受他給我的一切，但是到了最後，我都會哭。擁抱一個妳愛的人，擁抱他的心，也讓他擁抱妳，但卻那麼暫時。沒有承諾，沒有永遠，更沒有未來。他會說，他喜歡抱我，喜歡吻我，可是，那句「我愛妳」，卻始終吞吞吐吐，甚至，我能感覺出他說「我愛妳」時的言不由衷。

激情時愈是纏綿悱惻，清醒後愈是沉淪傷痛。

「你可不可以老實告訴我，你剛剛去了哪裡？」

「送她回家。」

她，指的是「小公主」嗎？長毛點點頭，任由他的髮絲，在我胸前輕晃。

「你愛她嗎？」

他搖頭，很輕地搖頭。

「那……」

「不要問為什麼，好嗎？我說我不愛她，這就夠了，好嗎？」

我愛他的眼神，也恨他的眼神。融化一個人，靠的是雙眼，冰封一個人，靠的也是雙眼。

「那就不要這樣好不好？我會很難過……」眼淚又不爭氣地流下來，我縮進他的懷裡，不敢再一次接觸他的目光，長毛搓搓我的脖子。「我不要……我不要……我不要嘛……」

「小乖。」

「為什麼，你已經有婉怡了，有我了，為什麼還不夠嘛……」

「小乖。」

我任性地哭著，卻沒有辦法像小說裡的女主角那樣去打他的肩膀，或抓他的手臂，我會捨不得。

蓮蓬頭裡激射而出的水花，打在我的臉上，而我總感覺，洗不去我的淚水。長毛喜歡跟我一起洗澡，因爲我可以幫他刷背，我也很喜歡陪他洗澡，因爲這是我們另一種聊天時間，不過今晚，我沒有力氣幫他刷背，也沒有心情聊天，雨水混著眼淚，自來水也混著眼淚。

「你怎麼會是我的幸福，我竟如此的盲目，所有認眞守住的堅持，你到底在不在乎……」張宇的歌聲，瀰漫著車內，我在自己封閉的世界裡面痛哭。

九月，這個生日我自己過了，連淑芬都不見人影；十月，他的生日有婉怡陪他過了，當然還有阿福、特技貓，跟他那一堆小跟班。

然後，我們又見了幾次面，只不過，我變得很愛哭，每次見面，總感覺自己的淚腺就特別發達。我不知道他是否已經結束跟「小公主」之間的曖昧，總之，他在公司的地位愈來愈高，經常加班，也升到了品管單位的小主管。

酸雨在十月初回來，曬得很黑，他送我一本詩集，席慕蓉的《無怨的青春》。我說，這我看過了，但我沒說，是長毛借我看的。

「她的詩，我只看過這一本，覺得還不錯。」

「你知不知道席慕蓉是男生還是女生？」我忽然想問他。

「當然是女的呀！」他居然知道。

那天中午的大飯桶，味道跟平常不一樣。長毛也喜歡來東海的大飯桶吃飯，不過他吃滷肉飯、味噌湯，酸雨喜歡吃這裡的羹麵。

說不定他們也曾經在同一桌一起吃過飯……我又開始胡思亂想。

爲了要介紹更多的書給酸雨看，我帶他去東海的東海書苑。不過，我還是不習慣跟他一起出門，所以我是自己先出來的，到東海大飯桶來等他。吃飯時，他聊起很多這個暑假在台北做實驗的感覺，很輕鬆、很自在，當然，他不會告訴我，他在那一段時間裡面，會不會也跟以前一樣，有空就忙著寫信給我，寫完就燒。

這裡賣的書不同於一般的書局，有許多文學書籍、音樂藝術書籍，還有各種平常在金石堂或新學友看不到的書。

「妳常來嗎？」

我點點頭，告訴他，這裡有很多大學教科書、參考用書，還有很多很具人文風格的書籍。

「嗯，埋在實驗室太久了，我想，我該好好看看不同的世界，接觸不同的領域。」他很開心地翻著一本黃仁宇的《中國大歷史》，像個剛到玩具店的小朋友。

店裡播放著輕音樂，沒有多餘的人聲，我瀏覽著架上的書，也瀏覽著正在閱讀的酸雨。

我忽然愣住了。以前，這裡是長毛帶我來的，他像一個神，我是他特別眷顧的追隨者，他帶著我，牽著我的手、攬著我的腰，帶我進入他充滿思考與辨證的世界裡，讓我發現護理世界之外更宏大的一片天。那時的我是被動地接受著長毛所帶給我的一切。

而今，我竟然扮演起長毛所扮演的角色，帶著酸雨來到這裡，我在不知不覺間學習長毛說話的樣子嗎？我在似有若無間，從酸雨身上去找尋長毛的感覺嗎？角色扮演的錯亂感，迷惑了我的感覺。

「為什麼，你會想去買席慕蓉的詩來送我？」他捧著一堆小說跟詩集，走出東海書苑時，我這樣問他。

「嗯……」

「不要想得那麼複雜，也不要顧慮太多，酸雨，你告訴我，為什麼要買詩集送我？」

「我也不知道，感覺，妳會想看吧！」

走在幽靜的巷弄中，前面是人車喧騰的東海商圈。

「那，你又為什麼，要買一堆你根本沒想過要看的書？」

我想要一個答案。因為以前長毛也曾這樣問過我，回答那問題之後，我知道我注定要變成他的追隨者，成為他的世界裡的俘虜。

現在，我拿同樣的問題去問酸雨。酸雨搖頭擺腦，俊俏的臉上，露出了一點遲疑與思索的樣子。

「我想，我是為了更接近妳的世界吧！」

「我想，我是為了更靠近的你世界吧！」

接近，靠近，幾乎是同義詞。現在的酸雨如是說，過去的我，也如是說。

我沉淪於他，你沉淪於我，我們的世界裡，竟沒有所謂的希望。

25

長毛的樂團，是個很奇怪的組合，有時候我都很懷疑，他那種實力居然有人要跟他玩，不過長毛笑著說：「好玩最重要，強不強沒關係。」

我認爲，這是藉口。

他的樂團暫時解散了，因爲大家各分西東。我不喜歡過問他太多其他領域的東西，對於一個像風一樣飄忽的男人，想愛他，就要習慣他的不定。淑芬給我如此的建議，我也同樣這麼認爲。

因此當他跟我說，他正在跟唱片公司接觸，想把自己創作的音樂帶寄出去時，其實我並沒有很詫異，反正他本來就常常在做一些莫名其妙的事情。他的文學頻道上面，有人不斷鼓勵他去投稿，他老是沒有信心，我把他的小說偷偷貼到網路上面去，也還有人喜歡看，然而他卻執意想走音樂的路。

「試試看嘛！也很好玩呀！」

玩，常常是他掛在嘴上的理由。笑，是他常常用來面對這個世界的武裝。我知道他很窮，他跟婉怡的生活費是分開的，所以他常常一個人餓肚子，爲了不讓他餓死，我習慣經常約他一起吃飯，吃個飯，我再回沙鹿上課，可是我知道他不喜歡。

「沒有一個男人喜歡對自己的女人哭窮的。」淑芬說：「妳不要說，去做就好。」

當他已經跟唱片公司談到合約問題時，我想，他的經濟會有點改善了吧！

但結果沒有。爲了這個問題，我只好三更半夜，又到台中市去找他。

「如果我不能讓自己的樂團做編曲，那我賣歌幹嘛？」

「你的團不是解散了嗎？」

「又組了一個新的，很強的，也很好玩的。」

十一月初，風冷。他剛從台中市的「寒舍」出來，喝了一肚子茶，受了一肚子氣。

「不能讓樂團自己發揮創意，我寧願把歌丟進垃圾桶裡面，不賣。」

他的頭髮更長了，已經可以遮住整張臉，但此刻夜風一吹，我看見了他的激動。

「那就不要賣好了，沒有關係的。」

坐在街邊的人行道上，長毛的頭低垂，縮在膝蓋中。

「很難哪！這年頭，想爭個頭都很難呢！」

他忽然笑了。雖然我不懂音樂的世界，但是我懂他的心情，那種落寞的感覺。

長毛告訴我，很多人都不喜歡他跟他做事的風格。

「如果我不認識你，我一定也不喜歡你。」

「爲什麼？」他用很納悶的眼神看著我，很認眞地想知道。

「因爲你老是喜歡亂笑，又老是對很多事情都不在乎。」

「笑有什麼不對？不在乎又有什麼不對？」

「很多事情，你認爲可以笑，可是人家未必認爲，也不見得覺得好笑。」我說：「不是每個人都跟你一樣，那樣可以看得開、那樣不拘小節。你因爲不在乎，所以你笑，可是別人在乎呀！」

「多無奈呀，難道，只能照著別人的希望去過活嗎？」他點起一根香菸，在飄著風的十一月初的台中街頭。「如果連說話、走路都要看人家的意思，在乎這一切，那……不如死了算了。」他說，他只想做他想做的。「不過，出頭眞的很難。」

「沒有人要你非出頭不可，不是嗎？」

他搖搖頭。「要，就做到自己甘願，不然，我不會死心。」

我沒有話說，只能陪他這樣坐著，看著市區的人車，看著浮華的霓虹閃爍。

長毛說，唱片公司的人跟他談了很久，也給他一些建議。「叫我去找個女生來唱女孩子的歌，這樣的試聽帶比較好聽。」

「需要我幫你找嗎？」對於唱歌，我很有自知之明，我的歌聲，絕對不會合格。

「也許吧，反正我明年四月當兵，樂團也需要一個新主唱暫時卡位。」

於是，兩天後他在網路上發了公告。在他的網路頻道，在東海的大度山之戀，都有他尋人的廣告。

許多時候，他都有他自己的一套觀念。有自己的思考方式並非壞事，只不過，他很少向我解釋，因此常常連我也不懂他想法上的轉變。說不想附和唱片公司的打算，可是他又眞的去找了一個女聲。

每次他跟一個女孩接觸，我就得擔心一次，天曉得他又會跟人家怎麼樣。

那女孩是個民歌手，叫吉兒，而且還是他學校的助教。當長毛這樣興沖沖地跟我說起他的女聲時，我忽然有了不好的預感。

「我念了四年大學，竟然不認識她。」

「那又怎樣？」

「一直到了要見面那天，我才知道她是我學姊，而且是我們系上的助教。」

「噢。」

「來把它寫成小說好了。」

「噢。」

搖著杯子裡的吸管，他很開心地說。

或許在他來說，這的確是巧合中的巧合，値得變成故事；但對我而言，這卻是隱憂中的隱憂，因爲我看得出來，他對那個叫「吉兒」的女孩有強烈的好感。

星期二找他，他帶著吉兒去吉他社的社窩討論音樂；星期四找他，他帶著吉兒到台中市的樂器行去練團；星期六找他，他跟我說他要回埔里。

這是巧合嗎？是沒有時間陪我，還是在迴避我呢？由不得我不揣測。之前小雅出現時是如此，後來小公主出現時也是如此，而今，吉兒出現時，又是如此。

「你不要一直做些讓我失望的事情好嗎？」這句我在大雨中對他哭訴過的話，猶在我耳，希望他也還記得。

找不到長毛的那幾天，酸雨卻都遇到了我。星期二中午，長毛跟我說沒空之後，我在萊爾富遇到他。

「你怎麼一副很狼狽的樣子？」他穿著拖鞋，腳踝包了一大包。

「打籃球時受傷了。」

我幫他把要買的東西拿過去結帳，讓他在外面車上等我。

「不好意思，麻煩妳了。」

我笑著搖頭，把東西遞給他。

「小乖……」當我要準備開車門上車時，他叫住我。「星期四下午，要不要一起吃個飯？那天我生日。」

不忍心每次都讓他失望，所以我說：「看看吧，我得先確定那天我沒事。」

於是，我們星期四去吃了一頓 Friday 餐廳的大餐，吃完飯，我們在美術館附近散步。

「他對妳好嗎？」

「……」酸雨這問題，問得好突然。

「我只是想知道，他有沒有給了妳，妳想要的幸福。」

幸福，不是那麼容易給的，給了之後，也不是那麼容易可以感受得到的，即使感受到了，也無法輕易用語言說明白的。

我這樣對酸雨說。

「沒關係，如人飲水是吧？不管怎樣，我希望妳會開心就好。」

「謝謝。」

我沒有讓他牽我的手，因爲我不想讓平衡點傾斜。酸雨說，他以前常來美術館附近散步，尤其是晚上，這裡通常都很幽靜。

「不過這裡不適合單身的人來吧？」我笑著說。

晚上會到這裡來散步的，大多是情侶。

「那又怎樣呢？好的風景，是不會拒絕單身的人來欣賞的。」他突然加快了腳步，跛著受傷的腳，還能跳上一塊大石頭。「人生不滿百，常懷千歲憂。」

「晝短苦夜長，何不秉燭遊？」

他唸的是一首古詩的前兩句，後兩句由我補上。

「這是我那天在東海書苑買的詩集裡面的其中一首詩，我很喜歡。」

我沒答話，靜靜地看著蹲在石頭上，微笑著望向夜空的他。

「千歲憂，誰沒有一點千歲憂呢？不過我很知足，只要一點點的快樂，就可以讓我忘憂了。」

他想要的是怎樣的一點點的快樂，不用多說我也懂。

「難得一次出來夜遊，要開心點，走，我們去走走。」他跳下石頭，走在我前面。

沒把我的手伸過去，你竟不會想要主動過來牽我嗎？酸雨什麼都好，就是這點太老實了。記得淑芬說過，如果酸雨再油嘴滑舌一點，他身邊一定會有一堆鶯鶯燕燕，可惜就可惜在他太老實，辜負了外表的大好本錢。

「酸雨。」

「嗯？」

「其實，你可以找到比我更好的女孩的，眞的。」走在他後面的我，突然停下了腳步，跟他大約有兩公尺的距離，這句話，藏在我心裡很久了，今晚，我想坦白告訴他。

「我沒有什麼地方好吸引你的，從第一次，我們一群人去大甲夜遊……一直到現在，我始終不認爲我有哪裡好。在學校，我並不突出，在外面，我比不上那些更漂亮的……」

「喜歡一個人如果需要理由的話，愛情世界裡還剩下什麼値得驚喜呢？」他不讓我繼續說下去，走到我身邊。「如果我給了妳一個吻，就能證明我愛妳，那還有什麼値得刻骨銘心呢？所以我期待著，期待著某一天，我喜歡的人能夠獲得她想要的幸福。我也會陪她一起開心。」他搔搔頭，笑著對我說：「誰値得我付出，這由我決定，不是嗎？」

喜歡一個人如果需要理由的話，愛情世界還剩下什麼值得驚喜呢？

26

喜歡一個人究竟需不需要理由？誰値得誰付出，該由誰來決定？爲了這些沒有答案的問題，他約我星期六再聊。

「我得先看看我有沒有事。」

他當然懂得我的意思，我得先看看長毛有沒有事，長毛沒事，我就會去陪他，所以我就會有事。星期六，長毛說他要回埔里，因此我變成沒事的人。酸雨問，要不要一起再去一次大甲。

「他最近很忙嗎？」

「誰？」

「妳的他。」

我點點頭。「他有太多想要追逐的夢想，而我，只能在背後一直支持他而已。」

「這樣的妳會很辛苦。」

「跟喜歡一個人不用理由一樣，值不值得辛苦，也不需要理由去支撐的。」我笑著說。

酸雨不喜歡開快車，所以老是被後面的車閃大燈。

「你可以再快一點，這裡是西濱的快車道，沒有關係的。」

「不好啦，很危險耶。」他慢條斯理地說著。

受不了他的慢，我要求換手，雖然是他的車，不過同樣也是自排的。酸雨把車開到路邊，順便到加油站去上了一下廁所。

我喜歡車子在奔馳的感覺，不過不是每個人都能喜歡。酸雨的手握在門邊，抓得很緊。「已經八十了耶！」

「放心，這裡沒有照相機。」我用力踩著油門。

他問我為什麼要開這麼快，我說，我在訓練自己。「以後我想開車出去環島。」

「那也不需要訓練妳呀，妳不跟他去嗎？」

「我跟淑芬去。」

跟長毛去長途旅行一直是我的夢想，可是他太忙了。要工作、上課、練團、陪婉怡、陪吉兒。

我呢？我只能找淑芬陪我而已。

大甲的風，一如當年夜遊時的風，只不過我已經不是以前的我，但酸雨還是以前的酸雨，他幾乎沒變過什麼。

「還記得上次來大甲夜遊嗎？」
「怎麼可能忘記？」
「你記得什麼？」
「我記得妳坐在後座，一直看著什麼也看不見的窗外。」
「然後呢？」
「然後我就想，妳既然要臭著一張臉，幹嘛跟我們出來？」
我笑著說：「我才沒有臭著一張臉，雖然我的確不是很想來，不過那是爲了陪淑芬。」
「我知道，我後來發現了一件事情。」
「發現什麼？」
「我們到大甲時有到7-11去買飲料。」
「嗯。」
「妳買的是一瓶養樂多。」
「嗯。」
「我看見妳在店門口喝養樂多，一副很滿足的表情，所以我許下一個心願。」
「你許下一個心願？什麼心願？」
「我要讓妳一輩子都能夠那樣滿足地喝著養樂多。」
我抓著方向盤，看著蜿蜒的西濱道路，還有美麗的風景。酸雨也看著前方，但是我看見了他眼裡更遙遠的希望。
「很多事情，是不能只靠心願的。」

「但是除了許一個心願，我什麼都做不到。」他用平靜的語氣說著：「這世界上有很多複雜的事情，都是從許一個簡單的心願開始的。」

找不到任何話好接下去的我，只能跟著沉默。

電話沒人接的情形，進入了第三天，你在忙嗎？我很想把酸雨的事情告訴他，但是卻始終找不到人。我在大度山之戀寫了三封信給他，同樣沒回。

開始對長毛擔心的我，決定到他的住處去找他。婉怡上班的時間是中午到晚上九點，週末亦同。因此我選擇星期六下午來找他。長毛的公司固定隔週休二日，今天他會在家。

我們這個星期都沒見過面，從星期三開始他就失蹤了。

站在他家樓下，我佇立良久，想著他跟婉怡的事情。

婉怡是天秤座的，跟長毛一樣，不過個性完全不同。

我跟婉怡還是同鄉，她念的高中，就在我家旁邊而已，她每天都會經過我家去上學，只是我從沒認識過她。

長毛偶而會提起他跟婉怡的事情。她很乖、很單純，單純到了完全相信長毛的程度。可是我懷疑，站在一個女人的立場，我不相信她可以這樣完全相信一個男人。

長毛曾經帶我去他房間，也帶小雅、小公主去過，總會留下一些痕跡吧？頭髮？小耳環？甚至香水味？或者，長毛講電話時的心虛？難道她都不曾懷疑過嗎？即使沒有懷疑，難道不曾感到一點點的不對勁嗎？我眞的不相信。

又或者，她早已心裡有數，只等著長毛自己跟她說。不像我，會忍不住想要發作出來。但是我是一個第三者、是一個情婦，我沒有去爭吵的資格，只能站在他家樓下，渴求著他給我一點點、一點點溫柔。

「妳在這裡幹嘛？」他回來了，騎著三冠王，連安全帽都沒戴。

「我……因爲剛好來東海，想說好幾天找不到你，所以想……順道過來看看……」

「要不要上去坐坐？婉怡不在。」

我點點頭。他的口氣有點冷淡，表情是沒有表情的表情。

「你這幾天很忙呀？」

「嗯，忙著跟團員打好關係，新團嘛！」

「噢。」

他原本蹲在地上整理貓窩，忽然轉過頭來，對我說：「妳可不可以跟我講話的時候，不要用『噢』的這種語氣？」

我瞪大了眼睛，看著忽然發怒的他。

「我不喜歡聽妳用那種語氣，像是懷疑，又像是根本不相信我。」

「我沒有那種意思呀。」

「可是很容易讓我那樣想。」他冷冷地說完之後，又回過頭去整理散落地上的貓食，留下我委屈地一個人站在原地。

「我覺得，自己最近有很多變化，連自己都不喜歡。」他自顧自的說著：「對很多人、很多事，都感覺到很無力。」

「你可以跟我講呀。」

他搖搖頭。「這是發生在自己腦袋裡面的，說了也沒用。」

我靠近他一點，在他整理好貓窩之後，我的手抱住了他的腰。

「我也許不能爲你做什麼，可是，我很願意聽，你要做什麼，你跟我講好不好？」

「講了又如何？」

「不見得有用，我知道，可是，至少可以讓你心情好一點的。」

「如果有機會，我會告訴妳的。」他轉過身來，對我說：「我只是有點不確定自己腦袋裡面的感覺罷了。」

我只是有點不確定自己腦袋裡面的感覺罷了……

我只是有點不確定自己腦袋裡面的感覺罷了……

我還在思索這句話的時候，他已經抱住了我。他腦袋裡面的感覺，是什麼感覺呢？長毛的手環住我的腰。是指哪方面的感覺呢？有什麼樣的影響呢？長毛的嘴吻上了我的耳朵。

我失去了思考的能力，任由他將我抱住，不過這時電話響了，是他的電話，而且是婉怡打的。婉怡平常不會在上班時間打電話給他。因爲婉怡上班時，我通常都在長毛身邊，所以我知道這通電話並不尋常，難道，她終於知道了什麼嗎？

「妳先回去吧！」

「怎麼了？」

「婉怡說她人不舒服，現在要請假回來了。」

「回來？」

「嗯，妳不希望她看見妳在這裡吧？」

我懂他的意思，可是他並沒有發覺這對我來說有多殘忍。我是什麼？雖然今天不是你約我來，但至少……至少……我不想是這樣被揮之即去的。

長毛幫我把外衣拿來，又幫我把裙襬拉好。「晚上我會打電話給妳。」晚上會打給我，這樣的諾言，你失約過幾次，自己記得清楚嗎？我穿好了襪子，他已經幫我打開門了。

「先走吧！我等一下會帶婉怡去看醫生。」

我拿著包包，低著頭。走過樓梯間時，我半掩著臉，因爲樓梯間有監視錄影，我不想被任何人看見我崩潰的眼淚。

婉怡騎著機車回來，半小時後，長毛載她去看醫生。我坐在車裡，點起一根涼菸。他們出門時，我看見長毛。他也看見我坐在車裡面，不過卻沒有任何表情，只有皺了一下眉而已，而我也看見臉色很蒼白的婉怡。

如果，今天病的人是我，你會這樣急迫地送我去醫院嗎？他們飛快地經過了。

小白，我，車上的音樂聲。張宇又唱起了「回心轉意」：「你怎麼會是我的幸福，我竟苦苦的追逐，所有和你有關的錯誤，我從現在開始背負……」

現在而已嗎？我已經背負了一年多了。

複雜的愛情，從簡單開始，如我愛你，如他愛我。

第五章

抱歉，原諒我在離開時的頭也不回，
那是因我懦弱地承受不了妳眼裡的哀傷。
守候的結果是失望。抱歉。

我可以說一個簡單的事實，但我情願說一百個複雜的理由。
因為理由往往容易彌補周全，而事實總是太過傷人。
不需要理由，因為我永遠給不了妳一個最棒的理由。

當別離已成事實定局，我沒給太多解釋，因為我看見妳的眼裡，
淚像下雨。

27

我可以不要名份，不要公開，可以忍受排隊等你眷顧我的滋味，更可以關上心門，只為你一個人打開。

而我要的，除了擁有你之外，別無所求，要不到全部也沒有關係，你只要，在跟我在一起時，專心愛我就好。

淑芬說，處女座的人死腦筋。或許是這樣吧！我沒有特別愛乾淨、沒有挑剔，可是我知道，我很死心眼。

只要可以獲得這一點點的愛情，我就會願意付出我的全部。如同沙漠裡的駱駝，一點點水，就足夠我走過荒涼的道路，直到我生命中的綠洲來臨為止。

我的綠洲沒有來。那天之後，我整整快十天見不到他的面。

倘若費心的等待可以獲得一個完滿的結果，我願意耗盡一生。如果漫長的等待，終究沒有結果，我也願意在等待中，品嚐等待你時那樣甘甜的滋味。而無奈，答案會來，而且還是悲哀的答案。

我們又約到「只賣熟客」，員林那家奇怪的茶店。長毛，已經不再是長毛了，他那頭長髮沒有了。沒見過他短髮造型的我，有點難以適應。

趴在桌上，我看見他的後頸、他整齊的頭髮，他用手抱頭，左手的無名指上，銀光閃爍，一只雕工精細的銀戒指。

「你要跟我講什麼呢？」

他無語，只有安靜地，安靜地，一個人無聲地趴在桌上。

「無論是什麼事情，我都希望你能告訴我。」

「我跟婉怡分手了。」

「然後呢？」

他跟婉怡分手，對我來說是很令人訝異的消息，但我沒有表現出來，因爲我知道，他不會是爲了我而與婉怡分手，應該還有更大的事情。

十天，夠我做好心理準備，去聽他接下來要說的事情。

「妳知道，我曾經很愛過一個女孩。」

我知道，長毛在重考時，喜歡過一個同一家補習班的女孩。

「綺綺。」

那個女孩對長毛很好。不過因爲那時候忙著考試，長毛又一副不良少年的模樣，所以綺綺的家人反對，最後他們分手了。分手時，做了一個約定，三年後的八月十四日，約在以前台中的「黃金帝國」百貨頂樓，在綠川東街上。八月十四日，是他們分手的日子。

「我一直以爲，不會再像愛綺綺那樣去愛誰了。」

「嗯。」

「所以我會去追求很多，想更認識自己，想認識更多這個世界……但是我累了。」

所以呢？我問長毛：「所以呢？」

「我跟婉怡說過了，也分手了。」

「嗯。那你要告訴我的是什麼?」

我試著讓自己保持冷靜。這一年多來，那種遇到事情就完全失神傻掉的個性，我已經改變很多了。

「我想放棄現在的一切，重新做我自己。」

「有必要……連我也放棄嗎?」我終究不是一個堅強的人。

「既然要斷，就斷得乾乾淨淨。」

「我只想知道，有必要連我都放棄嗎……」我的鼻子一陣酸，我的臉頰顫抖著，眼眶跟著一片濕。

長毛的表情看來好疲倦，他用力地搓搓自己的臉，說:「我不想再有任何牽絆。」

即使是第一次，我們在靜宜大學對面的7-11見面，我都不曾感覺他如此陌生。而此刻，他像身在離我好遠好遠的世界。

「那個戒指……」

他搖搖手，告訴我，那是他買的，套住自己左手的無名指，套住自己所有的心。

「你……不可能再爲我多留了嗎?」我看著將要起身的他。

「讓我走吧!再多留，也改變不了什麼了。」

我很心疼他軟弱無力的聲音，很心疼他疲困厭倦的模樣，可是小小的一張桌子，卻隔得我們好遠。

「我都已經不愛自己，就不會想愛誰的。」

我的心裡大喊著:「騙人!我不信!」你會在自己左手無名指戴戒指，你就不會眞的不愛自己，既然如此，你又怎會不愛誰？

可是他終究沒有多告訴我什麼，一年多的感情，在瞬間消逝。

他走了。趁著週末我回家，他到員林來找我，告訴我這件事情，然後，走了，就這樣走了。留下淚流滿面，再也無力僞裝的我。

「只賣熟客」裡面，沒有人理我。看著桌上那杯他只喝了兩口的百香綠茶，我痛哭失聲。原來，我現在才發現，幸福，其實離我好遠，好遠。

他走了，留下一片迷惘與傷心給我。我整理著大度山之戀，這個 BBS 站裡面，所有他寫給我的信件，從第一篇，到最後一篇，慢慢回想著他對我說過的每句話。

糾正我的錯字，嘲笑我是笨蛋，告訴我他的電話，說他會在馬桶上想起我。

聽他介紹所有他喜愛的作者，聽他講起張大春的魔幻寫實，聊起《傷心咖啡店之歌》裡的自由觀。還有他看過的一本又一本小說，讓我逐漸走入他的世界，愛上他這樣飄浪不定的個性，終於讓我淪陷。

我想起我被搶之後，他來員林看我、好樂迪外面的吻、去跟他借電腦的那一晚，把我自己也獻給他、一起去埔里，還有我們許下的，五年後，億載金城下見面的約定，甚至他說過，以後我們一起去日本玩的戲言。

到最後，只剩一杯喝了兩口的百香綠擺在我面前。

眼淚流著，心在撕裂著，時間是晚上九點半。

牆上掛著一隻加菲貓造型的時鐘，長毛房間裡有個一模一樣的，我有一次去他房間，看見那時鐘，長毛說不能送我，因爲那是他媽媽借他帶來台中掛的。於是我自己去找，買了回來掛。如此一來，只要看著時鐘，我就會想像自己是在他家裡面，跟他生活在一起。

走到浴室去洗手，踩過一張小叮噹圖案的浴室止滑墊，那是淑芬陪我去逢甲買的，因爲長毛房間的浴室門口，有一塊一樣的。我可以想像他也踩在這張墊子上的樣子。

淑芬勸我不要難過了，想帶我出去吃點東西。可是我的安全帽是酷企鵝圖案的安全帽，那，是長毛陪我去逢甲買的。我們唯一一次一起去逢甲，就是買這頂安全帽，因爲長毛的安全帽是銀色的酷企鵝，我的是黑色的，那時候笑著說，改天交換戴。改天……

所以我跟淑芬說，算了，我一點都不餓。

曾幾何時，原本素淨的房間裡面，多了這許多的東西。而偏偏這許多的一切，竟然都和他有關。我想起他乾淨的後頸，跟著就想起他賴在我身上時，垂到我臉上的長髮，全世界沒有人喜歡他留長頭髮，只有我喜歡，因爲我喜歡看他與我纏綿時，汗濕長髮的樣子。

可以想起的事情太多了，想了太多之後，才發覺自己以前從未發覺的，原來我的世界在不知不覺間，早已成了他的世界的延伸，依附在他給我的空間裡，我靠著思念他過活。

28

連靈魂都在追隨你時，我還可以依靠什麼？

沒有什麼確切的理由，即使是意識中哪裡出了問題，或者思路中哪裡發生突變，他都沒有清楚給我答案。我像個經過法院的路人，卻莫名其妙被拉進去，判了個死刑一樣。

「寫一個夢」的網路頻道裡面，我還是副主持人，只是，主持人已經很少出現了。他會貼一些文章、一些詩，從大四之後，他已經沒再寫過新的小說了。

整理過了大度山之戀裡面所有的信件，我去翻出他以前的詩，通通轉寄到自己信箱，再收進我的電腦中。

接著我整理「寫一個夢」。這個夢，你還要繼續寫嗎？斬絕得終究不夠乾淨，留下了這個我依然可以追隨你的線索。是一種喜悅，更是一種致命的傷害。

整理一堆文章，是一件很辛苦的事情，但從這樣錯亂的文章堆裡面，我可以從中去品嚐過去曾有過的記憶，及記憶所帶給我的甜美。雖然知道這一切都已經不在了，但從殘破的記憶之河裡面，我還能撈取一點可供安慰自己的養分，好支撐自己的心。

這樣的感覺，我不斷品嚐著，同時告訴自己，守住這個線索，就有再找到他的機會。

大四時，長毛寫了一篇長篇小說，叫做〈暗雨〉，那時他愛看村上春樹，所以文風很像村上。後來又寫過幾篇小說，但是始終沒有完成，經常一篇小說只有一個開頭，或者只寫個幾千字而已，他就不想寫了。

過完元旦，我找時間想整理頻道，卻發現「寫一個夢」裡面，多了一篇小說，叫做〈意外〉。

連續的意外，變成一個美麗的愛情故事。有個延畢的大學生，他玩樂團，不過因爲需要女聲配合做唱片公司的試聽帶，所以他上網，想找個人，那女孩，叫做吉兒。

她以前是他的學姊，後來是助教，但兩個人從前從未接觸過，更是完全不認識。男孩在網路上一個很小的網路頻道中貼廣告，沒想到卻找到她。

於是，他們有了接觸。於是，男孩不知不覺間愛上她。於是，他們決定不顧一切在一起。男孩有個在一起四年半的女朋友，他跟她分手了，只爲了這個幸運的吉兒。

他以爲，自己不會再愛任何人了，沒想到，卻愛上那女孩，而那女孩，以爲自己可以打定主意不結婚，永遠單身的，也沒想到，卻愛上那男孩。最後，那個男孩在一個週末的下午，終於鼓足了勇氣，在他的房間裡面，大筆一揮，在牆上寫下了十四個大字：「風飄一頁春秋去，雨瀰萬縷相思來」這樣的句子，然後，拋棄一切，到那女孩所處的城市，去向她告白。最後，他們決定，自己爲自己見證終身。

於是他們結婚了。在一家小茶館，老闆娘爲他們祝福證婚。

故事在這裡結束。

很多巧合，很感動人，可是卻讓我恍惚失神，因爲小說裡面的一切我都太過熟悉。小說裡的男主角，我可以輕易想起他的長相、他的長髮。那男孩，叫做長毛。

他左手無名指上的戒指，是爲了套住他的心，不過原來是吉兒爲他套上的。他要斬絕一切原本的世界，放棄婉怡、放棄我，是因爲他眞的找到一個，可以讓他像愛綺綺一樣愛的女孩。

坐在電腦前面，將小說反覆看了兩次，我確定小說的作者是他，但是我不確定我的思緒能否承受這一切。

最後一次見面，你說的那些話，是爲了要騙我嗎？或者你只是怕我傷心呢？你說過不想再愛上誰的呀！不是嗎？可是，你卻貼了一篇這樣的小說，卻把一切的時間、地點都太眞實地呈現出來，我該相信你的語言，還是相信你的文字呢？電腦前的我，恍然失神，目瞪口呆。

猶豫了兩天，我忍不住，打了電話給他，但長毛沒接。我到大度山之戀找他，他已經許久未曾上站。而在與婉怡分手之後，他已搬離東海，竟如此直接地斬斷了所有的過去、所有的一切。除了「寫一個夢」，還有一個他始終不接的電話號碼，我等於已經完全失去了他。

你忘了你答應過我的嗎？無論你跟誰在一起，你都會讓我知道你的電話，好讓我通知你五年後的五月一日去赴約的呀！

我在呆滯中，結束學期，回到彰化。

淑芬問我，要不要趁這寒假去旅行，我說不要，其實，不願意讓淑芬這樣爲我擔心，然而我卻克制不了自己的情緒。睡夢中會出現長毛的影子，醒來後我會痛哭，哭到她在隔壁都聽得見我的哭聲。她帶我去唱歌，我會想起那條被我遺棄在錢櫃包廂裡的圍巾，又想起我跟長毛去唱歌時給他的初吻，還有後來我們一起去過幾次KTV的他的歌聲，於是我忍不住會開始喝酒，喝到醉，一邊醉，一邊哭。

「去散散心吧！」

我搖搖頭。「我想回家就好，想清楚就好。」

「還有什麼好想的呢？妳連他到底現在在哪裡，跟誰在一起，妳都不知道。」

「沒有關係，我想想就好。」

「小乖……」

「妳不用擔心，我會沒事的，眞的。」

送淑芬到火車站，她面帶憂容地對我揮手說再見，我在轉身之後，又開始流淚。

我想見你，聽你坦白地說清楚，無所謂你多傷我，只要給我一個答案，讓我知道，〈意外〉這篇小說裡面的一切是眞是假，我還記得，第一次，他對我提起吉兒的時候，就曾想過要把這個連續的巧合寫成小說。現在，小說寫出來了，前半段都應驗了，後面的那些呢？我迫切地想知道答案。

每天，我都會打電話給他，有時不通，有時沒人接。長毛偶而會上來網路頻道貼文章。但是打了幾次電話，始終沒有回應。

你不想聽見我的聲音嗎？沒關係的，我可以用文字找你，簡訊一封，一封，接著一封，有時候我特別閒，會一天傳三四封簡訊給他，但他從沒給過我任何回訊。

簡訊裡面，我對他說，讓我見你，請解釋這一切，無論要我承受的，是一個怎麼樣的結果，都沒有關係，但是你要宣判一個人出局，不可以沒有理由。

大度山之戀上面，我安靜地守候著，但藍色的畫面始終不再有變動，他連一封信都沒有回過，像是蒸發一般，從此不再出現。偶而，頻道裡面有他，寫著關於捨棄的、眷戀的、或者男人的眼淚的話題，但從未提及依舊存在於此的我。

這裡多了一個副主持人，叫做吉兒。我知道，她開始介入所有她「丈夫」的世界，想必長毛曾對她說過我的事情吧！因爲我總感覺到吉兒對我懷有一定的敵意與防備。

這是何必呢？妳不必防備我，妳只要好好照顧妳的「丈夫」就好，我心裡這樣想。

現在，我無須再依靠空蕩蕩的電腦螢幕，也不必讓房間絕對安靜，就可以寫出一堆淒楚的文字，因爲我現在只需要寫感覺就好。蔡健雅的「你的溫度」，變成我最愛聽的歌。

吉兒也會貼出一些文章，我看得懂她的意思，她希望我別在頻道裡面提及關於思念的話題，希望我可以過得很好，過自己的日子，過得很好。

望著螢幕上面冰冷而沒有生氣的文字，握著手機，正想發出訊息的我忽然停下了動作。

手機訊息、BBS的信件、頻道上的短詩，都是我拚了命地想傳達給你的，我的求救，想要把這樣堅持爲你守候的心情告訴你，而原來，其實你不想聽。你不想聽。否則，爲何給我暗示的人是吉兒，而不是你？

難堪的不是用盡所有辦法，都無法將我的思念傳遞給你，難堪的，其實是我這樣一廂情願地把自己的感情給賠上去的不值一哂，我才知道我錯了，也才知道這一切，竟是如此多餘。

29

能給的我都給了，不是你沒收到，原來是你不要。

我想，一切可以到此爲止了。

如果所謂的刻骨銘心，只是我盲目的一廂情願。

對於那些你該說的，或者該做的，對於那些你該坦白的，或者刻意隱瞞的，對或錯，値得或不値得，一切如落葉，飄去了。

在你的生命裡，我只是這樣微不足道的存在。

那些過往雲煙，你記得也好，不記得也罷，一年多來的日子，謝謝你陪我度過。

我知道你躲著我，不管承認或否認都無所謂，我想，你用不著這樣了。

手機的功用不是拿來關機的，我不會再苦苦纏著你，因爲那只會讓自己顯得更加可笑與狼狽。

那些放在我這裡的東西，還有我丟在你那裡的，隨你高興什麼時候來拿。

我曾經寫了很多信給你，也傳了不少訊息，是習慣性的思念作祟吧！

那樣的煎熬，不知道你是不是曾經感受過一點點，否則怎地可以無動於衷？

罷了！

好好把握與珍惜那些你所擁有的，我想我們應該沒什麼機會再見了。

so bye, bbx, it's over……

just　cecia　二〇〇一年二月九日

等待的過程，原來充滿不安，而更悲哀的，是發現自己的等待，竟是人家所不要的。

把自己鎖在房間裡面，不理會二樓裡面聚集的人們，星期二，六合彩開獎。家裡面按照慣例是人聲喧騰，期待開獎。我們都在等待。但他們終究有人可以勝出，開獎後，終究有人可以感到喜悅。只有我，在開獎之前，就已經宣判落選，而更難堪的，是我發現我手中的還是上一期的彩票。這場勝負，我是絕對的輸家，因爲我根本沒有參賽資格。

哭腫了眼睛之後，我寫了一封信給長毛，想告訴他，我決定放棄了。讓你自由，去做你想做的，愛你想愛的，絕對自由。

而沒想到，這封信寄給他之後兩天，他卻打了電話給我。電話中的他，聲音低沉，幾乎陌生。我也簡直不敢相信，盯著來電顯示看了許久，才接起電話。

「妳找我？」

「你需要這樣躲著我嗎？」

「……」

「我只是想見你一面，有些事，想聽你親口說。」

「已經沒有什麼好說的，妳應該清楚。」

「因爲你認爲已經沒有什麼好說的，所以才不接電話、不回訊息嗎？」

「我的手機之前放在埔里，沒帶回來。」

我該繼續相信嗎？或者這時候你也仍在騙我呢？不過那都已經不重要了。

「即使你要我死心，也應該當面跟我說清楚，不然，我無法平靜下來。」沒有幾句話，我已經哽咽了。「求求你……讓我見你……求求你……」

我們約在台中。因爲畢業的學姊結婚，我特別送了紅包過去，一個在感情世界中狼狽顚簸的人，我不好意思去給人家祝福。就約在台中市區，不去任何一個我們曾去過的地方，以免我們誰都尷尬。

車停在立體停車場裡，我們坐在車上。長毛告訴我，他現在跟吉兒住在一起，在沙鹿，學校附近，他眞的愛上吉兒，一切盡如小說。

「不想說，是因爲不知從何說起。」

「所以你選擇對我隱瞞到底？」

他搖搖頭。「我不想妳難過，也不知道如何將一句對不起說出口。」長毛的表情很平淡，唯一不同的，是蹇鎖的雙眉。

「這對我來說，其實更殘忍。」

「對不起。」

我成功地忍住了崩潰的衝動，只有兩行眼淚不斷流下來。

「別哭了，小乖……」

「……」

最後一次，他將我擁抱在懷裡，狹小的車上空間裡面，我讓他緊緊抱住。

不能陪你到最後，至少讓我再抱你一次。我也用力地抱著他，任憑時間飛快地流逝，我只想在這時候，再一次，很眞實地抱著他，因爲，只剩這時候，我可以感覺他像從前那樣，還在我身邊。

我想起曾有一次，我們熱情地纏綿之後，他說他很想去旅行，去各種地方旅行。

「你的腳步太快，很難被追逐。」

「我也不喜歡被追逐呀！一直被追著跑，那就不叫旅行了，那叫逃命。」

我趴在他身上，指尖在他眉心輕畫，輕輕地對他說：「不管你到了哪裡，我都會追逐著你的。」

他笑了一笑，將我擁抱在他懷中。

而今，我想他已經不再需要我的追逐了，不管是我的目光，或我的腳步，都已經不再需要了。

所有瘋狂崩潰的情緒，都在他的背影離開之後，伏在方向盤上，我的淚溼透了衣領，而你再也看不見了。

「這一年多來，我們都變得太多。」

「……」

「希望妳可以過得更好。」

他最後，如此對我說。我發誓，要把他的臉龐，深深深深深深印入我的腦海中，絕不遺忘。

小白停在立體停車場的三樓，偏僻幽暗的角落，沒有人會知道我在這裡，在心裡，完全撕裂我自己，淚濕得睜不開眼，也抬不起手去抽張面紙。他的背影離我遠走，用一貫的、沉重的步伐，踩著他的腳步。我無法多看一眼他離去的身影，因爲我看不下去。

多想追上前去，挽住你的手，多想再跟你說一句，我有多麼愛你，只是，都來不及了。

長毛跟吉兒的生活很快樂、幸福，從網路頻道上面的文章內容，可以看得出來。

我很想跟長毛說，把我的副主持人身分刪除吧！因爲我不想受到這樣的折磨。思念，有時候會是一種甜美的滋味，但相對的，思念著已經幸福快樂的人，還看著他們幸福快樂的樣子，那就是一種強烈的不堪與諷刺。

長毛已經辭去了工作。他想趁著入伍前，多陪陪他心愛的女孩，他會做家事，能把吉兒照顧得很好。兩個人都喜愛文學與音樂，能夠互相唱和，以爲知音，他們去旅行，去做任何他們想做的事，一起在幸福中，過著長毛入伍前最後的兩個月。

而我，卻在這裡，透過一篇篇文章，想像著他們的幸福，不願意再去面對，也不想看到這一切，我承認我沒有那樣的寬容，不喜歡他幸福生活中的另一半，竟然不是我的感覺。

但是，我卻還是習慣打開電腦，還是習慣連上「寫一個夢」，去看看他今天好不好，看他們的甜蜜、他們的小爭執，還有從爭執中很快平復，又更幸福的感覺，經由對精神的自我虐待，我獲得思念他的滿足感。

我想起他跟小雅、小公主在一起時的時候，那時的我很難過，但還只是單純的難過。

「你不要一直做些讓我失望的事情好嗎？」

這句話，我說過的話，始終不曾忘記。而最後，他用最激烈的方式來告訴我，他以後不會再做了。因爲他將離開我。一場激烈的暴風，在我小小的世界中對我猝然襲擊，將我撕碎，這一回不只給予我單純的難過，而是讓我屍骨無存、完全毀滅。

整理好一切精華區之後，我躺在床上，而手機響起。

「是我。」

「酸雨？」

「嗯。」

不知道爲什麼，我忽然哭了。經常一個人躺在床上，莫名其妙地難過起來，因爲在員林的家裡面，我看不到加菲貓時鐘，看不到小叮噹踏墊，更看不到酷企鵝安全帽，當我半夢半醒間，睜開眼睛，看不到這些被我寄託無限思念的事物時，我就會開始哭泣。但不知道爲什麼，現在我連聽到酸雨的聲音，竟然也哽咽了。

「妳還好嗎，小乖？」

「嗯。」

「我本來想跟妳拜個晚年，說聲新年快樂的。」

「謝謝。」努力壓低了聲音，幾乎只剩氣音，我輕輕地說句謝謝。

「妳在彰化嗎？」

「嗯。」

「我……想問妳一件事。」

如果你想問的是我的感情，那請你別問了，因爲我不知道該如何回答你。不過酸雨問的不是這個。他用很木訥的語調，問我：「妳還記得妳欠我一場電影嗎？」

因為愛你，所以舔舐著你給我的傷口，滿足我想念你的欲望。

30

沒跟酸雨約定看電影的確切時間，因爲我還有點事情，我不確定幾時可以跟他去看電影，但是，接下來的這七天，我有很重要的事情要去做。

收拾好東西，我開車回台中。火車站，有個很呆的女人，提著大包小包的行李在那裡探頭探腦。

「這裡啦！快點啦，謝淑芬！」

「噢，妳很笨耶，幹嘛把車開進一堆計程車裡面？」

「是妳笨好不好，誰叫妳站在計程車排班處等我？害我差點被開罰單！」我說著，油門狂踩，在警察伯伯走過來前，開回一般道路上。

兩天前，我整理完所有的頻道文章，完全做完我身爲一個頻道副主持人該做的事情，然後，我跟家人說，我想回台中了。

那晚，我把淑芬從睡夢中挖醒，叫她準備收拾衣服。「我想去走走，妳去不去？」她聽著我的聲音，疑惑了一下。「妳跟他眞的完蛋了對不對？」

「妳怎麼知道？」

「不然妳又何必找我陪妳去呢，傻小乖？」

於是，她訂船票，我選路線，小白的油已經加滿了。我們在南迴公路上。陌生的世界、新鮮的天地，與寒冷的東北季風無關，與沉重的網路世界無關，更與所有的一切無關。

我只想去一個地方，一個夢想已久的地方。那裡有藍得很深的天空，有深得很藍的大海，還有一片綠色——綠島。

淑芬訝異於我平復得如此之快，但我說其實沒有。

「我還愛他，也還想他。可是我得想辦法忘記他。」

「去綠島能忘記他嗎？」

「綠島離他所處的世界夠遠了。」

「所以能忘記他？」

「不，我會更想他。」

因爲我對綠島所有一切的認知，都來自於長毛。這裡的天空、這裡的海；朝日溫泉、野生梅花鹿、浮潛……堤防上，海濤聲旁，頂著艷陽喝著啤酒，不用戴安全帽也可以環島騎機車……都是他對我說過的一切。

所以，綠島離長毛現在所處的地方很遠，但是卻會讓我更想他，我就是在這樣矛盾的處境中掙扎著。

不過淑芬可不同。她要半夜去洗溫泉，要天剛亮就去浮潛，還說要釣一個綠島的男朋友。

「爲什麼？」

「這樣以後來住民宿就不用錢啦！」

眞是佩服她。

坐在綠島市區旁的堤防上，遙遙可以看見遠方的漁船。二月的綠島一點都不冷，我還穿著短袖上衣在喝冰啤酒。

「你也曾坐在這裡。」

我想起那時候打給他的電話。那時，我第一次約他，想跟他見面，我記得我們的對話是這樣的：

「你星期五有沒有空?」

「有呀!」

「我去找你好不好?」

「找我?好呀,妳要坐船還是坐飛機來?」

「什麼意思?」

「我現在人在綠島耶!」

他的聲音很輕鬆、很隨便,也沒有任何拘束。

海風很舒服地吹在我臉上,陽光用適合的溫度,浮現我許多記憶,原來,這裡就是長毛想要老死的地方。

沒有太多人,沒有太多車,可以隨意地坐在堤防上喝啤酒、唱歌,也沒有任何值得煩惱的事情。難怪他喜歡這裡。

「你還會再來嗎?」我問問遙遠的他。會是吉兒陪你來嗎?我多希望是我。

「不要中午就喝醉好不好?」淑芬說。

「閒著嘛!」

「什麼閒著?我們是來玩的耶!走吧!」

她沒告訴我要去哪裡,拉著我就騎上了機車。一下午,我們都在到處亂逛、到處吃吃喝喝。綠島的消費不高,當然,可以選擇的食物也不多,不過一切都很原始,也很天然。

晚上,我們去逛精品店,買了一堆南洋風味的飾品。直到午夜時分,我們一起泡在露天溫泉中。遠方高懸著一彎新月,星光燦爛,在午夜的海平面上投射著粼粼光波。

「妳爲什麼會想來綠島？」淑芬縮在溫泉水裡面，只露出一顆頭來。

「因爲這裡是他說過，全台灣他最愛的地方。」

「所以妳想來看看？」

我點點頭。「他還說過，希望有機會，可以在綠島的溫泉區上面架台子，開演唱會。」

「會不會想太多了點？」

「有夢想總是好的，雖然，未必眞能實現。」我用熱水抹抹臉。「就像我對他的愛一樣，至少，我夢想過。」

淑芬拍拍我的腦袋。「乖乖的小乖，妳長大囉。」

我們一起笑著，像很久、很久的過去，我們都還不懂愛情的傷以前那樣，愉悅地笑著。

酸雨說我曬黑了，眞是不簡單。他縮在大外套中，還圍著圍巾，對我說：「這種天氣還能曬黑，眞是奇怪。」

我笑一笑，沒對他解釋太多，因爲我怕他不但聽不懂，搞不好還愈問愈多，而現在的我，其實不是很想用心去回想關於長毛的一切。

但是我錯了。酸雨對於愛情，並沒有我想像中，那樣的……那樣的呆。他只是臨場表現常常比較膽怯而已，但是他可以寫很美的情詩給我，也可以很有風度地跟我聊起許多感情的問題，尤其是那些，我感情上的問題。

「如果一天不夠，就用一個月。」他拿著一瓶可樂，嘴裡咬著吸管對我說：「如果一個月不夠，就用一年。忘記一個人需要多久，是妳自己決定的，不是嗎？」他笑著說。

開著車從沙鹿到豐原，我們去找一個朋友。應該說，酸雨陪我去找一個朋友。那女孩，我聽長毛提起過好幾次，但始終沒見過面、沒談過話。曾有一次，長毛的手機沒電了，就直接用我的電話打給她，而她，是唯一一個，在長毛身邊，但卻沒有讓我吃味的女孩，她叫做ㄚ頭。

ㄚ頭曾是長毛的女朋友，在長毛考上大學後分手。那時候的長毛，愛上了他自認為一生最愛的綺綺，一如現在長毛愛上吉兒一樣，當時他拋棄了ㄚ頭，現在他拋棄我。

弄不懂什麼原因，但是我卻在昨晚打了電話給ㄚ頭。

「妳好，我……」我竟不知如何自我介紹。

「妳是小乖，對吧？」

「妳怎麼知道？」

原來很久以前，長毛用我的電話打給ㄚ頭時，她就已經紀錄了這個號碼，長毛也曾對她提起過我，只是ㄚ頭做夢也想不到，我會有自己打給她的這一天。

「很遺憾聽到妳這件事情。」ㄚ頭點起一根香菸，跟後來長毛給我抽的一樣，都是沙邦尼涼菸。

我們約在豐原的「名人居」，這是一家很有鄉村氣息的茶店，ㄚ頭年紀比我大，也比長毛大，巧合的，是我們都在護理業裡面生活，只不過ㄚ頭已經工作了好幾年，我卻還是個學生。

「我想，我可以了解妳的心情，因為這滋味我同樣嚐過。」她穿著很輕便，頭髮梳得很簡單，只綁一撮馬尾而已。「不過，既然妳知道妳愛上的是怎樣的一個人，其實妳早就該先有準備。」丫頭說：「我沒辦法給妳什麼意見。」

我坐在她面前，像個後生晚輩在聆聽前人的經驗一樣，而酸雨因爲不方便陪我進來，所以他自己一個人去逛書局。

「妳實習過了嗎？」

我點點頭。

「看見了很多生老病死了嗎？」

「看見過一些。」

「那妳應該知道妳爲什麼會受這麼重的傷的原因了吧？」

我納悶地抬起頭來看看丫頭，她把香菸捻熄。「死別很淒苦，但是生離更叫人心碎。」

生離苦於死別，尤其當你根本不願意「被」生離時。

31

離開「名人居」時，我向丫頭說謝謝，也請她別向長毛提及我來過的事情。

「好好保重，妳可以重新再站起來的。」她笑著對我說。

豐原其實很美，尤其在初春時分，雖然依舊帶著些許寒意，不過卻也處處透露著春將要來的氣息。

「怎麼這麼快？」

「只是來看看她的樣子而已。」

「沒見過面的網友嗎？」

我微笑著搖搖頭，對酸雨說起關於長毛與丫頭之間的愛情故事。

「其實他很幸運。」酸雨喜歡喝可樂，一走出書局，他又買了一瓶百事可樂。「一個男人活了二十幾年，已經有那麼多好女人愛過他。」

「不是愛過他，是愛上他。」

「喔？」

「只怕除了我之外，還有很多女孩，對他的愛都還是『現在進行式』。」

我微笑著說，酸雨也笑了。他告訴我，這是桃花好。

我問酸雨：「你難道沒有嗎？」

酸雨球打得好，外表條件也好，沒理由沒有愛慕者的。

「我喔，我愛的不愛我，我不愛的……」

「不愛的怎樣？」

他笑著說：「不愛的就是不愛呀！」

說穿了，愛情故事只有兩種可能而已：他愛我，而我愛他，或者，我愛他，而他不愛我。頂多偶而在這樣的主線條之外，又多加個第三者來愛或不愛而已。

「許多事情，在還不懂愛的時候，是無法看得清楚的。」

「那你懂愛了嗎？」

「不懂。」

「不懂你還說得那麼煞有其事的樣子。」

「就是因爲不懂愛，所以才會這樣愛妳呀！」

這句話，他說得太不小心了。我們一起走在豐原市區，穿過騎樓下的許多攤販，閃著人群前進，他一手拿著可樂，一手插在口袋裡面，很認眞、小心地前進，還一邊跟我說話。而當他察覺自己這句話說得很直接時，自己也愣住了，我跟在後面，被這句話深深地打中了心口，滿腦子都在想著我該如何應對時，一個不小心，整個人撞上了他的背。

撞上他的背沒什麼關係，可是我手上一大碗剛剛才買的貢丸湯卻潑得他滿身。

「啊！」他燙得叫了出來。

「抱歉，抱歉，我幫你擦……」

我趕緊丟了貢丸湯的塑膠碗，取出面紙來幫他擦。站在路邊，酸雨背對著我，卻扭頭回來看我幫他擦拭湯漬。

「說眞的。」

「嗯？」專心擦拭的我，略略昂頭看著他。

「妳是一個很可愛的女孩，我想不通他爲什麼不選擇妳。」

他沒有冰一樣的眼神，也沒有冷然的表情。酸雨跟長毛有很多地方是完全相反的，他會主動關心我，也會替我設想周到，可是我面對不了他。

回家之後，我把事情告訴淑芬。淑芬啃著芭樂，對我說：「妳知道芭樂的分別嗎？」

我搖搖頭。

「土芭樂喔，小小的，可是超甜，又香，但是常常有蟲子。」

我說這我知道。

「泰國芭樂喔，很大顆，沒啥味道，但是啃起來很過癮。而且，最重要的，是它沒啥蟲害。」

「妳的意思是……」

「酸雨是泰國芭樂，他的愛會讓妳一輩子啃不完。長毛是土芭樂，吃起來很爽，可是妳可能咬了一口，發現一條被妳咬斷的蟲子。」

嗯……這是什麼比喻呀？

那陣子我常常和ㄚ頭聯絡，ㄚ頭告訴我，長毛要入伍了。四月三日。ㄚ頭不會勸我該怎樣做比較好，她只會對我說：「盡情思念他吧！當有一天，妳發現思念得很沒意思時，妳就自由了。」

我想我可以懂得她的理由，只是我做不到，或許這又跟星座有關係，ㄚ頭是雙子座的，我是處女座的，差別可想而知。

「寫一個夢」裡面，大部分的一切都由吉兒去負責了，我變成一個單純發表詩文的頻道成員。看著別人的恩愛，原本應該給予祝福，但是那個恩愛中的男人，卻是我最愛的男人時，我卻只能傷心。

長毛在頻道中，通知大家，他要去當兵了，四月三日入伍，新訓中心在成功嶺。我很想追逐他的腳步去找他，實現我對他說過的話，但是我做不到。一來是我不知道成功嶺的確切位置，也不知道我應該怎麼找人，我連他幾時會客都不知道。

於是我打了一通電話給酸雨，告訴他我的心情。

「我問妳，妳眞的想去嗎？」

我在電話中，哭著對他回答，說我想去。

「好，我帶妳去。」酸雨說，他學長也曾在成功嶺受訓，他知道地方，也知道會客日通常在星期日。「妳想去的地方，我都會陪妳去。」

我哭得更大聲了。去了也沒用，因爲我知道長毛希望去會客的是吉兒，不會是我，而我更難過的，是我不想看到酸雨這樣對我付出。我知道你願意陪我做任何我想做的事情，所以我不敢把心事與想法告訴你，因爲我不願意你再爲我如此奉獻自己，但是不知道爲什麼，我發現，當我遇到事情時，從以前會找淑芬，不知何時，竟已變成我會找酸雨。

四月七日，星期六。大雨。

沒有停過的大雨，幾乎淹沒了我的世界。關緊了窗戶，我怕雨水打進來，會淋濕電腦，我也關緊了心門，我怕長毛的影子闖進來，會毀滅了我。

明天是星期日，他的會客日。其實我還是想去，但是我不敢說，深怕一說出來，自己就會不由自主地衝動，眞的去給他製造麻煩。

「妳眞的還很愛他嗎？」淑芬問我。

我沒作答，看著螢幕上，大度山之戀裡面，那些長毛寫給我的信。

「或者，妳只是放不下跟他曾有過的美好回憶呢？」

看著淑芬，她剛啃完一顆芭樂。

「妳知道我的意思的。放不下回憶，跟放不下他，這並不同。」

她只是進我房間來丟垃圾而已，因爲她自己的塑膠垃圾桶昨晚不小心踢破了。

看著淑芬走出房門，我愣愣地想了想，我放不下的，究竟是什麼？想著想著，眼淚流了下來，我竟然連自己放不下的是什麼都搞不清楚，何其可悲的感覺。

「喂，你好。」

「是我。」

「小乖！妳怎麼了？」酸雨問我。

我的聲音很軟弱，因爲我哭得不能自己，像瘋了一樣地哭著。「我受不了了……」

「怎麼回事？」

「我不知道，我覺得好難過……」

「妳等我，我去找妳！妳……妳在家嗎？」

「不要啦……我只是……只是很難過……」我哭著說話，聲音已經模糊到我連自己說什麼都不知道了。

「小乖……」

「我覺得好痛苦……我不知道爲什麼……」

「他找你了嗎？」

我搖搖頭，對他說：「沒有……可是……可是……我不知道怎麼辦……」

我對酸雨說，我覺得我好像可以放下長毛了，可是，我不知道我還能怎樣去面對我未來的日子。

「事情沒有那麼嚴重。」

「可是我覺得我不行，我撐不下去……」

「妳等我，我過去找妳！」

「不要啦……」

他掛了我電話。

握著手機，我趴在床上，感覺自己的四肢都在用力，僵硬著的身體，幾乎不能動彈，只剩下眼淚潰決，還有我努力壓下來的哭聲。房間裡面不再有其他的聲音，只剩一盞檯燈，外面大雨滂沱，拍得世界砰然大響。我無意拿自己的眼淚去與無盡的大雨抗衡，但卻也抑制不了它的狂流。

我想，眞的很想重新站起來。明天是長毛的會客日，我可以不去看他，可以忍下去看他的欲望，甚至也可以忍著去忘記我曾愛過他的事實，但是當我試著朝沒有他的世界望過去時，我才發覺竟是如此荒涼。

那我拿什麼去重來？拿什麼去重來？

站在世界的頂端，身邊沒有人陪伴，又怎樣？

32

外面的雨聲，奮力地拍打著窗戶與屋頂，我顫抖著身體，哭得不能自己。不知道過了多久，或許，是感覺到眼淚即將乾涸吧，我掙扎著，用手肘支撐著身體，慢慢爬了起來。

用力地釋放身體裡面壓抑許久的能量之後，我更想好好淋一場雨，外面這場雨，不正是在爲我而下的嗎？我忽然想要直接打開窗戶，就讓雨水灑進來，讓我看一下雨勢有多大好了。走到窗邊，外面的雨聲中，似乎還有呼喊聲。

酸雨？

眞的顧不得雨水淋壞電腦了，「刷」地拉開窗子，有個衣衫單薄的男孩，站在大雨中，正朝著我看。雨水從不知道幾千呎高的天空中驟然落下，用力地打在他身上。我看見他連眼睛都睜不開了，但卻仍努力地將目光投射過來。他對我大喊：「小乖！不要哭，我在這裡！」

雨水在淋濕我之前，已經先淹沒了他。

「妳不要哭，不要難過，好嗎？」

酸雨縮成一團，蹲在房間角落，我找了一件寬大的上衣給他。

「抱歉，我這裡沒有男生的褲子……」

「沒……沒關係。」

四月初的雨，淋起來還是很冷的。

我狂奔下樓，也忘了帶傘，直接衝到門口，他站在雨裡面，已經喊我喊了快一個小時，而我竟不知不覺。

眞的淋到雨了。

我跑進雨中，跑到他的面前。酸雨高我一個頭，所以我是抬頭仰望他的，我說不出話來，他也說不出話來。他的眼神好溫暖，手掌心也好溫暖，我讓他一把抱進懷中，抱得好緊。感覺得到酸雨在發抖，或許是淋了許久的雨而冷，或許、或許是因爲我……不願意再想下去了……

帶他上來，他說不方便進我房間。

「不要再說傻話了，你先進來吧！我找衣服給你換。」後來，我挑了一件上衣給他，又找出一件寬鬆的體育褲給他。「換個衣服吧，不要感冒了。」

他顫抖著點點頭，進了浴室去換衣服。

這是第一次，酸雨進我房間，也是第一次，有男孩子進我房間。

「我很擔心妳，怕妳做傻事。」

我說我沒想到，或許會吧，不過，我很怕痛。

「要自殺有很多方法，未必每一種都會痛。」

「不，我不要死。」我說：「就算我今天眞的想不開，但是到我臨死前那一刹那，我一定會後悔。」

「爲什麼？」

「我還有很多地方沒去過，我想去日本玩，我還不想死。」

酸雨笑了笑，對我說：「我也很想去東京狄斯奈樂園，有機會可以一起去。」

我笑著說：「不要以爲每個女孩都會對狄斯奈樂園有興趣好嗎？我要去大阪城看風景。」

他也笑了。「其實，我還有一句很重要的話要對妳說。如果妳眞的一心求死，我也不反對。但是，妳一定要記得一件事情。」

「什麼事？」

「還記得妳欠我一場電影嗎？」

「啊？」

「妳到底想賴到什麼時候？」

不知道爲什麼，從見到他佇立雨中，大聲呼喊我的那一刻開始，我忽然不想哭，也哭不出來了，酸雨用他很自然的微笑，輕輕化去了我的悲傷。

兩天後，他把洗乾淨的上衣跟體育褲送還給我，我一直跟他說不用洗，不過他堅持，要洗一洗再還。

「這是禮貌呀。」他說。

那天早上，酸雨離開的時候，剛好淑芬拿著一堆垃圾走過來借垃圾桶，她傻眼了，酸雨也傻眼了，我也呆了。

「妳……妳……」淑芬指著我。

「你……你……」然後又指指酸雨。

「我的天哪……」目瞪口呆中，她下了一個結論。

我趕緊解釋：「事情不是妳想的那樣……」

這個笨女人還呆呆地點頭，回答我說：「對呀，完全跟我想的不一樣……」

我抓住淑芬的肩膀，用力搖了搖她，告訴淑芬，酸雨是昨晚半夜來的，他淋得一身濕，所以才換上我的衣服，又告訴她，昨晚什麼事也沒發生，酸雨睡地板，我睡在我的床上。

「眞的啦！」

「眞的啦！」連酸雨也趕快強調。

淑芬搖搖頭，歎了口氣，把垃圾塞到我手上，又搖搖頭，然後縮著脖子回房間了。

「怎麼辦？」他擔憂地問。

「大概打擊很大吧，我想……」

「會不會對妳有影響？」

我苦笑著。「你說呢？」

淑芬打死都不相信我們會沒怎樣。

「外面傾盆大雨，裡面孤男寡女，會沒怎樣？」淑芬指著我的額頭，對我喝道：「快給我從實招來！」

我只能皺著眉，一臉無辜倒楣相地重複又解釋一遍，不過她還是不相信。

「眞的啦，妳去警察局問問看，有誰做八次筆錄都能一樣的？」我攤著雙手：「所以我說的都是眞話啦……」

從那一晚之後，酸雨跟我又親近了許多，他常常來找我，會帶很多零食來，因爲我跟他說，我喜歡吃香雞排，淑芬喜歡吃芭樂，從此，他每次來，這兩樣東西幾乎都是必備的，不過他從不停留超過晚上十一點。

「以免淑芬又誤會我，到時候百口莫辯。」他這樣說。

我雖然自己有車，不過我其實並不喜歡開車，所以，我們去看的第一場電影，是他開車帶我去的，只是，後座還多了一個謝淑芬。

「反正你們不是情人嘛，那讓我跟來會怎樣？又沒有要你們請客。」

「妳一跟來，所有可能的事情，也變成沒可能了呀！」酸雨回答她。

對於這樣一句話，我不知道我應該怎麼搭腔，好像我講什麼都不對，所以我只好安靜地微笑。

「哼，小乖也沒說要讓你追。」

「可是也沒說不讓我追呀！」

淑芬趴到我的椅背上，說道：「告訴他，妳讓不讓他追？」

「欸……」我老覺得，他們簡直是串通好來逼我表態的。「看緣分吧！呵呵呵呵……」

除了緣分，我想不到任何幫我解圍的好答案了。

這樣三個人一起玩的時間，很快地過了三個月，到我們畢業為止。

淑芬跟我一起到彰化基督教醫院應徵，我們都不喜歡小孩，所以我們都到小兒急診單位。理由很簡單，因為不喜歡小孩，所以你會想要趕快幫忙治好他，然後讓他出院，少見一個，就少煩一個。

酸雨也畢業了，他也要當兵了。

我還記得長毛入伍的梯數，是一八七一梯次，那是有一次在電話中，ㄚ頭告訴我的。

丫頭還笑著跟我說，眞是菜呀！她現任男朋友都已經退伍兩年了。

不過，酸雨更菜，他是一八八〇梯，晚長毛四個半月入伍。

學期結束之後，我跟淑芬一起搬到彰化市區，我離家更近，不過回家次數更少，因爲我們住的地方，就在彰化市最熱鬧的永樂街商圈附近，這對淑芬來說是天大的福音，一個星期至少要血拼一次的她，愛死了這裡。

酸雨沒搬家，反正他等當兵，他住的宿舍是他親戚的空房子，搬不搬都無所謂。

他入伍的前兩天晚上，打了一通電話給我。

「我後天要入伍了。」

「嗯。」

「所以……」

他明天晚上想見我，因爲我這幾天都是白班，晚上還跑到台中，我怕我隔天會很累。

「有很重要的事情，一定要當面說嗎？」我把我這幾天的班表情形告訴他，讓他知道我的難爲之處。

「有些話放在心裡很久了。再不說，怕沒機會說。」他在電話裡頓了一頓。「我不希望這四年裡面，在最後結尾時，留下最大的遺憾。」

> 最後的結尾，最後的那些話，其實我懂。

第六章

只要做到一切不計較，兩個人就能過得很幸福。
但真能不計較嗎？當然不可能。
既然所謂的信任早已不存在，那麼堅定的愛情便將成為空談。

我不喜歡被懷疑。懷疑，將引導我真正的背叛。
但妳不能是我背叛的工具，我捨不得。

收回散落在天地間的我，拼湊成一個最初的模樣。
放棄所有的關聯之後，我只想，踩出從前的驕傲。

33

月白風清，夜涼如水，我們在藝術街上。

「你明天早上入伍，現在還在這裡，趕得回去嗎？」

酸雨家在台北，他明早要在區公所集合報到，但現在人還在台中，時間是晚上九點半。

「沒關係，我東西之前都整理好了，人回去就可以。」

我點點頭，依舊是一前一後，我們這樣走著。

「我們認識多久了？」他問我。

「兩年左右吧！」

「好快。」

「嗯。」我笑了一笑。

自從長毛不在之後，酸雨有了比較多的機會，進入我的生活中，以前對他存在著的距離感，在大雨的那一夜，完全消失。我們經常一起吃飯、一起看電影，有時候還會找淑芬一起出去，只不過，我依然只當他是朋友。

有些界線，並不會因爲時勢變化而改變，也或許，時間過得還不夠久，我無法在這麼短的時間裡，把長毛的影子清空，再裝進酸雨。

「其實……」我停下了腳步，酸雨也回過頭來。「這麼長的時間來，你一直對我很好，我知道，只是，從前一直……」

「從前有很多事情，我都不曾好好把握，也不敢對妳開口。」

我們在藝術街上的便利商店前駐足，他坐在路邊的椅子上，我坐他旁邊，兩個人之間，不由自主地保留了一個大約二十公分的距離，不長，卻是足以隔開兩個人的距離。

今晚的路人很少，只有幾對情侶恩愛地從我們面前經過，偶而，兩隻小野狗在腳邊打轉嬉戲，酸雨還用手去逗逗牠們。

「我不喜歡自己的個性。」他點起一根香菸，酸雨會抽菸，可是抽得很少。就我對他的認識，他只有在有心事時才抽菸。「我可以很自在地做很多事，自己能夠完全自主。可是，我在感情裡面做不到，因爲我沒有這個勇氣，所以也無法自主。」

「所以……」

「從小到大，我喜歡過幾個女孩，不過我從來不曾表白過。」

一隻小野狗一直在酸雨腳邊鑽來鑽去，他也用手指去戳戳牠的頭。

「念弘光之後，有很多女孩給過我暗示，可是我從來不去分辨過。」他拍拍小野狗的背，示意將牠趕開，然後轉過頭來對我說：「因爲我不知道如何面對兩個人的世界，不知道怎樣才是付出，才是愛。」

「愛一個人不難，只是，愛了未必有回報。」

「這個妳已經有經驗了。」他笑著說。

我也笑著拍了一下他的背。「你很討厭欸，幹嘛挖苦我！」

他笑著受我一掌，把菸捻熄。

「你自己也沒好到哪裡去啦，大男人還不敢表白。」

「我表白過呀！」他說的是今年年初那一次，我們在豐原，「我說我愛妳，妳卻用妳的貢丸湯回報我。」

「你那個算什麼表白呀！」

酸雨抿著嘴，笑了一笑。

「那……這樣算不算正式了？」他說著，手從外套口袋裡面，掏出一個小盒子來。是一條項鍊，一條銀項鍊，上面有一顆小鑽石，鑲在一個銀雕的蝴蝶墜子上。

「你……要不要再……再考慮一下……」晚上九點半，OK便利店的日光燈，照在那顆小鑽石上，發出耀眼生疼的光。我偏著頭，看著項鍊，有點不敢相信。

「我的意思是說……我想向妳表白，正式一點的……」

其實，酸雨從來沒有不正式過。他曾經拿著一束金莎花到教室去找我，還有一次，則是拿著我捧不動的香水百合，如果那樣算是隨便的話，我想不出還有什麼可以叫做正式。

「那……你要說的是……」

「當我的女朋友，讓我好好陪著妳、保護妳、愛妳。」

雖然我知道，今天晚上他一定會有很多話想對我說，但是我卻無法想像，他會跟我這樣告白。而且，是用一條鑲著鑽石的銀墜項鍊當見證禮物。自從認識長毛之後，我跟著他的習慣，愛上了黑色的衣服，把映閃著銀白光澤的項鍊，拿到胸前比對，更襯出光芒。酸雨要幫我戴上，但我搖搖頭。

「其實，我不夠資格收下你的禮物，因爲，我不適合接受你的愛。」我把項鍊交到他手上。「我既沒有你想像中那麼好，也沒有那麼值得你付出。」我說：「你可以擁有更幸福的愛情，眞的。」

酸雨也跟著我搖搖頭。「幸福，不是經過比較之後才能獲得的。」他的手掌貼著我的臉頰。「妳有時候很遲鈍、很健忘，有時候常常做些沒大腦的事情……」用深情眼光看著我，卻從嘴裡說出這些話來。「妳喜歡自己搭配衣服，可是常常穿得很沒品味。」

他說，這些都是他跟我熟悉之前，完全不知道的事情，而且也完全無法想像，這世上竟然有這種女孩。我有股衝動想跟他說，對呀，我還有三天沒洗的衣服，泡在臉盆裡面，同時我最近一點洗衣服的欲望都沒有……

「可是，這些都不是我所在乎的。」酸雨的手掌很溫暖，他的拇指輕點了我的臉頰兩下。「我喜歡妳，就只是因爲我喜歡妳。」

最後，我是戴著項鍊回家的，因爲酸雨對我說：「妳可以繼續妳的生活，只要讓我有個機會更接近妳就好。」

他把項鍊套到我的脖子上。「這條項鍊，是我送給一個我暗戀了兩年的女孩。心的付出，遠重要於物質的付出。」他說：「如果妳能體會到我這兩年來的心意，那妳就會發現……這條項鍊其實眞的沒什麼。」

「我現在這樣到底算不算他的女朋友？」

「八成算了吧！」

「可是他沒說要我當他女朋友，我也沒有答應耶。」

「以前長毛有沒有要妳當他女朋友？」

「沒有。」

「那妳還不是愛他愛得要死？」

這樣說也對。

回家的時候，我買了一碗銼冰給淑芬，她吃著銼冰，研究著這條項鍊。

「這項鍊不便宜唷！」

「我也覺得。」

「看樣子大概要一兩萬塊錢吧！」

「什麼！」我瞪大了眼睛。這條項鍊上的鑽石，我總感覺很小，雖然值錢，大概加起來不會上萬。可是淑芬對珠寶首飾相當有研究，她的眼光可精準得很。「不會吧?!」

「眞的呀，這是『卡蒂亞』今年最流行的款式喔！」

「卡蒂亞」？那是幹什麼的？

淑芬說，那是目前價位頗高的一家鑽飾公司。「酸雨如果不是得高人指點，就是完全沒有比過價。」她拿起那條項鍊，發出了奇怪的呻吟聲：「喔！沒想到有生之年，可以摸它一次……讓我吻你吧，親愛的鑽石！」

我的天哪！妳還是吻銼冰或芭樂好了……

你用最明亮的鑽石，照亮了我心裡最深處的遺憾。

34

長毛當初的新訓中心在成功嶺，後來我才知道，成功嶺離我們沙鹿這麼近，開車回彰化，都還會經過它的大門，可是我終於還是沒有去給長毛會客過，因為我沒膽量去找他。酸雨的新訓中心在崎頂，嘉義，一個我連聽都沒聽過的地方，可是我卻去了。拉著淑芬，我們一起排休、調假，好在酸雨的會客日去看他。因為他家人都在台北，為了避免車程勞頓，所以他沒要求他家人來，反而把他需要的東西告訴我，由我來準備。

「信紙、郵票、防蚊液，還有還有，我要喝飲料。」

「什麼？」

「這裡都不能喝飲料啦！」

我笑了，他像個天真的大男孩，跟我吵著要喝飲料，我知道他愛喝可樂。相信國軍新訓單位不會每天晚上為他準備一瓶可樂。

「還有沒有？」

「有。」

「你要什麼？」

「我想看到妳戴著那條項鍊……」他的聲音很小，一副很不好意思的調調。

崎頂不遠，不過路很難找，偏偏淑芬又是個地圖文盲，最後我們下車去問路邊的檳榔西施，才知道我們已經開過頭很遠了。

新訓中心裡面人很多，每個新兵都是超級平頭，一臉呆相。

「完蛋了，一堆迷彩龜，去哪裡找妳家酸雨呀？」

我提著一籃食物，也傻在當場。

「我親愛的……可樂！」酸雨從我們後面出現，他本來就很高，經過一段時間訓練之後，變得更壯了。

愉快地吃過午餐，讓他喝可樂喝個飽之後，他談起很多軍中的生活，我們圍坐在草地上，愉快地交談著。酸雨說，他最討厭早起，可是這裡每天五點半就要起床，他又說他最不喜歡吃饅頭，但是爲了體力，他一天要吃一大顆。我笑著聽他說話，卻不知道爲什麼，忽然想起另一個人。

下午四點半，我們離開崎頂，酸雨說下星期會客，他爸媽會來，所以我們可以不用來，以免辛苦，看著他依依不捨的表情，我很心疼，誰願意這樣失去自由呢？可是這是無奈。

酸雨的個性很隨遇而安，他都會這樣鬱鬱寡歡了，更何況另一個人呢？今天，我戴著鑽石項鍊、帶著可樂，所以讓酸雨很開心。那……吉兒有沒有帶著烏龍茶跟 Marlboro Lights，好讓他開心呢？在軍中，新兵不能抽菸，可是我看見很多新兵在偷抽菸，想必長毛當初在成功嶺也會這樣做，吉兒有帶菸去給他嗎？

會客時間即將結束時，很多新兵臉上都流露出不捨的表情，有的是對家人，有的是對朋友，有的，是對情人，酸雨也有同樣的表情。我安慰他說，很快就結訓，回台中時，我們再聚聚。走到大門外，回眸是一片離情，我在想，長毛如此深愛吉兒，當離別時，他心中又該有多不捨呢？

上車之後，我把車上的音響，放到張宇的歌，唱著「回心轉意」。

唱著唱著，我的眼淚掉了下來。

「妳很捨不得他呀？下星期再來嘛！我的假可以跟妳換呀！」淑芬安慰我。

「不是因爲這個啦！」我不知道怎麼把我腦袋裡面的聯想告訴淑芬，只能擦去眼淚，笑一笑。「大概是被大家那種離情依依的情緒感染到了吧！」

「是嗎？」

我以前很不會說謊，後來跟長毛在一起之後，從他身上學到很多撒謊的本事，不過這本事對全世界都有效，就只對淑芬無效。

「小乖乖……」

糟糕。

「小乖乖唷……」

我的頭果然又偏了。

「親愛的小乖乖唷……」

「好啦，我說啦！」我可不想聽她又呻吟下去，把今天忽然聯想到的很多感覺，通通告訴淑芬。

「妳還想他呀？」

我說我不知道，只覺得，總是經常在無意間想起很多關於長毛的事情。

淑芬勸我想開點，一切交給時間就好。也許吧，如同ㄚ頭曾告訴過我的，想他吧，盡情地去想，等到有一天，感覺想得很無味時，我就自由了，我希望可以是這樣簡單就好。

握著方向盤，車子在省公路上面奔馳，這條路很熟悉，我曾走過，只不過那時，我很少起來看風景，上次走這條蜿蜒的省道時，我躺在一個男人的大腿上，只看見天空，那時，我們剛從台南瘋狂地過了一天一夜。

車速很快，像在飛一樣，但我卻感覺沉重。我胸前的鑽石項鍊，沉重的讓我幾乎無法喘息，無法抬起頭來面對未來的天空。

醫院的工作應付起來並不難，只是因爲我算新手，有很多地方都不熟悉，還好這裡的學姊們大多相當和氣，所以並沒有遭遇到太多麻煩，唯一比較煩的，是要常常出去接baby，一些小醫院無法照顧狀況不好的新生兒時，我們就得去接手。

自己開車我很習慣，因爲方向盤在我手上；坐救護車出去就很難受，因爲你不知道司機大哥等一下會往哪邊轉，我經常在還沒抵達請求轉診的醫院前，就已經先暈車了。

淑芬常常笑我，不過她自己其實也差不多，時間在捉摸工作環境與亂七八糟的日夜班交替中過去。

然後，忽然，酸雨結訓了，也下部隊一段時間了。他是陸軍，很幸運地，在離台北不算太遠的新竹某基地當兵。某基地的意思，就是其實我也不大知道的地方。

由於我跟淑芬的班未必都相同，因此我多了很多自己一個人的時間，逛書局、買唱片是我最大的嗜好。這，也是長毛最大的嗜好。

只不過以前的他常常窮得連飯都沒得吃，所以他眞的只能「逛逛」。村上春樹的書我幾乎都買到了，包括他買不起的厚一點的那幾本。張大春的作品我幾乎都看完了，只剩下我實在看不懂的《城邦暴力團》。陳昇的那首「鏡子」幾乎被我聽爛，因爲那曾是長毛最愛的歌。自從他剪掉一頭長髮之後，我也沒再剪過髮，你失去了長髮，所以換我來留。你不得不放棄的長髮，與你慣有的主張，由我在這裡，繼續堅持下去，只是，我沒告訴你。

捧著邱妙津的作品，走出了東海書苑，我在想他。

一個外表與內在強烈衝突、矛盾的人。他很孤僻，不喜歡人多的環境，不喜歡跟一群人攪和。大多數時間，他只活躍於小眾團體中，偶而跟貓練習馬戲團把戲。

在人前的反應，依隨他衣著的變化，而有不同的表現。一身黑的時候，他不愛笑、少做表情，戴上墨鏡，以爲全世界都看不見他，他喜歡用不屑的眼光看世界，而那種奇怪的自信，強大得連他自己都不知道理由。於是一堆人討厭他，認爲他目中無人、狂妄自大，其實我知道，他只是不喜歡跟陌生的世界打交道，當然，這種特色也吸引著另一堆人，這堆人，通常都是小妹妹，我也是他的追隨者之一。

可是這個奇怪的人，一換上簡單的T恤、滑板褲，就又變成非常邋遢的人。不喜歡洗澡、亂罵髒話、亂丟垃圾、無視於交通號誌與規則。

「我亂丟垃圾，是爲了讓清潔隊員有事做，以免他們失業。」

他是講這種話的人。於是又一堆人討厭他，認爲他沒水準、沒氣質，可是，這種特色卻又吸引了一群不同的人，當然，還是小妹妹居多，她們認爲他隨性、不做作，很不幸地，我又是其中之一。

但是不管他是冷漠無情，還是攪和無賴，他都保有一個共同特色：面對女孩，這個人永遠有說不完的甜言蜜語，只要他願意的話……

他堅持做他自己，跌得再重，都不會改變。只是他對身邊的女孩總是忽冷忽熱，我曾懷疑，這是因爲他無暇分身，沒辦法一一安撫他眾多追隨者的緣故，但是天曉得。

總之，他已經剪去了長髮，他在「寫一個夢」裡面，最後一個訊息，告訴大家說：

他已經，不、再、是、長、毛。

那你現在是誰？可不可以，讓我再認識你，從朋友開始也沒關係。

35

因為你沒了長毛，所以這精神，由我繼續堅持。

也許是因爲工作的關係，我變得很少思考，腦子裡面想的，是小朋友的血管要怎樣才容易摸得到、讓針打得進。筆記裡寫的，是小朋友的各種常見疾病的症狀及處理方式。風花雪月、傷春悲秋，變得離我好遠。

我不無情，因爲我還知道，知道酸雨愛我。他下部隊之後，每天都會給我電話，告訴我他的一天、他的心情，還有，他對我的感情。

「妳現在算是他的女朋友嗎？」掛上電話之後，淑芬問我。

「算吧，其實，我也不知道。」

「也不錯了，至少他對妳很在乎，定省晨昏耶！」

「我又不是他媽，不必這麼孝順吧！」

淑芬指著電話，笑著說：「每天固定時間打電話，不是請安，不然是什麼？」

看著無線電話機躺在我的枕頭上，酸雨的聲音彷彿還在我耳邊、心裡面，要酸也不是，要甜也不是。我是他的女朋友了嗎？我沒答應過，可是我收下了他的鑽石項鍊，不是他沒開口，是我沒正式回應。

「妳偶而也該打打電話給他的，他不是可以帶手機去部隊嗎？」

我點點頭。

「給他一點回應吧！不要老是讓他追著妳跑。」淑芬說完，把吃得一乾二淨的芭樂心丟進我的垃圾桶。

已經過了多久了？我不知道，這個女人一直不肯去買個新的垃圾桶，因爲她懶得倒垃圾。

我想對酸雨說些話，也想爲他對我的感情，寫下些許文字，然而，電腦打開，WORD開啓之後，閒置超過十五分鐘，進入螢幕保護程式，我卻依舊木然。

爲什麼以前跟長毛在一起時，無論心情好壞，我都能寫出作品來，現在卻不行呢？

我不認爲這與我辭去電子報的新詩專欄寫作有關，更不認爲自己已經江郎才盡。

工作一段時間之後，我連買了兩個書櫃，好收藏我不斷購進的書籍，怎麼可能我連一點養分都沒吸收呢？但是，面對螢幕，看著保護程式裡的魚兒漫游，我就是想不出一個開頭。

於是我發現，我無法想著酸雨，寫出東西來。

那麼，打個電話給他好了。

拿起手機，我猜想，或許聽到他的聲音時，我可以有點靈感。

「幹嘛？」

幹嘛？我記得酸雨接電話時，通常會說「你好」，或者「喂……」的一長音，什麼時候變成「幹嘛」了？

「喂。」

「喂個頭，幹嘛啦？」

或許是一種巧合，或許是一種宿命。第一次我打錯他的號碼，我們不小心約了見面，開啓一段不尋常的戀情；第二次我打錯他的號碼，注定了我們又開啓一段釐不清的牽扯。

我很納悶，幾乎想不清楚我後來究竟講了些什麼，我只記得長毛說：「我在小金門，現在在站哨，很無聊，整個碼頭只有打不完的海蟑螂而已。」

他，已經到外島了。一個我聽也沒聽過的地方，小金門，金門旁邊的一個小島。

我們好像聊了一些話題，但是，就像是朋友之間的閒聊，他話中不涉及感情，我也不重提記憶，平淡到我記不得內容的地步，但我卻記得他的聲音。

無心闖入的夢
你在夢中 等我
說著甜膩的耳語

說好久不見

我變成折翼的天使
墜落在海的那頭
你的世界

說　好久不見

這篇短文，我貼在「寫一個夢」上面。

回報我的靈感的，是一個星期之後，「寫一個夢」，改了頻道名稱，叫做「無名」。是長毛改的。

你不希望我打擾到你嗎？還是我這雙關的詩文，造成了你什麼困擾呢？

長毛發了公告，說他人剛放假，回到台灣，決定更改頻道名稱，因爲他說，這裡已經沒有他的夢了。

看著改了名的頻道，我在哭泣，卻連一句解釋的話都說不出來。

兩天後，長毛給了我一通電話。

「我打算結束頻道。」他在電話裡頭，如此對我說。

「爲什麼？」

頻道在主持人當兵去了之後，大部分事務由吉兒主持，我幾乎不再管事，但是我也知道，頻道成員還有一百多個，沒有猝然結束的理由。

「現在不方便談，我只是告訴妳這消息，我跟吉兒都打算退出。」

「你們都不要這裡了嗎？」我聽見自己的聲音在顫抖。

「嗯。」

「先不要好嗎？」我說：「我可以先管著，再過一陣子再說吧！」

他說好，然後掛了我電話。語氣平常，甚至沒有起伏，像東北大陸來的風一樣冷淡。

又一星期後，「無名」的主持人變成綠的天，變成我。

「我想，我有點支持不住了。」他說：「時間與空間，是最大的致命傷。」

「你把話說清楚，慢慢說，好嗎？」

「如果我可以更早認識她，或者晚點當兵，我們就有更多時間了解對方。如果不是我在金門，一個月就可以放兩次假，可以回去看她兩次。」他的聲音很軟弱無力，相當消沉。「或許，大家都把愛情想像得太美好，卻沒想到，經營起來卻太難。原來，信誓旦旦的愛情，如此不堪一擊。」長毛這樣對我說。

因爲我寫了那一篇短文，吉兒對我起了很大的不滿，也認爲我還在糾纏著長毛，所以，長毛拗不過她，只好將頻道放棄，宣佈退出。說這件事情時，他的心情很低落，像有萬分不捨，他在小金門，碼頭邊。我聽見了今晚的浪濤聲，搖撼天地。

自從我打錯那次電話之後，我們之間又逐漸恢復了聯絡，他會打給我，跟我聊一些心情、一些感受，我也老實告訴他酸雨的存在，還有我的苦惱。

我常常猶豫不定，而且都是爲了小事。

酸雨放假，打電話給我，問我下星期有沒有空，他想到台中來見我。老娘打電話來，希望我回家一趟，她說，家裡面又要大掃除了，元旦過後，大家準備過農曆新年。

我一點喜悅都沒有，因爲我在兩難。

淑芬攤手對我說：「一個是妳老娘，一個是妳準老公，我不方便給意見。」

我得澄清，我絕對沒有認同「準老公」這句話，但是我眞的很難抉擇。

酸雨當兵半年多，我們聚少離多，見了面，也只是吃飯、喝茶、看電影，他還是沒有眞正打進我心底，即使我知道他很愛我，對我呵護備至，但是勉強不來的事情，就是這樣教人無奈。

「也許，困在這陌生的鳥地方太久了，我有點亂了。」長毛說。「解不開的結太多，連自己都很難釐清。」他歎了一口氣，忽然轉過話題，笑著說：「對了，忘記告訴妳，我已經升爲安檢站的站長囉！」

我不是很懂「安檢站的站長」有多偉大或多了不起，不過長毛倒是給了我一句不錯的註解：「多年媳婦熬成婆。」

他解釋了一下海巡署的安檢工作之後，跟我說，他現在幾乎以碼頭爲家，住在安檢站裡面。

「不過這些都是假的，呼風喚雨又如何？沒用的。」他方才的得意在一瞬間消逝無蹤。「張宇唱得好，就算站在世界的頂端，身邊沒有人陪伴，又怎樣。」

我聽得默然無語。

「下星期有沒有空？」

結果，我發現我一切猶豫與考慮都是多餘的，從以前到現在，只要他的一句話，就可以決定我的一切。要上課，還是要逛街？他叫我去找他，我就丟下一切去找他。要吃牛排，還是吃臭臭鍋？他說他想吃蒸餃，我就乖乖跟他去吃蒸餃。

經過了兩三年了，風風雨雨之後，他的希望，依舊決定我的去向。要回家，還是等酸雨？他問我想不想去金門，於是，我買了生平第一張機票。

36

你的希望，始終是我的去向。

據說，金門很好玩；據說，那裡很有戰地風光。不過我什麼也沒有看見，除了要命的冷之外，我什麼感覺也沒。

出發前又打了一次電話給長毛。他放「在金假」，也就是一個月的假期裡面，有一天必須留在金門放，不能回台灣，那天早上六點半放假，晚上九點半收假，所以稱之爲「在金假」。

他人已經到了金門尚義機場，正在等我上飛機，這一趟，要飛四十五分鐘。

「金門會不會很冷？」

「妳人都到機場了，冷也來不及回去拿外套了。」

「我有放車上，可是我考慮要不要帶。」

「這裡喔，還好啦！」

長毛可以在七月盛夏，關著門窗，蓋著大棉被睡覺，但是他很怕冷。既然他都說還好了，那我應該可以放心。於是，大外套躺在小白的後座，我穿著一件短裙、一件薄上衣，再抓一件小外套，就進了機場。

飛機高度是一萬一千英呎，我的心則更高，在九霄雲外。大氣中的亂流只搖撼了飛機，卻沒搖到我，我的心，被一道叫做「長毛」的亂流，推推擠擠、拉拉扯扯。

或許我應該多做點考慮的，因爲我不知道我這樣做是爲了什麼，以爲已經可以逐漸遠離的感覺，竟然在一瞬間，將我帶回原點，窗外的景物，只有藍天、白雲、還有海洋，後面，是我回不去的地方。

而我不斷前進著，朝著連我自己都莫名的遠方，不斷前進著，靠著的，是他的吸引。

窗外是一片海，心則是一片空，彷彿回到了他當初吻我的那一晚。

艙門在飛機停妥後開啓，心靈與身體都在瞬間顫動，心靈顫動是因爲我馬上就要見到他，身體顫動是因爲我被一陣冷風吹得四肢發抖。兩者的結論，是我決定，待會見到他之後，一定要踹他一腳。什麼還好?!還沒踏上金門的土地，我已經快被凍死了。

「好、好冷喔……」我縮在小外套裡面，拚命想把裙子拉低一點，好多遮掩住我的腿。

「會嗎？還好吧？」他天眞地說。

原來，他早已習慣了這裡的乾寒，當然會說還好。但是只有十一度的溫度，哪個人能穿著短裙走來走去的……

長毛的頭髮早已變長了，不再是新兵時的小平頭，他的精神很好。

才剛剛走出管制門，我便看見了他。依舊，是那個什麼都可以無所謂的眼神，也依舊，是那個堅決的眼神，但是今天多了點溫柔。

我是第一個跑到金門去看他的人，他說，有的人喊了好久要來看他，卻從來沒出現過。我想，我可以猜得到他在說誰，只是這個話題我不願接下去。

金門好玩的地方，我只去了一個翟山坑道，其他的都放在旅遊指南上面。金門的戰地風光，我只看到很多放假的陸軍在街上晃來晃去，其他的都留在想像世界中。

他帶我去的，居然是金門的旅館。

枕著他的手臂，我哭了。

原來一切我以爲我可以忘記與拋棄的，竟然才是我所渴求的。長毛變得很壯，一改他以前窮得只剩皮包骨的可憐相。觸摸著他肩膀上的肌膚，他癢得縮進被子裡。

「妳還愛我嗎？」

何必問我呢？你知道我的感覺的。

他點起一根菸。「坐飛機好不好玩？」

我點點頭。「可惜我坐的不是靠窗，不然就能看見更多風景。」

「靠窗看風景很不錯，不過如果妳想到妳還要坐十幾次，妳就不會想看了。」距離長毛退伍，還有九個多月，他來回還要坐十八次飛機。「不用覺得遺憾，妳回去時，記得請櫃檯小姐畫個靠窗的位置給妳。」

「我的遺憾並不來自於座位不靠窗，我的遺憾，來自於坐我旁邊的不是你。」我小小聲的說，他將我摟得更緊。

當晚他收假，我變成異鄉的流浪漢，不，是流浪女。

「晚上到我安檢站來吧！」長毛說。

他所負責的安檢站，是借用當地港區的候船室，那是公眾場所，沒有時間限制。一個無處可去的人，可以睡在車站，當然也可以睡在候船室。

這一晚，我流了有生之年裡面最多最多的鼻涕，因爲我已經冷得流不出眼淚了。長毛吩咐他的小兵，記得上哨時多帶一件大外套來。外套可以讓我擋風保暖，長長的袖子，還可以讓我偷偷地抹鼻涕。我裹著大外套，還是縮在他身邊。

這晚很冷，心卻很熱。長毛的哨是兩個人一組，通常他們會守著平靜的碼頭，看書、聊天、講電話，不過今晚，他的搭檔睡著了，因爲長毛沒空理他，長毛抱著我。

「還很冷嗎？」他輕聲問我。

「還好，只是沒想到，再見到你，會是在金門……」不冷的是心，顫抖的是身體。

「很多事情，我無法對妳解釋清楚。」他放了一片 CD，唱著蔡健雅的「你的溫度」。

「之前買的，我覺得這首歌很好聽。」

看著他聆聽音樂時的專注，我發現我的眼淚，在冷空氣中落下。

「爲什麼哭呢？」

「你覺得好聽的歌，是我聽到崩潰的歌。」我告訴他，這段時間以來，我聽了多少次「你的溫度」，也哭了多少次。「曾經我們離幸福只差一點點，而如今我卻離你好遠好遠，就算我們相愛已經不如從前，我只希望你能時常在我身邊……」

凍了一夜，天將亮前，長毛說，乾脆我們窩到廁所裡面去好了。

「候船室太大，熱氣容易散，躲在廁所還溫暖一點。」

我不知道這個理化沒有及格過的人，說出來的理論對不對，事實上，個人感覺，候船室跟廁所其實也沒太大差別，不過我喜歡廁所。

密閉的斗室之中，我可以盡情地在他身上賴著，可以從他的唇，索要著我企盼已久的溫柔，還有我渴望的愛情。

「還記得我說過的話嗎？」

「嗯？」

我們縮在廁所的牆角，只有門下一個小細縫，微有光線透進來。

「我說過，不管你人到哪裡，我都會一直追逐著你的……」

很細微的聲音，我聽見他的歎息，還有感受到，他輕撫著我臉頰，用他那已經飽受風霜，長了繭的手掌。

回程的飛機上，旁邊座位沒有人，雖然櫃檯小姐依然給我一個靠走道的位置，不過我卻選擇坐窗邊。

海很藍，天空也很藍，沒有一點雲在中間，我看著一望無際的藍色，心裡面空蕩蕩地，藍色像一場夢，包圍著我無處可去，而夢的名字，叫做長毛。

「妳搞失蹤呀？」

「沒有呀，我出去走走而已嘛。」

「去哪走走？」

「就去個陌生的地方，散散心呀。」

淑芬疑惑地看著我。「有沒有帶土產？」

我放下我的包包，從另外一個手提袋裡面，掏出一堆貢糖來。

「貢糖？」

「不然妳要大陸版的 CD 也可以，我還有大陸的奶油香瓜子。」

「這是怎麼回事？」

「沒辦法，金門沒有出產芭樂。」

「金！門？」她的語氣眞的是這樣的。

我把手提袋裡最重要的東西拿出來，是一瓶酒精濃度五十四%的大陸名酒：酒鬼。

「這個不能給妳，這是我等他回來要一起喝的。」

「長！毛？」她的語氣還是這樣。

我點點頭。

爲什麼這次我老實承認？不知道，不過我可以肯定的，是我終於知道了，爲什麼想著酸雨就寫不出詩來的問題答案。因爲我喜歡酸雨，很喜歡很喜歡酸雨，但我愛的是長毛。

喜歡可以讓一個人感到喜悅與感動，愛卻可以讓一個人幸福，而且感觸深刻。雖然我沒在長毛身上得到美麗的愛，但是我可以沉醉在自己愛著他的幸福中。

活了二十四歲，我才了解這之中的差別。

酸雨還是會打電話給我，但是我不知道怎麼告訴他我所領悟到的道理，淑芬建議我，還是多考慮他。

「至少……」她用陰險的表情與聲調對我說：「保留機會！」

意思就是備胎吧？我只是不知道如何對酸雨啓口，但是我眞的沒有這個意思。

「這陣子，發生了一些事情，我想自己一個人好好想想。」這是一個藉口，卻是一個很眞實的藉口。

酸雨說沒關係，因爲他要下基地去訓練，這陣子可能也沒空。

我們多久沒見面了？時間並不公平，軍中的人度日如年，社會中的人卻感慨日復一日，老得好快。

安靜的房間裡，我翻閱著電腦裡頭，長毛寫過的一篇篇小說，鍵盤被我敲出單調的聲音，好久，沒再聽過長毛的歌聲了。

「唱歌給我聽，好不好？」

「我在站哨耶！」

「反正你那邊晚上又沒人。」

「學弟在啦！」

「可是，我好想聽你唱歌。」

電話那頭傳來長毛點香菸時打火機的聲響。「這次放假回台灣，我會帶吉他回金門，下次妳來，我唱新歌給妳聽！」

喜歡一個人，會想約他出去玩；愛上一個人，妳會隨便他帶妳去哪裡。

37

小金門有一個商港，就是長毛駐守的九宮碼頭，另外有一個漁港，叫做羅厝港。面對港區的，是每個漁港附近都一定會有的媽祖廟。羅厝港的媽祖廟就正對港區，廟門出來是一片空地，直接緊連海岸。

面對著夕陽西下，長毛叼著香菸。「很簡單，白痴也會唱的歌。」

「眞的嗎？那你教我唱。」我蹲在他面前，看著他的歌本。

長毛很奇怪，自己寫的歌，如果不看歌詞跟和弦，他也一樣完全不會彈。

「教妳彈都可以，不過妳不要像我那個白痴學長一樣，學半天學不會。」

九宮有安檢站，羅厝當然也有，這裡的站長還跟長毛同姓，而且跟他一樣龜毛，一樣氣焰囂張、不可一世，所以，他們是好朋友。

這次我來金門，天氣稍稍暖和一點，至少，不再凍得我臉色發青。長毛跟他熟識的百姓借來一輛機車，載著我逛了一圈小金門。第一次看見廈門，第一次看見有戰鬥功能的坦克車，第一次，看見長毛所屬的中隊部，那裡簡直是個渡假村。

我要決定收回，那些我說過的永不改變。
雲很灰暗的那幾天，在心裡，在如此遙遠，說聲再見。
我會試著紀念，收藏妳給過的銘心誓言。
風很放肆的那幾天，像從前，像妳的側面，我看不見。

心和心就不再連成一線，深夜裡就不再想見妳一面。
我是只能夠濕了眼，絕了念，一個人在夜裡痛快的獨自失眠。
心和心就不再連成一線，深夜裡就不再想見妳一面。
撒野的淚水，滴落在，分手霎那，彈指之間。

歌名叫做「彈指之間」。他唱得很激動，吉他也刷得很有力道，對著一輪火紅的夕陽，他用歌聲與琴聲附和橙色的陽光，覆蓋整個漁港。

「什麼時候寫的？」

「前天。」

「有想寫給誰嗎？」

長毛放下吉他，看著我，苦笑了一下：「給吉兒好了。」

在他不願提的這個故事裡，有著很多爭執，也有很多甜蜜，只不過通常，甜蜜表現在他回台灣時，爭執發生在他回金門後，而悲哀的，是他人在金門多，回到台灣少。

「或許會有轉機吧！」他說：「只不過沒人知道，轉機會轉到什麼方向……如果可以，我想全部都重來。」

「都重來？你要從哪裡都重來？」

長毛笑了一笑，搓搓自己的腦袋，轉頭對我說：「從我開始接觸網路，成立文學頻道那裡開始好了。」

「爲什麼？」

「那裡成就了我的夢想，也毀滅了我的夢想。」

成就的，是他文學的夢想，毀滅的，卻是他愛情的夢想。

「那你有機會了。」

「爲什麼？」

「昨天我開車去機場前，已經發了信件跟申請函。」我說：「我請系統管理部，把你們不要的『寫一個夢』給關閉了。」

即使它已經改名叫做「無名」，但是我依然習慣叫它「寫一個夢」，因爲改成「無名」的時候，吉兒已經出現；「寫一個夢」，則是我跟長毛最和諧相處的時代。

「謝謝妳。」

「閣下大可不用如此客氣。」

然後，面對著夕照長空，用歸來的漁船當背景，他吻了我。

「上次你問我是否還愛你，記得嗎？」

「嗯。」

「這次換我問你，你對我還有感覺嗎？」

長毛點點頭。

「能維持多久呢？」

他沒有回答，眼神不再空洞，但是卻沒有方向。站在海邊，聽著海水撞擊堤岸發出的水聲，我後悔我問錯了問題。這只讓我更確定了自己的悲哀而已。吉他的聲音響起，他用我不懂的音樂回答我。

感覺維持多久，並不是重要的問題，已經糾纏了將近三年的我們，其實誰都早已不再需要答案。每一次的分分合合、若即若離，早已證明了我們之間的無法永恆。我只求，能這樣守在你身邊就好。只求，守候已久之後，你會回頭看我一眼就好。這，是我愛你的方式。

不過，長毛很快地給了我答案，感覺維持的時間是四個月。

這段時間，酸雨人不知道在哪個偏僻的山裡頭進行基地訓練。我打他的手機打不通，他也沒跟我聯絡，只有寄給我一張名信片，要我多注意身體而已。

我曾經好幾次閒著沒事，自己晃到埔里去，晃到長毛家。跟長毛的娘親聊聊她這個糟糕的笨兒子，聊聊她這個笨兒子做過的很多蠢事，還幫忙開車，載著長毛娘親到處去玩。

在埔里的感覺，讓我很輕鬆。躺在長毛的床上，我想像著他睡在這裡的樣子：打呼、捲被子，偶而還會講夢話。

甚至，我還司機兼保母，幫長毛已經嫁到新竹的姊姊，載著她的女兒，往返新竹與埔里。當然，這些事情我沒有告訴長毛，因爲他不喜歡他的女朋友，在他不在的期間，擅自跟他家人打交道。

我們每天通電話，他說了很多他跟吉兒的事情，許多爭執的原因、許多摩擦的發生點，說穿了，不過是兩個人相愛太快、了解太少，聚首的時間又太短的緣故。而這些，其實長毛早就知道，只是他無力改變，因爲他還在當兵。

想找一個可以愛一輩子的人不容易，長毛說他有幸，可以找到兩個，不過第一個離去得太快，他還不夠成熟時，就已經失去了，那是綺綺。第二個他沒有時間好好把握，爲了服兵役，他失去了很多時間，也造成了問題。

聽他講著，我覺得自己夠幸運，雖然我只遇見過一個，但是，至少這一個現在還在跟我聊心事。

對於長毛跟吉兒之間發生的種種問題，他說他很對不起吉兒。吉兒人在台中，是活在他們原本所處的世界中的人，長毛可以一聲不響，窩在小金門過日子，吉兒卻得留在充滿問題的原來世界中，繼續那些爭吵的陰影，無法掙脫。誰都有錯，卻也誰都沒有錯。

「所以，有時候我很懷疑自己，到底還能不能撐得下去……」他最後這樣對我說。

應該感到高興嗎？如果他跟吉兒分手了，就會選擇我嗎？或許我該高興，但是我高興不起來。沒有一個人，看到自己深愛的對方在痛苦，卻還能高興得起來的。

而我跟長毛，之所以能夠沒有這些問題，是因爲我夠安靜，他想要的，就會是我想要的，他的問題，就會是我的問題。他入伍前刷爆的信用卡，變成我的債務。他打爆的手機費用，變成我的帳單。他所無法解決的，是我會想要偷偷爲他解決的。

淑芬一直說我是白痴、笨蛋，不過，我很樂意被她罵，因爲我很開心，終於我可以爲他做點什麼了。

即使我們離得很遠，見面時間更少，我都不會去跟他發生這種爭執，一來我們認識夠久，二來，我愛他比他愛我多，我不吵，我們兩個人就不會吵，所以為他付出，我並不覺得白費。即使這段感覺只維持了四個月，我都沒有後悔。

離他退伍，只剩半年不到的時間。我的工作穩定之後，已經可以自由排假，只要工作應付得過來，同事之間，假期容易協調，更何況，我還可以去拗淑芬，求她跟我調假。

那陣子，長毛經常在站夜哨時打電話給我，我們像是從前那樣的親暱，又像是初認識的朋友，無話不聊，直到七月中，他卻又忽然改變了。

訂好了機票，也幫長毛準備好幾件他說想要的黑色素面上衣，他的單位很自由，可以穿非制式的上衣當內衣，我想打個電話跟他確定時間，他卻說暫時還是不要見面比較好。

七月，我的天空從悶熱難熬的盛夏，忽爾墮入冰冷的世界中，握著手機的我，心裡面詫異萬分，而隨即猛然有了醒悟，或許，又是時候到了，只是我覺得不甘心，很想知道，這回又是為了什麼。

看著我收拾得差不多了的行李，我小心翼翼地問：「你可不可以告訴我，到底發生什麼事了？」

「……」他不肯回答。

長毛是個很會對全世界撒謊的人，他可以說一千個理由，去掩飾他最後真正的目的，也能夠用一百種解釋，去開脫他做過的一件事情，只不過，認識他久了之後，就能夠知道他的習性。我忽然想起他以前的女朋友婉怡。不願意自己成為一個永遠被欺騙的角色，我想問清楚事情，哪怕結局有多難堪。

「暫時讓我安靜好嗎？」

「……」

「我沒有要躲妳，我只是不想講話。」

「你可以告訴我爲什麼嗎？」

「暫時，先別問好嗎？」他的語氣很冷淡。

「如果我做錯了什麼，我希望你告訴我。」

「妳沒有做錯什麼。」

「那現在究竟是怎麼回事？你已經答應我了，我先去金門找你，再一起回台灣……」

「取消，可以嗎？取消！」他的聲音忽然大了起來。

長毛的耐性不好，他不喜歡被一直追問，我知道，可是我不能不問。

「吉兒跟你吵什麼了嗎？還是……」

「我說，可不可以先別問呢？」

握著手機，我整個人沉默了下來。

「我很想跟妳講一些什麼，但是我現在又覺得什麼都不想說。」

「我……只是想關心你而已……」

「那拜託妳現在不要這麼關心我，拜託妳乾脆忘記我，這樣好不好？」

「你明知道我做不到的……我……我只是想知道你發生了什麼事……」我聽見自己聲音嗚咽，手在顫抖。

「如果妳堅持要問，那我只好掛電話了。」

「你不要掛我電話……拜託……我……」我已經不知道我要說什麼了，莫名其妙的事情，莫名其妙的一切，沒有心理準備的我，只能在這裡著急，在這裡開始哭。於是我又說了這一句：「我眞的只是想關心你……我很在乎你……」

「我這種男人哪裡好呢？我沒錢，什麼都不能給妳！」

「我沒有要你有錢啊！我也不想得到你什麼呀！我只想愛你……」

他的聲音好大聲，這是第一次，他對我大吼：「我不值得妳愛的！」

「值不值得你讓我自己決定嘛！」我也喊了一聲，句子的餘音，通通變成了我的哭聲。

「你告訴我……我哪裡做錯了……」

長毛歎了一口長氣：「是我的問題。是我跟她的事情。妳知道我現在在看什麼嗎？」

「什麼？」我聽見自己的聲音哽咽。

「我手上有一道傷口，六針的刀傷。」他忽然苦笑了出來。

38

你可以不愛我，卻永遠不能阻止我愛你。

他沒解釋那道傷口的來由，卻掛了我電話，想得到答案，必須等到至少半個月後，因爲按照往例，他不會在回台灣時打電話給我，有事要約，也會在他放假前約好，我更不會笨得打電話去給他，讓他已經棘手的問題更複雜。

可是，這一次的等待，從短短的半個月，延長到了四十五天。每個在外島服役的年輕男孩，都希望假期快點到來，長毛以前的假都在月初，因爲他想回家，見見他親愛的吉兒，而若我想見他，除非他來找我，否則我得自己到金門去。

今年年初，我用我工作了一段時間後所得的存款，幫他還完七、八萬的債務，長毛有一次，很笨的問我還債方式。

「簽個賣身契吧！」我說：「把你自己賣給我。」

計算著他退伍的時間，我幫他想了一個辦法：「每個月還我五千塊左右，我不收你利息，不過，不過……」

「怎樣？」

不過怎樣，其實我並沒有很確實的想法，我只知道，我想見你，於是我說：「每個月你回台灣，至少跟我見一次面，哪怕只是一起喝杯茶都好。什麼時候你欠我的債還清，你就可以不用再跟我見面。」

從來沒有想到過，愛一個人，想跟一個自己愛的人見面，竟然得用這種方式。記得，當時我說完條件之後，他在電話那頭，和著碼頭的海浪聲，大笑答應。而今，我不知道諾言是否依然兌現。收到戶頭裡面多出的五千元，我曉得是他匯過來的，那見面呢？我們還能像約定的內容那樣，每個月至少見一次面嗎？

八月底，長毛打電話給我，說他人在台灣。

「我想把我在妳那邊所有的東西拿回來。」

從那次嚴重但卻莫名其妙的爭吵之後，我沒再聽到過他的聲音，我沒有眞的逼他履行跟我見面的條件，他也只是匯錢給我而已。

整理好長毛的書，我約他在埔里見面。

「介不介意告訴我，你……」

「如果妳要問我跟吉兒的事情，那很抱歉，我不想回答。」

「我想問你的是，你怎麼八月的假改放月底？」

他們一個月的假分成三梯，一個月八天假，剛好分三等份。

「也許是逃避吧，不想見到關於台灣的很多事情。」

我點點頭，不知道他所不想見到的，是否包含我在內，長毛看出了我眼中的疑慮。

「跟妳沒有關係。」他點起一根香菸。

我們坐在新的「稻香村」裡面。

舊的「稻香村」在地震後全毀，過了幾年，老闆另外又重開一家，這裡的百香綠眞的很好喝。只是現在喝起來的時候，都會讓我想到將近兩年前的事情，那時候，長毛爲了吉兒，斬絕一切所有外面的花花草草，我們在員林的「只賣熟客」分手，那時候，他喝的是百香綠。

而今，我付出的熱愛，又受到一次重大考驗，我們在「稻香村」，他喝的，還是百香綠。

同樣是酸楚，但這一次我還多了迷茫。坦白說，他會這樣發了瘋似的絕情，要拿回他散落各地，在每個女孩那邊的東西，就表示他應該又有了什麼樣重大的計畫，或感情上的波動，我把我的感覺告訴他。

「請妳不要瞎猜好嗎？我眞的只是覺得累了而已。」他點起那根香菸之後，對我說：「本來我以爲，我可以愛她很久的，也以爲永遠不會有任何問題的。不過生命中本來就沒有絕對。」他低著頭，微笑了一下。

我這才發覺，長毛雖然還在當兵，但是他的頭髮其實已經很長了，當他低下頭的時候，前額的頭髮竟能遮蓋住他大半個臉，同時，我也發現了他比以前多的白頭髮。

「我會想把所有我丟在外面的東西找回來，也會想把我所有丟在外面的心收回來。」他這樣說。

「我有一件事情想問你。你跟吉兒會走到今天，是因爲我嗎？」頓了一下，我補充：「或者還有別的女孩呢？」

「除了妳，還有別的女孩，這個我承認。」他說：「但是絕對沒有人，可以影響我愛她的決心，這，純粹是我跟她的問題。沒想到我能在金門撐個四十五天，撐到我學弟看不下去，逼我放假。」

吐出了胸腔裡面的一縷長煙，長毛笑了。

「原來吉兒只是一場夢而已，愛情的夢很美，現實，卻很殘酷。」

長毛說他累了，爲了吉兒。

女孩曾對男孩說過，希望每個月都可以到金門去看他一次，就像這兩三次，他放在金假時，我搭機過去一樣。可是這個希望沒有實現過，從來都沒有。女孩有忙不完的事情，有經濟上的壓力，有很多很多的問題，因此始終沒有成行。他們有的，只是不斷的摩擦與爭執而已。

終於有一天，男孩倦了，他再也不奢望了，甚至，當女孩下定決心要飛這一趟時，他也已經不希望她來了。

男孩在金門認識一群當地的小朋友，他們非常要好，有人可以陪他整晚守夜，有人可以在他放在金假時，一起打發那無聊的一天。而那個從台灣飛過去看他的人，則變成是我。

但是我不知道為什麼，長毛現在又要回收他散落在外面的一切。

你要的，我都可以還給你，除了，你片片段段留給我的愛情之外。

離開埔里之後，我忽然不想回彰化，車子在草屯轉個方向，我到台中市去了一趟，一個人坐在電影院裡面，我靜靜地看著電影。

心裡面忽然想起，很久很久以前，我和長毛曾在線上聊過看電影的事情，我們說了很多年，想要一起去看電影，長毛曾說過，各付各的錢，各買各的零食，其實那已經不重要了，重要的是我們終究沒有一起踏進電影院過。

螢幕上演些什麼，沒有進入我的心裡面，反倒是我壓抑不了的哭泣聲，妨礙了旁人看電影的心情，還被瞪了好幾次。

走出電影院時，天色昏暗，街上的人群竟然大多是情人，成雙成對，相擁攜手，我提著小皮包，踩著一個人的高跟鞋。

「嗶。」手機發出一聲單音。在我從包包裡面找出手機前，又聽見「嗶」的一聲，有兩封訊息。趁著人行道上的綠燈，我加快了腳步，走過車潮擁擠的中港路，我在斑馬線上打開訊息。

「我從屏東基地回來了，一直聯絡不到妳，妳怎麼了嗎？我好想妳。」

「把一切都收回來之後，我就會是我自己，那時，妳還會愛我嗎？」

「叭叭叭叭叭……」

「叭叭叭……」

「叭……」

耳朵裡面聽不見各式各樣的喇叭聲，我站在路中央。不知何時，車輛行進的號誌燈已經變換過了，所有的車在等我一個人過馬路，就著繽紛的霓虹，還有手機的螢幕藍光，我看見了兩個男人給我的訊息。

爲什麼，你們總是同時出現？爲什麼，一個給我不安定的世界，教我浮浮沉沉；一個卻讓我倍感罪惡？抬起頭，深藍色的天空，還有點月光。

天氣很好，所以我可以肯定，落下的不是雨水，是我的眼淚。

39

你要的我都給你，我要的，你會不會給我？

長毛很愛吉兒，這件事情，我很肯定。

如果不是我死纏著他，一有機會就追著他不放，恐怕，他早已離開我的生命了。

因爲，他愛的是吉兒，就這麼簡單而已。

正由於太在乎的緣故，所以他不能接受懷疑與否定，更不能接受彼此的猜疑與傷害。

「身體的痛很直接，會比心裡的痛容易刺激腦袋。」他曾在一次纏綿過後，這樣對我說。所以生氣時，他會拿頭去撞牆，會抓起東西，在自己身上亂劃。

「這裡。」他指指自己的額頭，要我用手指去摸摸看，眞的有一個凹痕，那是頭骨的凹痕。「跟婉怡吵架時撞的，結果我暈了整天，去醫院檢查，醫生說我輕微腦震盪。」腦震盪，沒有外傷，所以看不出那種震撼力。

但是後來，他拉開褲管，讓我看見他左大腿上，十幾公分長的細傷疤。

「這是跟吉兒剛在一起沒多久時劃的。」他躺在床上，點起香菸。「用折斷的衛生筷，狠狠地刺進去，再用力劃開。然後，你就可以忘記當時心裡面有多痛，因爲你會忙著擦血。」他笑著說。

那時他們吵的理由，是長毛想提醒吉兒，兩個人雖然不能廝守，但是心要相連。心連著，就會比較好嗎？兩個人要相愛很容易，要學會相處與相信卻很難。

於是，他的左手下臂，縫了六針。這一次，他直接拿起剪刀，毫不猶豫，斜著削開手臂上的肉，讓血流滿了一地，沾滿了他的上衣，然後才能證明給吉兒看，看他的眞心，這個代價，是六針。

我問他吵架的理由，長毛說，因爲吉兒在他面前拔下了無名指上的定情戒指，當場甩在地上，他得找個肉體上的痛，好痛過心裡面的痛。

不過傷口會好，信心也會繼續動搖。怪只怪長毛的感情史太輝煌了，大概沒有一個女人會相信他，即使是我都一樣，雖然我很想信任我最愛的男人，但是陰影太多了，而把一生託付給他的吉兒，心裡的滋味一定更加複雜，尤其我知道，吉兒一直對我忌憚很深。

在「稻香村」，我們也曾聊到這個話題，我對長毛說：「或許，你當初應該對她多保留一點你跟我，或你跟其他女孩的過往的。」

長毛搖頭，他堅持著：「妳愛一個人，就不會想對他有任何隱瞞或欺騙，不是嗎？」所以他將他以前所有的往事，通通在一開始時就告訴了吉兒，因爲他愛她，所以不想騙她。

我喝著百香綠，看著長毛冰冷的眼神。心裡想著：「你曾對我有過太多欺騙，或者，你也不愛我呢？」

總之，最後長毛跟吉兒在相處與相信上面出了差錯，於是長毛說：「我不喜歡被懷疑，妳要懷疑我，我就會直接背叛妳。」

我成了他背叛的事實證據，而今，我又成了他決定收回自我之後，第一個拋棄的對象。

紛雜的思緒在腦海裡面蔓延，我想著關於長毛的種種，回到彰化，已經半夜一點半。反正明天上小夜班，我可以睡到中午再起床。停車時，才看見手機裡面又有一封訊息，可能剛才車上音樂太大聲，我沒有聽見訊息提示鈴聲。

「一些劇烈的衝突，正在我腦海中發生，也在生命中衝擊著。許多事情，不是簡單地能夠說明的，我想找回我自己。再給我……一點時間，好嗎？」

「你可以慢慢找回你自己，但現在，至少我們是朋友，好嗎？」

企圖讓自己表現得很冷靜，但卻很難，希望我們是朋友，是因爲我不想被你完全放棄，你懂嗎？

「妳去哪裡了呀？整天找不到人。」我在樓下遇見了淑芬。
「妳這時間下樓來幹嘛？」
「都是妳啦！整天不在家，害我不能把垃圾丟在妳的垃圾桶裡，只好拿到樓下來丟。」
我笑了出來。「妳有時間買衣服、做臉、逛街，買個垃圾桶會死喔！」
「妳會把垃圾桶穿在身上，戴在頭上出門嗎？」
我搖搖頭。
「那就對了，所以我每次都忘記嘛！」
眞是佩服這個女人。
一起走上樓梯時，淑芬對我說：「對了，有個人在上面等妳唷！」
「酸雨?!」
淑芬大吃一驚：「妳怎麼知道？」
我怎麼知道？不知道，反正我就是知道。

「妳確定，妳這樣愛著他會幸福？」
一起望著亮麗的夜景，酸雨點起了香菸，他今天抽的，是Marlboro Lights。
「你怎麼會抽這牌子的菸？」沒有回答他的問題，我提出了疑問。

「我記得妳寫過一篇文章，叫做 Marlboro Lights。」他看了看手裡燃著的香菸，對我說：「我知道這是他抽的牌子，對吧？」

還沒放下我的小皮包，陪酸雨站在陽台邊，他的神情好落寞。

「我只是很愚蠢地，想試試看，如果我也改抽這牌子的菸，妳會不會……」他看著我，「像愛他一樣地愛我。」

原來，酸雨在來找我之前，就已經從網路上看到了許許多多我爲長毛寫的詩。而他知道，我是感覺有多深，就寫多少作品的人。

這陣子來，主題跟 Marlboro Lights、黑色、風有關的文章，我寫了不下幾百篇。

「不過，我還是希望聽妳親口說。」

沉默的我，一句話也說不出來，酸雨拍拍我的肩膀。

「我一直以爲我對愛情，永遠都會那樣懦弱與膽怯，但沒想到……原來悲傷比喜悅更容易面對。所以，我會很平靜地等妳的消息的。」

看著他走下頂樓的背影，我有點悵然。或許，這麼久以來，我一直都是錯的，錯在我始終沒有對他說清楚過，錯在我始終讓他以爲，我們會是有可能的。

酸雨走前，對我說：「我喜歡給自己希望，哪怕只是假希望，因爲假希望，總好過沒希望。不過，也總有該勇敢面對的時候的。」

不知道怎樣對淑芬提這件事情，因爲她總是支持我跟酸雨，反對我愛長毛。就算沒有明確表達立場，我也知道她的意思。於是，在長毛收假前一天，我跑到埔里去找他。

「不管你要怎樣找回你自己，現在，站在『朋友』的立場，給我一點建議好不好？」

「妳是神經病嗎？」

「啊？」

「這種事情哪裡會有什麼答案？」

我解下了脖子上掛著的那條「卡蒂亞」鑽飾銀鍊，放在手掌心。「至少，我想知道，我該不該戴著它。」

長毛坐在他的沙發床上，點了一根香菸，叫我先打個電話給酸雨。

「幹嘛？」

「反正事情總要解決的，而妳不是個乾脆的人，所以妳很會拖，對吧？」

我點點頭，認識三、四年，他終究是對我有些了解的。

「所以，今天就把事情解決。」

我半信半疑地，真的打了通電話給酸雨。長毛在旁邊小聲地說：「叫他下午三點半，到火車站等妳，妳會給他答案。」

我照著他的話，約了酸雨出來。

「嗯，三點半，不見不散。」酸雨倒是乾脆得很。

長毛說，如果是他，他一定懶得等下去，早就放棄了。「而且我絕對不會送妳一條幾萬塊的項鍊。」

「當然，如果你有幾萬塊，你應該先還債的，別忘了，我現在是你最大的債主。」

長毛笑了一笑，對我說：「妳有兩個男人可以選擇。如果他能給妳些什麼，而且又是我所不能給妳的，那麼妳就有選擇他的理由，這樣的比較也就成立，妳就可以開始進行選擇。還記得我說過的話嗎？」

他的嘴形略動一下，我忽然想到了。

從心之所行，即是正道。這句很經典的小說台詞。

「很好，雖然妳向來有點鈍，脾氣暴躁又沒有禮貌，不過妳還是有點小聰明的。」

我橫了他一眼，他卻當作沒看見，望著遠遠的，南投的群山，繼續抽他的菸。「給妳五分鐘，妳好好想一想，然後就可以去給他答案了。」

獨自留在長毛的房間裡，我環顧著四周，那是前陣子，他人在金門的時候，我到他家來玩的事情。我穿著他的T恤、短褲，學他在陽台抽著 Marlboro Lights，用他一向捨不得用的小叮噹菸灰缸彈菸灰，還亂彈他的吉他，玩他那台只能看不能摸的戰艦模型。

我會去喝他最愛的「稻香村」百香綠，恣意翻閱他書架上的村上春樹，聽他那台會破音的收音機，跟他的小叮噹鬧鐘說話，甚至，在這裡過夜時還用他的牙刷刷牙，親吻他的大黃狗布娃娃，睡他的床，躺他的枕頭，用他的水性筆在桌上亂畫，用他的面紙擤鼻涕，也曾面對著牆上那副對聯，暗自神傷……風飄一頁春秋去，雨瀰萬縷相思來。你曾這樣想著吉兒，而我也曾在這裡，這樣想著你。

而今，他坐在離我兩公尺遠的地方，獨自一個人收拾著他的心，留我自己在他房裡，也慢慢釐清我自己的感覺。

「妳最好想快一點，現在是下午一點五十分，妳還得趕去台中。」他提醒我。

望著他的背影，我下了一個決心。其實下決心不用花很多時間，不必靠很多勇氣，因爲這個決心，我老早便已確定了。沒有說出口，我望著他，偷偷告訴他：「他的確能給我很多你所不能給我的，但，我愛的還是你。」

我們都在確定自己，希望確定後，我們會對對方說聲，我愛你（妳）。

第七章

再見，我其實愛不了的女孩，妳該有更美好的明天。
這個我早已槁木死灰，負擔不了妳的感情，
甜蜜，只能發生在遙遠島嶼上。
再見，我認真深愛過的女孩，妳已親手埋葬了我的感覺。
風飄一頁春秋去的神話，徒留在雨瀰萬縷相思來的故事中。

冰冷的視窗下，一個人走回過去。
收回全部的自己，卻忘了我的心給誰。

那個收藏我的心的人，妳在哪裡？
大度山上，夜空中。
迷思正在崩解，那身影正在浮現，我愛妳，我愛妳。

我的車速不快，快的，其實是時間的流逝。

40

轉眼間，才驚覺，那一次跟酸雨他們去大甲夜遊，已經是三年半以前的事情。我開始努力地回想著關於酸雨的一切：他來我吃午餐的校園角落找我，讓我對他的白褲子印象深刻。那一束金莎花，那一束香水百合，還有地震那一晚。怎麼會有一個男孩會這樣愛一個女孩呢？我想起他在我們頂樓，看見長毛吻我的那天下午，而諷刺地，是我現在竟然還戴著他送的項鍊。

你不該這樣的，酸雨。我當然可以接受一切你無怨無悔爲我付出的愛情與心意，你渴望給我的是你夢想中的幸福，而我能回報給你的，只是我的無言，與你的傷心而已。

有點失神了，所以當我回神時，車子已經停了。我前幾天才進廠保養的小白，右側被撞凹了一大塊，對方是一輛很中古的、破爛的廂型車。彷彿感受到小白的眼淚了，連我都快哭了出來。

對方是個胖胖的中年人，跟那輛廂型車一樣中古，他很納悶地瞪著我，我也很疑惑地看著他。

小白在彎道時莫名其妙地變換車道，沒有打方向燈，他爲了超車，從我後面追上來，於是我們都在慌亂中急停，唯一的證據，只有「砰」一聲，還有小白的凹痕，那輛爛廂型車，竟然連漆都沒掉……

時間，當然早已經過了三點半。而不幸的，是我的手機在跟保險公司聯繫過之後，就很瀟灑地斷電了，早說過，韓國機子靠不住的……

保險公司的人員一直在拍照，問些有的沒的。站在路邊，我滿腦子想的是時間。

「小姐，麻煩妳再把當時情形說明一次好嗎？」保險員很有禮貌地問我。

「你知不知道現在幾點了？」

「嗯，傍晚六點四十八分。」

連路燈都已經亮了，他的問題還沒問完。

「如果可以賠的話，你們公司可以賠多少？」

「嗯，依照我的經驗來看，大概可以賠妳個幾萬塊付修車費。」

望著遠天一片燦爛晚霞，其實我早已失神了，風不斷吹著，讓我微有寒意。

「小姐……」

我沒有理他，伸手攔下了經過的客運車，台中往返埔里的客運車有很多是民營的，他們可以隨招隨停。

「你覺得幾萬塊錢跟一個人的幸福比起來，哪一個比較重要？」

「啊？」

「隨便你怎麼想吧！車子交給你，保險怎麼算都沒有關係了，我趕時間。」

跳上車子，我沒時間找位子坐下來，看著車子前方遙遠的台中，西方有好大一片橘色與紫色相揉合的彩霞，那地方，酸雨還在等我，等我給他一個答案，好確定他幸福的方向。至於保險員，算了吧！

台中市的街景向來有點含蓄。

尤其當火車站改建之後，更顯得很古樸，即使刻意營造著現代感，那種原來的樸素卻還是沒有消失，像是我們，即使脫離了學生時代，換上光鮮的衣著，面對著感情時，卻還是一如火車站前昏黃的燈光，那樣隱晦。

早已過了下班時間，也過了放學時段。晚上七點五十分。

幸福的人正攜手走進電影院，愉悅的人在服飾店裡面享受人生。帶著感傷的我走在紅磚道上，那個靜待上帝判決的人，則倚著燈柱，背對著我。

我沒有上帝的權杖，卻非得給他一個答案不可，這是為了彼此好。

「抱歉，我遲到了。」趁著酸雨轉過身來之前，我低聲地說：「不要轉過身來……抱歉……」

「為什麼？」

我面對著他的背影，怯懦地說：「我想，這樣我會比較有勇氣講得出來，抱歉……」

他低著頭，雙手插在牛仔褲的口袋裡，輕輕地說：「妳知道，我從來不曾違逆過妳的意思的，那麼，妳可以說了。」

我要開口之前，酸雨又說：「還有，妳其實可以不用一直說抱歉的。我能體諒妳遲到的理由。」

「不是的，我遲到，是因為我撞車了，小白車門都凹下去了……」

「撞……撞車？妳沒事吧？」他急忙著又要轉過身來。

「我沒事，沒事，你不要緊張。」我急著說。

他點點頭，點起了菸，這次抽的，才是他自己習慣了的BOSS。

「說句抱歉並不困難，困難的，是說抱歉的心情。我想，我愛的人還是他……」

「他能給妳……」

「他不能，至少無法像你這樣，給我你的一切。」我嚥下了一口口水，深呼吸一口氣，告訴他，愛不愛一個人，不能用對方能給你多少來論定。「這麼多年來，我一直沒有勇氣跟你說清楚，因爲我很怕傷了你的心。」

「沒關係的。」

「我知道我很自私。」

他沒說話，只是搖搖頭。

「我很感激你對我的付出與關心，只是……只是……」

面對的，即使只是酸雨的背影，我終究還是無法把話說完全，淚水在這裡奔流而出，我的雙手在下腹前交握著，指甲用力地掐進了肉裡面，希望可以強自壓抑住想哭的衝動，但卻還是失敗了。

酸雨終於還是轉過了身來，昏黃的燈光照著他的背，我看見的是一片陰影，只是這片陰影好溫暖。

「所以……我想對你……對你說……對不起……」

「傻瓜，有什麼好哭的呢？」他說著，用袖子輕輕抹去了我流了滿臉的淚水。「我也有三個字想對妳說，今天不說，以後也沒機會說了。即使從今以後我們不再見面，也希望妳會記得。」

他的手掌按在我的肩膀上，輕聲地說：「我愛妳。」

轟隆隆的火車聲，掩蓋了我的哭聲。

蹲在車廂連結處，我抱頭痛哭，手裡面，用力緊抓著那條項鍊。

「我說過，比起我對妳的感情，這條項鍊便一點都微不足道了。」他不願意收回這條名貴的項鍊。「妳收著也好，至少，那是一個回憶，當它是個回憶就好了。」

拒絕讓他送我進火車站，我在車站前面的廣場與他道別，同樣的滋味我也嚐過，只不過角色互換而已，世上最痛苦的不是死別，而是生離。所以我懂得你的心情，然而，我卻無法對你伸出手來，不能安慰你什麼。

對不起，酸雨。

直到今天，我才發現，其實他走路時是有一點駝著背的，那樣淒茫的感覺。

我恨這火車站的燈光，怎麼如此黯淡？我恨這城市的霓虹，怎麼如此迷離？我恨我自己，恨到說不出理由來，只剩淚水在證明我的痛而已。

第一次，他很勇敢地對我說：我愛妳。但卻也是最後一次。我遲到了四個多小時，卻只能給你這樣的答案……

於是我縱情地哭著，想用淚水沖散這段漫長的記憶，與一個深情的男孩，對我滿滿的愛……

41

最近的長毛很少給我消息。

我知道他跟吉兒分手了，因爲他已經把東西完全搬回埔里了。這個人做事情很無厘頭，他這樣一個人在忙東忙西的，卻完全沒有跟任何人解釋原委，我問過長毛娘，連她也不知道自己這個兒子到底在想什麼，唯一我們可以確定的，是長毛的腦袋裡面一定出了什麼問題，不然他沒理由這樣子。

原本，我以爲他不會如此甘心全部放棄的，至少，我以爲他會爲了他夢想中的愛情再努力一次的，結果沒有。當他把電腦跟機車都帶回埔里時，我這才感覺到，他們眞的分手了。想起長毛說過的，沒想到以爲堅固無比的愛情，竟如此不堪一擊，我覺得很悲哀。

他把東西搬回埔里時，我也到他家看他，看他收拾東西、看他擺放他的書籍。

「會跟吉兒分手的理由很多，妳不需要都懂，因爲我也不想多說。」他要回金門前，這樣對我說：「總而言之，結論就是我跟吉兒分手了，然後我現在正在清理腦袋跟感情，不過妳不用擔心，因爲我沒有把妳清理掉，妳只要快點把小白肚子上面的凹洞修好就好。」

所以長毛也拒絕讓我送他去機場。「我不想妳又撞壞一次小白，它很可憐的。」

猜測一個人，要花費很多精神；猜測一個本來就很複雜的人，則要花費很多心力。儘管我對他已經有相當的了解，但還是無法明確了解他的世界。不過我相信一件很重要的事情：他絕不會讓自己孤單，因爲他怕孤單。

已經習慣寂寞思考的人，無法接受現實生活中的孤單。他的這個特性，我相當清楚。所以他沒有吉兒，沒有我，也應該還會有別人。即使他不說，從以前他要跟吉兒在一起時說過的那些話，還有後來證明的事實，也可以看得出來。差別，只是這個人能住進他心裡多深的位置而已。

只是這一次，他沒有露出任何異樣的神情，平靜得讓人納悶。

我開著車，走高速公路回彰化。

長毛搭乘的班機，正好從我頭頂上飛過。飛機會延著海岸線飛到彰化附近，然後經過澎湖，再到金門去。我想念著那段時間，那段我常去金門看他的時間，在港邊彈著吉他、在寒冬中相擁而眠的記憶，還深刻地在我腦海裡。

回來之後，我突發奇想，打了一通電話給丫頭。丫頭認識長毛更久，是長毛的戀愛史裡面，擔任他女朋友的時間，僅次於婉怡的第二名，所以我想問問她。

「不錯嘛，妳想通了很多。」

我沒有回答，只是輕笑著。

或許是因爲終於給了酸雨一個明白的答案，連自己也覺得肩膀輕了很多。

聽著丫頭在電話那頭聊起長毛時侃侃而談的聲音，我忽然感覺，自己也許有一天，會變成像丫頭那樣的女孩，說不定我也可以很成熟地面對關於這個男人的一切。愛他，不過卻能愛在記憶深處，永遠不提起。

「他喜歡心裡面的寂寞，也能忍受生活中的孤單。」丫頭說：「不過這些都只是外在妳看到的樣子，他喔，身邊缺不了女人的。」

是嗎？

「難道妳懷疑嗎？」

我……一點也沒有懷疑。丫頭說，再觀察一陣子，如果有需要時，不妨見個面再聊。

掛上電話之後，我沉默了好久。站在那天跟酸雨一起看著天空的屋頂陽台，想起他最後離開時的背影，還有他在火車站伸手抹去我眼淚的樣子，我想，我是辜負了他的。

愛情常常出現這種沒道理的狀況：我愛他，他不愛我，或者不夠愛我。而他愛她，那個她又不珍惜他。於是有另外一個他來愛我，但是我又無心接受。終於大家最後誰都沒有好結果，可悲，也可笑得很。

長毛最近很忙，他十月的假有事要做，要到台北去一趟。

長毛姊姊經營著紙類藝術品的貿易公司，要參加十月份世貿的展覽，小本經營，人手不足。向來不喜歡跟家裡工作有接觸的長毛，居然自願去幫忙，一連四天。

「反正我也很想出去走走，而且家裡的工作，再怎麼不喜歡，都還是要幫點忙。」他在電話中這麼說。

有這個心當然很好。

長毛姊姊的名字叫雅惠，我都叫她雅惠姊。有時候連我都懷疑，雅惠姊擁有的不是長毛這個弟弟，而是我這個小乖妹妹，因爲他們姊弟倆感情相當不睦，甚至還經常大打出手，反倒是長毛當兵這兩年，我跟雅惠姊接觸很多，甚至我們還常常一起聊些心事，她總是對我說：「我弟弟那種爛人，如果可以的話，妳最好快點甩了他。」

不過她說完之後，會馬上換個角度，改用很溫柔的聲音對我說：「不過，大家都是女人，我知道，愈是煎熬的愛情，愈是刻骨銘心，對吧？」

一個成功的生意人所該擁有的條件，雅惠姊都不缺少，難怪她可以在世貿參展。我沒去過台北世貿，更沒看過大型展覽。

電話中，我說：「我可以一起去嗎？多少應該可以幫點忙吧？」

「不用了啦！我只是去幫忙，我沒時間陪妳的。」

「我沒有要你陪我呀！我去幫忙，萬一幫不上忙，我也可以逛我自己的。」長毛停了一下，說：「我想趁這機會休息散心，也不是很想見到我原本世界裡的人……」是這樣的嗎？我聽見你心裡面的遲疑。

「鐵定有古怪！妳應該去偷看一下的。」

有時候我眞的很懷疑，淑芬怎麼會有本事，一年四季都能弄到芭樂，隨時拿一顆在嘴邊啃著。

「妳認爲我該去嗎？」

「他說不想見妳，那妳就不要讓他見到嘛！」

可能嗎？好不容易盼到心愛的人放假，妳眞的能只躲在角落看他嗎？

「這樣妳才有機會，好好看清楚一個男人，在他謊言背後眞正的醜陋。相信我，我見識過的男人，已經比全泰國的芭樂加起來還要多很多了。」看我一臉懷疑，淑芬最後這樣鼓勵我。

十月，台北是陰天，有點小雨，淋得人微濕，心也濕了的那種濕，水氣會沿著皮膚，進入毛細孔，直到連身體裡面都充滿水的時候，再由眼眶裡面流出來，變成眼淚。

星期三至星期六，一連四天，雅惠姊告訴我的時間是如此，我還祝她展出順利。

星期六，淑芬說通常世貿不會有太多限制，幾乎隨便什麼人都能進場。

「我去過很多次了，眞的，妳要相信我。」她的前幾百任男朋友裡面，曾有一個是世貿大樓管理員，眞是厲害。

懷著忐忑不安的心情，我開著小白北上，車門的凹陷還沒修好，因爲那天我匆忙離去，保險公司處理得也跟著隨便，居然只賠我一點點，害我連個板金都付不起。

坐在車上，車窗能夠隔絕水氣進入。聽著的，是動力火車唯一的一首台語歌：「我若不曾愛過妳」，一邊聽，一邊有不好的預感，從遙遠的北方逐漸升起，那是長毛現在所在的方向。

雨，下得心也跟著濕了。

我在斜風細雨的人行道上躊躇著，該不該進場，因爲我怕長毛見到我，會影響他本來企求心靈安靜的目的，而更怕的，是我怕見到長毛，我怕他眞如丫頭跟淑芬說的那樣，那會讓我的心，再破碎一次。

「喂。」

「嗯，怎麼樣？」

「你在忙嗎？」

「還好，我在整理東西。」

我當然知道你在整理東西。他們的攤位就在轉角處，很顯眼，而且參觀的客戶不少，長毛一手拿著電話，一手正忙著收拾架上被翻亂的產品。

「那……你現在方便講電話嗎？」

「還好呀，妳想講什麼嗎？」

我該問你嗎？沒有別的目的，只希望你對我坦承而已。

「你這次，是一個人來台北呀？」

「嗯，我每天都睡我爺爺家，爺爺住景美，我坐捷運轉車，再搭接駁公車過來。」

「都一個人呀？」

「對呀，不然咧？」

有個容貌很清秀，看來很單純的女孩，站在長毛身邊，她端著一杯咖啡，遞給長毛。

「你們那邊就你跟你姊姊嗎？」

「還有她的同事呀！兩個男的，我們一共四個人。」

那她呢？亦步亦趨、緊緊隨著你的那女孩呢？

「喔。」

「怎麼了？」

「沒事呀。」

「我現在要忙，不多說了，晚點再聯絡吧！」

掛上了電話，背靠著世貿中心裡的大柱子，我用手掩著臉，不敢讓經過的人，看見我身體裡面，從眼眶中溢流出來的水分。

展覽區裡面的顧客變少了，長毛拿起一張很樸素的手工棉紙，捲成一個捲筒，在逗著那女孩玩。女孩笑得很開心，我看見長毛的眼神，還是冰冷，但是卻輕鬆。或許，這是你放鬆自己的方式吧！

而ㄚ頭說得沒錯，他，永遠不會只有一個人，因爲心靈的寂寞已經折磨得他很夠了，現實中，他需要人陪。

長毛丟下了紙捲筒，攬著那個女孩，很自然地吻上了她的唇。我在那瞬間轉身，走不了幾步，「嗶嗶」，手機響起兩短音，換長毛打給我。

「妳現在人在哪裡呀？」

「彰化。」

「喔，妳剛才怎麼怪怪的？」

我悲慘地笑了。「不好意思，我沒事。」

「妳現在聲音也怪怪的。」

「我剛才喝水嗆到，現在不大說得出話來，晚上再聊吧！」

長毛沉默著。

會場內廣播聲音響起，請車號 AE37XX 的車主將車子從世貿門前移開，以免阻礙通行的聲音，從我背後的廣播器，及手機裡面同時傳來。

我趕緊掛上了電話。

我聽得見，他當然也聽得見。喧嘩的會場，在我的世界中早已無聲了，聽見的，只剩下心跳與腳步聲而已。台北的雨，溼透了衣裳，溼透了心。

我在水濕的磁磚上跌了一跤，膝蓋撞到地上，但卻沒有感覺，長毛說，身體的痛可以暫時讓人忘記心裡的痛，但這方法對我無效。

不要再說你以爲可以欺騙我的理由，我已經看見得太多，拒絕接聽他再打來的電話，我關上了車門。

飄在空氣中的雨，鑽透了車窗，水氣一樣瀰漫在車廂裡面，浸濕了我的皮膚，不斷從我眼眶裡面浮冒出來。

換張唱片，我想聽張宇的歌。

「你怎麼會是我的幸福……」

是哪，你怎麼會是我的幸福？怎麼會是我的幸福？

42

你怎麼會是我的幸福？我怎會如此甘心盲目？

那是我可能眞的永遠也達不到的境界，一種萬變而不動於心的感覺。

丫頭靜靜地聽完我說的話，然後點起一根香菸，她抽的還是沙邦尼涼菸。

「長毛身邊的女孩，到最後都會學抽菸。」她說：「因爲沒有人，可以忘記他手指上淡淡的菸味，無人可以替代。」

「所以我選擇相信他，然後又被騙了一次。」窩在沙發椅上，我的脖子縮進了肩膀，任由頭髮遮蓋著臉。「沒想到，這次是那麼直接，直接地，在我面前，讓我親眼看見他說的謊言。」

「妳了解他的表情與動作嗎？」丫頭問我：「他在乎一個人時，會面色凝重、會小心翼翼，甚至會悶聲不說話。因為他需要整理好自己，才能決定他的下一步怎麼走。」

我想起長毛的以前，他也經常冰冷著眼神、經常皺著眉頭。那是你在想著如何跟我相處嗎？

「而當他對一個女孩嘻皮笑臉、漫不經心時，則大概會有兩種可能。」

「兩種可能？」

「要嘛，他就是愛她愛得很生活化，完全融入在愛情世界中。」丫頭一邊說著一邊搖頭。「要嘛，就是其實兩個人已經快玩完了，所以他根本不放在心上了。」

「是嗎……」

「而通常，前者比較不可能。因為，長毛向來愛自己，更勝於愛別人。」

是這樣的嗎？那你跟那個女孩，是怎麼回事呢？我在泰安休息站打了電話給丫頭，約她見面，然後直接到豐原去找她。

坐在休息區外面的階梯上，天空已不再下雨，但冷風吹著。

我始終無法相信自己所見所聞，當我以為他終於離開了他原本紛亂的世界，終於可能重新再來時，原來卻還有更大的衝擊等著我，如此震驚，而如此絕望。

想要點起一根香菸，卻發現自己的手顫抖著，我嘴裡含著細長的香菸，企圖用兩隻手抓住打火機，卻感覺到自己渾身鎮靜不下來，連身體都顫動著，香菸點著的同時，我的意識已經飄出了這裡。

黑色的背景，藍色、白色的字體。大度山上，輕鬆來去的人，在靜默中，無聲地進入我的生命，流竄在我的血液裡，讓我開始失去平衡，逐漸傾斜我的思緒，傾向他所在的遠方。

跟著，煙霧飄上了天空，我看見淡藍一片的天空，一絲雲也沒有的天空，還有一大片湛藍的海、一座翠綠的島嶼。我想起綠島上的星砂，想起他曾走過，而我亦步亦趨地沿著追尋的環島公路。

我在迷妄中哭泣，任由淚水覆蓋了我的臉頰，而當一滴淚水滴到我的手背上時，卻瞬間將我拉扯，回到慘白日光燈下的世貿中心，那裡，有我最愛的男人，他笑著，與另一個女子，一同笑著。

回過神來，從我旁邊走下階梯的男女正開心地聊著他們的旅途目標。

我在現實中，只是一個人，畢竟只是一個人，孤獨、無助地，坐在休息站的階梯上，望著一天陰霾而已。

「名人居」裡面，ㄚ頭很輕鬆地對我說著她所認識的長毛。並且在最後對我說：「試著去想想你們有過的一切，或許，妳能夠想像他對妳的感覺。」

記憶中，長毛跟我在一起時很少開心大笑。即使有，也是因爲那些玩笑話，而並非是他發自內心的開心。所以，其實你是很在乎我的，是嗎？

但這與我所看見的事實不相符合，完全背道而馳。

茫然地回家，茫然地喝乾了長毛他娘送我的自釀梅酒，然後茫然地，昏睡一覺。

我躺在棉被上，想著發生在今天下午，幾百公里外的事情，在恍惚中睡著。

隔天，淑芬用腳踩著我的肚子，叫我起床。「妳最好快點起來，因爲妳已經遲到了。」

「啊……！」

下午四點的小夜班，我睡到三點五十分，還兀自在宿醉中。淑芬今天放假，她已經逛了一圈彰化市的永樂街商圈回來了。

「不要爲了一個男人瘋成這樣好不好？」

沒有時間聽她囉唆，我換上衣服，抓起車鑰匙之後，趕緊便要衝出門，可是愈急，往往愈容易出錯。我的右腳卡在半統靴裡面，進退兩難，可是我的左腳，卻已經套上了一隻夾腳拖鞋。

「欸，妳眞的瘋啦？妳要穿這樣出門喔？」

我低頭一看，上半身已經穿著襯衫，非常完整，可是我的下半身，居然還是當作睡褲穿的小熱褲。天哪！

「還有，妳手機丟在客廳，昨晚它響了一夜，妳已經醉得不醒人事了。」

奮力拔出卡在靴子裡的腳後，我換上牛仔褲，在下樓電梯裡面，我看了一下手機。

「能告訴妳的，是那個存在著的女孩，叫做筱芳。」是長毛傳來的訊息。「其他的，妳不必多問，因為我也不打算多說，要怎麼做，我心裡有數。不管妳看見了、或聽見了什麼，請妳不要誤會，我說過……我還需要一點時間，好收拾全部的自己。」

我可以什麼都不說嗎？是的，我絕對可以。也能夠裝作什麼都沒發生嗎？當然，我絕對可以。因爲那天，ㄚ頭最後對我說：「妳可以等他自己說，或者安靜地，讓他自己處理他自己就好。太過於干涉，妳會害他，也會害妳自己，更害了妳跟他的一切可能。這種事情我發生過，不希望妳也一樣。」

關於ㄚ頭與長毛的故事，我知道得不多，因爲他們都不曾詳提過，而我也不想知道得太多。

好，我不問，我不說。等你，我就這樣，等你自己告訴我。

對坐在長毛房間的地板上，他的眼光直盯著天花板。「昨天我玩了一個遊戲。」

「遊戲？」

「我的神跟我做了一次對話。」

「你的神？」

就我所知，長毛在他自己的世界裡面，早已以神自居，他掌控他自己與他周遭所有人的感情。

「我腦袋裡面的神跟現實中的我聊了一會兒。」

「然後？」

「得到了一些答案，也發現有些地方不對勁。」他說：「祂讓我看見了一些以前自己從來沒有看見過的感覺，也讓我發現我失去了一些以前從沒有想過的東西。」

「你一定要把事情說得這麼玄嗎？」我嘟著嘴。

「看見的，是自己在感情世界裡面的另一面，所以覺得，自己應該放棄一些無謂的糾纏，好讓自己回歸到平靜的、單純的世界裡頭。」

那個平靜又單純的世界裡面，有我嗎？我不敢問，只是像個孩子般繼續仰望著他。

「我沒有很刻意去追逐愛情，不過卻常常在愛情裡面踩陷了腳，看來，我得去把這隻陷在泥巴裡面的腳拔出來才行。」他拍拍自己的大腿，微笑著說：「等我把感情世界中不必要的枝節砍光之後，我才能好好愛妳。」

我覺得長毛變了，他那種痞樣在當兵之後改變了很多，現在比較像個預言家，盡說一些我聽不懂的話。

「我愛妳。」躺在床上，長毛閉著眼睛說。

「什麼？」不曉得爲什麼，這時候，這心情底下，聽到這句話時我卻非常訝異。

「不過現在我沒有資格，因爲我無意間突伸出去的枝芽沒有清理完，而且我老是感覺自己有缺陷，那是一種連我自己都搞不清楚的缺陷。」

我問他打算怎麼做，他想了很久，對我說：「從心之所行吧！我這樣想。」長毛輕輕閉上雙眼，眼睫毛輕微地顫動著。「我得去一趟台北，解決一些心中牽掛的事情，把這些枝芽斷乾淨。」

我知道，那個枝芽，是筱芳。

長毛的最後一個假期，下個月，他就要退伍了，本來每個月只有八至九天假的他，這個月離奇地變成十三天。他說那是榮譽假，我聽了只感覺很荒唐，一個在軍中打混摸魚，還兼玩電動、談戀愛的人，居然夠格放榮譽假……

「她是金門人，一個我在金門認識的女孩。」

「嗯。」

長毛頓了一下，說：「就是在台北的那個女孩。」

「嗯。」

以前我慣用的語助詞是「噢」。可是長毛不喜歡，所以現在我只會「嗯」的一下而已。

長毛告訴我，筱芳是他那群在金門認識的朋友中的一個，小他七歲。長毛負責的安檢站就在大小金門交通航線的碼頭邊，他與筱芳是在碼頭邊認識的。

他說，他喜歡這女孩，卻無法給她完整的愛情，所以，與其讓她無止盡地守候下去，不如直接結束掉這份牽掛。一份不對等的愛情，本來就不會幸福。

當他說起「無止盡地守候」時，我忽然想起我自己。沒來由的，就那樣想起我對這男人的感覺，同樣地無止盡。

我選擇不提世貿那天的事情。縱使強烈日光燈下，那鮮明的震撼一直持續在我心裡蔓延，明亮的光線，映照得我心裡面一片陰影，但我仍然壓抑不提，這是丫頭給我的忠告。

「我喜歡她，她也喜歡我。但是，那是一段只能維持在金門的愛情。」長毛歎了一口氣。

「現實中的我，畢竟還是太複雜。想了很久之後，我決定還是放棄它、放棄這段牽掛。」說著，他睜開了眼睛，我看見長毛眼中，有很多的感傷與憐惜，是對那女孩的。

他預定去台北的時間，只有一天來回。對我說這件事，是因為他不想我再懷疑他什麼，也不想再隱瞞什麼。

「如果可以，我希望，今後我能誠實面對我自己，也誠實面對妳。只是我會擔心，擔心對一切都誠實之後，我還剩下多少心裡的東西。」

「你怕失去些什麼嗎？」

長毛忽然笑了，他說他不怕。「因為除了債務，我已經一無所有了。」

本來我想跟他說，不，你還有我，但是這樣的話，我終究說不出口，這種甜話，即使過了這麼多年，我依然認爲不適合我來說。

「除了債務，你還有一堆寫不下去的小說。」

他啞然失笑了，搖搖頭，然後又點點頭。「看樣子，以前我連對自己的小說都不夠誠實了呀！」

「那，你會誠實地告訴她嗎？」我終於忍不住，問了這個關於筱芳的問題。

「會的。」他堅定地說：「會的。我說過，讓我把必須清理的包袱清理掉之後，我才能更清楚看見自己的心。那時候，妳看見的，也才會是完整的我。」

長毛他娘已經把我當作自家人看待了，她甚至懶得招呼我，直接叫我自己去開冰箱。以前我要離開長毛家時，長毛他娘會送我到門口，現在，她會坐在客廳裡面對我說：「過兩天找個假期再過來，我們去中台禪寺玩。」

長毛很不解，到底我是怎麼跟他家人打關係的，其實，我也很不解。

離開南投的路上，ㄚ頭打電話給我，問我事情進展。能有什麼進展呢？戴著免持聽筒，一手握方向盤，一手搔著下巴，我把長毛說要去台北的事情告訴她。

「嗯，妳這輩子有沒有幹過什麼瘋狂的事情？」

「欸……愛上長毛算不算瘋狂？」這時候手從下巴，一路搔到了頭上。

ㄚ頭笑了出來，說：「這個可以，不過我是指現實上，更具體一點的啦！」

「半年內被搶過兩次算不算？雖然我只是個受害者，不過也很瘋狂了。」

「嗯，那我們玩個比被搶還要新鮮而安全一點的遊戲。」丫頭說，這幾天她連放三天假，正在百無聊賴中。「我可是很難得有這個閒情逸致的，很多年沒那麼瘋狂了。」

「妳的意思是……」

「我們去跟蹤他！我想知道我猜的對不對，所以，我們去看他到底想解決什麼！」

自己對自己，最難面對的，往往其實是最簡單的，那叫做誠實。

43

這樣做應不應該，連丫頭自己都沒有答案，她只是基於一種好奇與關心，想陪我走一趟而已。因爲她曾說過，能與長毛這樣歡愉嘻笑的女孩，要嘛就是已經在一起很久，可以毫無隔閡了，再不然，就是長毛其實不夠愛她，所以不大在乎什麼。

當時，丫頭認爲是後者，理由是長毛向來只愛自己，所以她想去看看自己揣測得對不對。但其實我很猶豫，猶豫著的原因，是我害怕自己沒有勇氣，沒有勇氣再去經驗一場可能的挫敗。上回跟著去世貿，我已經滿身是傷地回來，這次再去，我很難想像結果如何。

丫頭說：「不用擔心，反正，結果已經不會更壞了，不是嗎？」

說得也對，結果，眞的很難更糟糕了。

當然，我也問過淑芬，淑芬說，就去吧！本來淑芬也想跟，不過我拒絕了，我不希望自己的世界中，每一個人都跟我一樣，陷入這個夢境裡面。所以淑芬只對我說，要我自己多小心，盡量從側面去觀察，她說這樣比較可以了解一個人。

丫頭會開車，不過，是用嘴巴開車。

「超車！超車！不要怕他！」她在車上大呼小叫著。

高速公路上面，車子不多，大家都以極快的速度行駛，但我不行，我得慢慢開，因爲我們有我們的目標，目標是距離小白前方大約一百公尺處，很笨重的統聯客運。

今天一大早，丫頭就到台中等我。因爲長毛告訴我，他要坐中午的統聯上台北。所以我跟丫頭老早便在統聯客運站附近等他。長毛答應我，上車時給我電話，於是，掛上他電話之後，不到一分鐘，我們便看見了一輛往台北的統聯客運開了出來。

「是這一輛沒錯吧？」

「應該是，賭一賭吧！」說著，我發動了車子。

追逐著統聯客運，它上面載著我最愛的人、載著我的夢想、載著我的未來。它的方向是台北，而回程，則不一定。

「喂，你到哪裡了呀？」

「我也不知道，這裡……嗯……看到路標了，這裡是苗栗，剛到頭份。」

「頭份呀？喔。」

長毛在電話中，用睡意朦朧的聲音說著，而同時，頭份出口兩公里的路標，剛好經過我們的車。

丫頭輕拍一下手掌，低聲笑著說：「這下可好！」

我很納悶丫頭在高興什麼，丫頭說：「我這輩子幹過的瘋狂事情不少，每次都跟長毛有關。」

「比如說呢？」

「他愛飆車，妳知道吧？」

我點點頭。

「他以前有一輛五十CC的小凌風，妳聽他提起過嗎？」

「有，他說後來撞壞了。」

ㄚ頭笑著說：「不錯，就是我撞爛的。」

啊?!

ㄚ頭看著車窗外的風景，不斷往後掠過，她看得悠然神往。

「我什麼都給了他，卻絲毫留不住這個人。而他唯一留給我的，則只有回憶而已。」如果ㄚ頭如今的成熟，是因爲當初那些傷痛，那我寧願不要成熟，我寧願繼續向長毛撒嬌耍賴，像個小女孩，像他當初喜歡我時那樣的傻。

「我不希望妳跟我走一樣的路，所以我想陪妳一起去看清楚。」ㄚ頭點起一根沙邦尼涼菸，也爲我點了一根。「這個男人太危險，妳得花一輩子掌握他，但鬆緊又要拿捏得剛好。」她說：「去認識他吧！認識他以爲沒有我們的世界裡的他。」

長毛穿著一身黑，戴著墨鏡。自從當兵之後，他習慣隨身揹著一個黑色側背的小背包，裡面裝著筆記本、筆、還有他的CD隨身聽，今天亦同。寬鬆的黑色襯衫，合身的黑色絨布長褲，黑色球鞋，一頭已經開始變長的頭髮，跟一副看不見眼神的墨鏡，唯一有不同顏色的，只有他的手與臉，而手幾乎沒有擺動，臉上則罩著寒霜一般的冷。

風很狂。十一月的風，狂亂地吹在台北車站周圍。北三門外，長毛獨自一個人，點起他的香菸，車聲、車的喇叭聲、火車站內的廣播聲，一切都跟他無關。他不是台北人，也融不進台北的世界，所以他去台北，向來都只是休息、只是沉澱，而不是生活。

可是筱芳也不是台北人。但是他們聚在這個不屬於他們的城市裡面，延續著海島上的愛戀。只是，愛戀會結束嗎？關於長毛想要解決的一些牽掛，所指的就是這段愛情嗎？

坐在花圃邊的矮牆上，長毛透過墨鏡，凝視著同一個方向，那是捷運的出口。

我跟丫頭，從他們的愛情故事，聊到這幾年來長毛的變化，丫頭告訴我，長毛常常向她提起我。「他很喜歡妳，卻也一直覺得虧欠妳。」

「虧欠？」

「妳給的愛，因爲他一直有女朋友，所以他還不了。」

「愛情沒有誰欠誰，更沒有誰該還給誰吧！」

「而物質上的，妳資助他太多，會讓他抬不起頭來。」

我笑了出來。「錢嘛，我沒有說他不用還，雖然，我並非眞的想催債。而其他的，其實他只要多看我一眼，就已經多還我一分了。」

「妳會寵壞他的。」

「寵壞自己的男人，沒有什麼不對的。」我看著遠遠的統聯客運，用我最輕最輕的聲音說：「只要他願意是我的男人……」

車子停在承德路旁邊，一個不大不小的空地上，我們看見統聯客運停在承德路邊，也看見一個一身黑的男人下了車。ㄚ頭先下車，我則把小白開到附近停下。

所以當我走到火車站時，長毛已經坐下來點起了香菸，而ㄚ頭很機靈地找到一個好位置，在長毛所在的那個小花園的旁邊。

「會不會離他太近了點？」我低聲對ㄚ頭說。

「噓！應該不會，他沒道理回頭亂看，就算回頭，也看不見我們躲在樹後面的。」ㄚ頭則用氣音回答我。

下午四點半，車站附近的行人正多。年輕的學生們，成群結黨地經過，上班族踩著快步，奔進了捷運站裡面。不是長毛的世界裡，他用他的眼光，透過黑色的墨鏡，看著這一切。而我們則用我們的目光，注意著長毛。

他已經抽了好幾根香菸，菸蒂落在地上，長毛踩熄了它們，然後立刻又點一根菸。

「他很緊張。」ㄚ頭說。

「為什麼？」

「他心裡有事的時候，就會一直點菸、抽菸。」

我回想著腦袋裡面的記憶片段，卻發覺我漏了這些細節。

「所以等一下一定有好戲看。」透過樹叢的間縫，我們偷偷望著長毛，ㄚ頭很有自信地這麼說著。

「妳確定？」

「我認識他快十年了，保證沒錯。」

四點三十八分，長毛的手機響起。他簡短交代幾句後，掛上了電話，然後，站起了身，不過因爲他沒有移動腳步，所以我們也繼續躲在原地。兩個女人鬼鬼祟祟的，幸好沒有引起別人的注意，看著長毛踩熄最後一根香菸，有個女孩走出捷運出口，到他面前。

「就是她，筱芳。」

「哇！長得不錯嘛！」

上一次在世貿，距離有點遠，這一次，我們都看清楚了。穿著一身淺褐色的衣褲，筱芳臉色很沉重。她沒有笑容，但依然掩不住清秀的面貌，簡單的一撮馬尾，讓她看起來很清爽，也很成熟。

長毛摘下了墨鏡，兩個人四目相對著。

因爲長毛跟筱芳現在都側面對著我們，所以我跟丫頭伏得更低，距離他們只有大約兩公尺遠的距離。

我看見了一陣黑色的風，吹拂著比東北季風更冷的空氣，緩慢，卻無情。

他的風，在面對面，離他一公尺遠的地方，那女孩的臉上，吹出了兩行眼淚。

> 每個女孩領略你的黑色的代價都如此巨大，都只能用眼淚去交換而已。

長毛像是在解釋什麼，又像是在否定什麼，而筱芳則低下了頭，神色哀傷。一個女孩，苦求著一個男孩的事情，我跟丫頭都做過，對象都是長毛，而今，又多了一個。

大約講了半個小時，長毛停止了說話。我們看見筱芳坐到矮牆上，雙手捂著臉。她哭了。

「妳知道一個男人可以無情到什麼地步嗎？」丫頭忽然低聲說。

我知道了，因爲我看見長毛完全無視於筱芳的眼淚，只是斜側面地望著天空，他的臉上沒有表情，頂多是眉頭微皺。

「他是無奈還是心煩呢？」

「或者說，應該是悲傷吧！」

悲傷？我不能肯定那是長毛悲傷的表情，因爲我感覺不出他哪裡需要安慰的樣子，不過這也是他的特色。他的喜悅他自己嚐著，他的悲傷，也只有自己嚐著。

周圍人車聲喧，並不影響我們四個人。

筱芳抬起頭來，對長毛輕聲說著話，但他卻只是搖搖頭。從女孩抽動的背看來，她哭得很激烈。而長毛終於低下了頭，但我們仍沒發現任何不捨。

「誰的心比較痛呢？」我說。

「被捨棄的人，要有接受傷痛的勇氣。但是捨棄別人的人，還要多了一份，捨棄別人的勇氣。」

「所以誰比較痛呢？」

我們都沒有答案。

日漸西暮，風吹得更急了。單薄的長毛，大袖飄飄，卻沒吹動他分毫。他與筱芳，俱各靜止不動，只任由行人與寒風流動而已。

那瞬間，我看見了，彷彿看見了，長毛深深地歎了一口氣。他忽然戴起了墨鏡，昂起頭，抿著唇，轉身離開。

這個女孩，會這樣哭一夜嗎？我曾爲這樣一個男人哭過一夜，我想，那女孩也會，心會很痛，滿腦子都是甜美的回憶，甚至，會痛到無法呼吸的地步……我衷心地希望，她會比我堅強。

長毛的腳步不停。沒有快，也沒有慢，純粹是他平時大步走著的樣子，任由頭髮與衣袖飄搖，他沒有表情，而或許有，但那是冰一樣的表情。走過車站，走過天橋，我們沒有追上去，只看見一個黑色的身影，堅定得很無情地不斷走著。竟，沒有回頭。

「我們走吧！」

「那……她呢？」我指指依然坐在矮牆上，抱著頭哭泣的女孩。

「她是個好女孩，但是她得自己站起來。」看著眼光中滿是悲哀的丫頭，我聽見她說：「愛情不公平，也不能同情。難道妳希望我也去幫她追長毛嗎？」

丫頭的話讓我震懾住了。是啊！丫頭現在不就是正在幫我追長毛嗎？我希望在我愛情最無助的時候，有丫頭可以幫我，那麼，筱芳也會希望有個人可以幫她。我希望丫頭幫我，因爲我覺得自己很可憐，可是筱芳也很可憐時，我卻不能希望丫頭幫她。

「愛情同時也是自私的。」她拉拉我的衣袖，「走吧！讓她自己站起來，她才能忘得了長毛。」

我在天橋上，看著一個女孩，似乎也能聽見她的哭泣聲。抱歉，我幫不了妳，因爲妳要的幸福，與我衝突。我爲我的自私感到抱歉，也爲妳的處境悲傷著，原諒我無法幫妳，對不起。

長毛不再回台中轉車，他坐上了尊龍客運，直接可以到埔里。

丫頭歎了口氣，我也歎了口氣。沒想到，長毛對他心中纏綿的牽掛，竟是這樣斬絕的。乾脆，卻也殘酷。

回台中的路上，丫頭說，這也好，「至少她可以很快重新站起來，不像妳我。」

丫頭告訴我，過去幾年裡面，她是如何痛苦，爲了希望至少是個朋友，她必須不斷爲他祝福，祝他幸福，用自己的眼淚去換取對方的幸福。

我說我有種罪惡感，因爲我企盼的幸福，原來建立在很多女孩的眼淚之上。

「不必有罪惡感，那不是妳的錯。對我來說，我已經解脫了，所以我跟妳可以是好朋友，幫妳，是應該的。」

「那，對筱芳呢？」

「我不認識她，也幫不了她。」丫頭把音樂聲調大，唱著那英的歌：「我不是天使」。

「她也不是長毛的天使。」

不用再追著統聯或尊龍，小白飛快前進著，夜幕低垂時，高速公路上亮起了黃色的燈光，每一盞，都像在照著我的深心處，那淡淡的哀傷。

回到家之後，淑芬留了紙條給我，她今晚要去約會，對象是個通信工程師。

一個人坐在電腦前面，我怔怔地呆著，早已失去了想抽菸的欲望，現在我需要的是什麼，連自己都搞不清楚。

載丫頭回豐原時，我說我怕面對長毛，因爲我擅自到世貿去看他，已經讓他很不高興，現在我還跟蹤他到台北，親眼目睹他跟筱芳分手，他一定會更生氣。

丫頭說沒關係，他會去跟長毛解釋。

「這是我的主意，當然我負責。」她笑著說：「妳愛他，所以妳在乎。可是我不愛他，所以我無所謂。」

但是丫頭要我記得一件事情。「想想他當初跟妳分手時的猶豫與扭捏，還有他今天的絕情，妳就應該知道，他心裡面有多麼多麼在乎妳！」

是嗎？是這樣的嗎？我想聽他親口告訴我，他今天做了些什麼，會不會又給我一個謊言？或者他將告訴我眞相？關於重拾自己的問題，他已經做了很多，但是我沒看見成效。

我記得他說過的，除去他愛情世界中其他的枝芽，才能讓我看見完整而單純的長毛，而他也才能夠去釐清自己心裡面所欠缺的究竟是什麼。

這些話題都很虛妄，沒有一個實際的標準，我看見的是他把放在台中的東西都搬回了埔里，結束了與吉兒之間所有的關係，也把與筱芳的愛情斬斷，但是這樣就代表了平靜單純嗎？而更隱晦難言的，他心裡面自認爲欠缺的那些個什麼，應該怎樣去找呢？

我很想幫上一點忙，卻感覺自己非常無力。

將牽絆著你的感情枝芽清除，相信你已經做了許多努力，世貿那件事情，我從台北車站的分手約會看見了你的解釋，我願意這樣相信，眞的。

那麼，現在的你是否已經平靜單純了呢？是否已經可以正視你自己了呢？你說你還有所欠缺，現在是否已經可以專心去研究了呢？

恍惚著，我打開電腦，連上了線，進入我最熟悉、卻也最傷情的「大度山之戀」。

「要不是那一瞬間看見了你的淚
我就不會懂你的痛。
要不是在一瞬間懂了你的痛
我就不會愛上你。
愛上你，是因爲看見了你的淚，懂了你的痛。」

眞的嗎？屁話，當然是假的。

這是我的說明檔。說明檔引號裡面那段話，來自於我做的一個夢，不過我已經忘了內容，只記得夢裡我們很相愛，在夢的最後，我是那樣對夢中的男主角說的。

這種夢會是眞的嗎？是眞的。

因爲我看見了長毛心裡的痛，看見了他強忍著的淚，所以我義無反顧地愛著他。他不是個沒有愛的人，只是，沒有人承受得住他的愛而已。以前的婉怡、補習班的小雅、工廠裡面的小公主、還有吉兒、還有筱芳，她們原來到了最後，都無法掌握住這陣黑色的風。

我不是特別的女孩，背上也沒有天使的翅膀，但是我曾有過愛我的酸雨，可是那不是我要的感情，我要的感情很危險，能承受得了嗎？我卻覺得自己可以，至少，我已經承受了快四年，卻還沒放棄，有的，只是更愛他而已。

我是天空，沒有顏色的 天空。
接受你在我懷裡吹拂，填補你的顏色。
我是天空，沒有怨尤得 天空。
爲的，是要包容你的自由。
所以我存在，只爲你……
存在。

我決定，換個說明檔。

其實，我是天使，只是，被你藏起了翅膀。

45

他常常這樣，一個人，安靜地坐一整天。後天收假，他卻什麼也沒有準備，衣服沒洗，要帶的東西也沒收。長毛坐在陽台上，遠遠的地方，是還沒有雪的合歡山。

「你還在生氣嗎？」

他搖搖頭。ㄚ頭已經跟他說了，關於那天，我們兩個女人一時興起，跟著到台北車站去的事情，長毛沒有生氣，只是苦笑。

「那麼，你願意告訴我，你現在在想些什麼嗎？」

長毛側著頭，想了一想。「我想知道，我到底還欠了些什麼沒有拿回來。」

「你有什麼東西還在誰家嗎？」我也跟著細想，他的衣服、書籍、唱片，我已經都還他了，所以欠他東西的人應該不是我，反而是他欠我還比較多，欠我的六萬元，他不知道民國幾年才還得清。

「不是東西，是心情。我之前跟妳提過的，我認為的欠缺。」

長毛說，他已經把所有牽掛，能割捨的，都割捨了，而不能割捨的呢？他把它們收好，藏在心裡面。

無法理解那是什麼意思的我，靜靜地看著他。

「我總覺得少了點的這一些個什麼，是以前大學時代有，而現在沒有的。而沒有那一些個什麼的話，即使我已經恢復到最初的完整，依然沒有辦法好好地愛妳，跟著這樣的我，妳也無法眞正的幸福。」

「你要給我眞正的幸福了嗎？」我顫聲問著。

「笨小乖，妳以為我現在在乎的是什麼呢？放棄了所有的枝枝節節，我在乎的，只有茫茫的未來，還有妳了呀！」他搓搓我的腦袋說著。

我沒有說話，安靜地看著他。他抬頭看我，「妳有沒有覺得我好像哪裡不大一樣？」

長毛用很認眞而疑惑的眼光看我，認眞到有點呆的模樣。而我覺得，他最近老是一副麻木不仁的樣子，好像很多事情都讓他沒有感覺似的。

這時候，除了偶而我們會有親密接觸外，我只是他一個好朋友，就因爲他說他還少了一點什麼，所以他不能好好愛我，那我呢？不知道，或許在這樣的曖昧之間，我們反而更有心事交流的空間，而且我不願也不敢在此時去將兩個人之間的關係釐清，那結果，我無法肯定，也不敢預料。況且當朋友比當情人好的地方，就是你說話可以比較不客氣一點。

「夢想吧！我覺得你對你的夢想，沒有以前堅持了。」

他沉默了許久。音樂，他已經好久沒有認眞寫歌了，偶而一兩首，都還是隨便寫成的，不是不好聽，但是沒有以前的強勢，反而柔情許多，總之，我覺得沒有以前好。

「還有呢？音樂之外呢？」

「文學呀，小說呀！」自從那篇讓我斷腸心碎的〈意外〉之後，這傢伙眞的沒有再寫過小說。「我記得你畢業時交的最後一篇長篇報告，好像是現代小說報告。」

他的文字，我幾乎不曾錯過，即使是報告，或他幫誰寫的自傳，我都看過。

「可是，我不知道要寫什麼。」長毛搔搔頭，對我說：「我一點寫小說的感覺都不見了，心，像枯萎了一樣。」

「你能想出枯萎這個詞，來形容你的心，就表示你還有一點創造跟想像力。」

他疑惑地看著我。

「把你電腦裡面那一堆斷頭小說翻出來吧！挑一篇寫行不行？」

「要挑哪一篇？」

「隨便啦！你什麼時候變得這麼龜毛了？」

他歎了一口氣。「就算有題材，我也想不到支持我寫作的動機。」

這是我熟悉的，那個自負、自傲、自戀的男人嗎？他像個骨架，掛在陽台邊上，空盪盪的，似乎失去了生機。以前，他每寫完一篇詩詞、一首歌、或者一篇文章，就會急著拿給我看，甚至唱給我聽。我記得，他那時眼神總是露出光芒，如此耀眼，我會認眞欣賞，告訴他我的感覺，然後，他會摸摸我的頭，說我是可愛的小乖，最懂他的女孩。那是一個，我們都還是單純的學生的年代。

「爲我寫好不好？」

「什麼？」他驚訝地看著我。

「你知道，即使這世界已經沒有人記得你，但是你的作品，至少都還會有兩個人看。」我說：「一個是你自己，另一個人，永遠不會改變，是我。」

沒有人可以知道，自己是否可以完全找到自己，但是藉由一些辦法，至少可以度量自己的心還在不在。長毛以前肯定自己的辦法，是他努力創作、努力經營夢想，所以那時候他存在得很絕對，甚至，當他自己世界中唯一的神，而如今，他像個軀殼。

收回一切屬於自己的東西，把放在別人家的東西拿回來之後，才發覺自己原來有的一些什麼，反而不見了。

我很高興，至少他沒有爲了我們跟蹤他而生氣，那表示他眞的已經改變了很多，但是同時，他也變得很沒生氣，整個人像個活死人似的。

「就當作是爲了我寫的吧！好嗎？」我說：「你需要的東西是什麼，這我不知道，但是我們都明白，沒有那東西，我們就無法眞正的相愛，所以，當作是爲了我，你試試看，爲我而寫吧！」

下午四點半，長毛穿著破爛的紅色長袖上衣，一件剪成七分褲的陸軍迷彩褲，散亂著一頭亂髮，坐在陽台上，他看著我，而我從他眼中，又看見了一點點，正在復甦中的光芒。

淑芬問我，現在的我，是他的誰。「有事沒事往他家跑，可是看起來你們又不像眞正在一起，現在到底算什麼關係呀？」

我想了一想，笑了一笑，拿了一顆芭樂給她。

說是我已經習慣等候也好，說是我只是無力去改變什麼也好，至少我現在是滿足的，看著他專心寫作，努力尋找自己想要的感覺，我覺得再沒有比這時候更好看的他。而兩個人之間，是否一定需要有一個關係上的界定畫分呢？我笑著對淑芬說：「我知道他心裡面只有我，而我心裡面只有他，這樣就夠了，不是嗎？」

長毛已經不在了，他現在叫做穹風，因爲長毛的時代過去了。

那個鋒芒盡現、霸道強橫的長毛，在風風雨雨之後，正式走入歷史，他翻出一篇很多年前，只寫了一段開頭的小說來寫。回金門等退伍的前兩天，他坐慣的地方，從眺望合歡山的陽台，變成他房裡電腦前面的小坐墊，一天，寫一萬多字。

預定的退伍日期，是十二月六日。

不過金門起了瀰天大霧，所以他直到十日才回到台灣。回來不到一星期，我看到一篇他爲了證明自己，也爲了我而寫成的小說，叫做〈失憶〉。總共十萬多字，字數超出比他以前寫過的每篇小說要多很多的作品。

這段時間，雖然我們沒見面，但是每天都討論著小說的發展，他的確退化很多，所以必須靠著不斷跟我討論，才能好好寫下去，但哪裡知道，就這樣，寫了十萬多字。

我是他最忠實而唯一的讀者，直到小說寫完，我說要貼到連線板爲止。

「那個……什麼是連線板？」

我的天哪！這個玩BBS比我久的人，居然不知道連線板。

「連線板就是幾乎全國各BBS站都共通的板！你在這裡貼，幾乎全國的站都看得到。」

然後，他問了一個更白痴的問題：「啊貼那裡要幹嘛？」

「當然是給大家看呀！」

「幹嘛給人家看？那是我爲妳寫的耶！」

我是淑女，我是淑女，是的，無庸置疑的，我絕對是淑女，所以我說：「媽的，你不快點成名的話，你這輩子就沒機會還我錢了啦！」

於是，你在連線板上，可以找到一篇小說，叫做〈失憶〉，一篇很不愛情、很詭異，可是眞的很有趣的小說，那是完全長毛式的小說，不過那不大受歡迎。

因爲沒有多少人可以接受他那顆奇怪腦袋的想法，長毛有點失望，他說：「我不想欠誰人情或欠誰錢，可是，我看我眞的是還不起了。」他指著電腦畫面，對我說：「妳看，幾乎沒人要回應我嘛！」

我說，因爲他的風格有問題，所以好看歸好看，但是想看的人不多。

「那怎麼辦？」

做「寫愛情吧！」

一句隨口說出來的「寫愛情吧！」居然不小心造就一個網路寫手。這是怪談，也是奇蹟，長毛拒絕再用「長毛」這個名字，於是，我們認識一個叫做「穹風」的傢伙。

穹空之中，在藍色帷幕下飄揚的風，沒有強悍的力道，也沒有驚颸的狂烈，他就是那樣輕輕地、慢慢地飄而已。所以穹風這個名字，其實很適合他。用自己的名字，反而比以前那個死樣活氣的長毛要好聽得多。

只不過，我還是感覺缺少一點什麼，他自己也很疑惑。反覆看著他寫出來的愛情故事，他發生在自己身上，那些不斷失戀的故事，我們都覺得似乎還少了點什麼。所以他說他要繼續寫，非得把這東西找出來不可。

他退伍了，原本想要好好休息的他，變得很忙，因爲他要忙著寫作。給他回應的人愈來愈多，他很開心，因爲他開始重新建立自己的信心，也慢慢尋回他原本一直找不到的自我。

黑色，在他身上則愈來愈少，因爲我老是買其他顏色的衣服給他，希望他陽光一點。我跟淑芬一起逛街時，經常逛到男裝部，我會挑選比較適合現在的他的衣服，淑芬說：「妳想把他打扮成孔雀嗎？想讓他招蜂引蝶呀？」

「孔雀再怎樣招搖，他都飛不上天去，因爲我是他永遠離不開的大地。」

「這麼有信心？」淑芬手上拿著衣服，狐疑地問我。

「我不能預防誰又愛上他，但是我相信他愛我，所以……」我拿起一件很能襯托出他那頹廢氣息的黑色上衣。「多包容一點，少擔心一點，就很夠了。」我微笑著說。

東海大學的 BBS 站，是少數幾個 BBS 站裡面，小說沒有加入全國連線板的，我喜歡這裡的寧靜。即使已經不再寫電子報的詩了，我還是偶而會落落思念，到黑色的螢幕上，不用寄給他，因爲他已經沒時間看了。

「妳那個老是晚上不睡覺的長毛呢？」淑芬問我。

「他喔，這個時間應該在寫小說吧！」

「小說？」

我笑著，把長毛的小說從電腦裡叫出來，轉寄到淑芬的電子郵件信箱。淑芬叼著一顆芭樂，大搖大擺地又走回房間去收信，嘴裡還直嘮叨著：「那傢伙居然會寫小說?!難道我看那麼多的芭樂，也有看錯的時候？」

我沒告訴淑芬，當年穹風還是長毛的那個時代，所許下的心願。他想要寫最棒的小說、寫最棒的歌，然後從新光三越頂樓跳下來自我了斷的念頭，現在已經不再了。年少時，總要輕狂一下，小說還在寫，音樂還在玩，不過，他得爲我好好活下去了。

我沒有天使的翅膀，但是我懂他的天堂，這個男人其實還是很可愛的。尤其，當他把冰冷的眼神，慢慢變成天眞的瞳眸之後，會更好看，已經沒有武裝的必要了，因爲現在他所面對的，是一個不會跟他計較是非的女人。我愛他，但是我希望他先找到他自己要的感覺，再來考慮是否愛我。

至於我與他之間的關係，還維持在情人與朋友之間，他的愛情世界，可能二十幾年來都不曾如此單純過，但是他目前的心，可能也從來未曾如此徬徨過，他不空虛，因爲有我，可是他徬徨，因爲他覺得自己還不能好好愛我，如他所說的：「不是最好的愛情，妳已經接受了三年多，但是最好的愛情在哪裡呢？在我還沒找到的地方。妳等我，一定會找到的。拼湊成外在與心裡的完整，那才是能讓妳幸福的我。」

而今，他先找到了文學、找到了小說。我平靜等待，可以等候他四年，我當然可以多等四個月，有時候淑芬會很不解，究竟我為何如此相信他，我說我也不知道，沒有理由，就是這樣相信著。

其實我覺得，現在的我已經很幸福了，傻瓜，我要的，不過就是一個我心愛的男人，他也這樣在乎我而已呀！經過他身邊的女孩太多了，唯一能陪他走到現在的，終究只有我而已。

不管你變成什麼樣子，我都還是愛你的我，四年來如此，永恆，亦將不變。

46

他發瘋了似的努力寫，一邊寫作，一邊試著找出他當初嘴裡說的欠缺，到底他所沒發現的東西是什麼。直到過年前，我拉他陪我環島。

綠島還是在海的那一端，不過相距已經不遠了，我們站在台東的海邊，望著太平洋，一起大聲呼喊。

冬末的台東已然炎熱，我們在關山騎著腳踏車，繞著關山鎮的腳踏車專用道騎了一去買飲料。

圈，大汗淋漓後，他帶著我騎出規定路線，我們到了充滿原住民風味的小鎮郊區的雜貨店

「這地方我來過三次，每次感覺都不一樣。」他說。

第一次，他跟婉怡、阿福一起來，晚上在星空下喝酒、彈吉他唱歌，像一群天真無邪的大學生該做的事情。

第二次，他帶吉兒來，開著車來旅行，當作入伍前的紀念，也是他跟吉兒唯一一次的長途旅行，那時候，他們是甜蜜的小倆口。

這是第三次，這次出來玩，我們看著不斷變化的風景，腦袋裡面、嘴巴裡面，卻全部都是小說內容。聊人物、聊場景、聊聊穹風的腦袋裡面，到底是怎樣想出那些劇情，怎樣把回憶變成故事。

他笑著，很自然地笑著，跟我說，這是一種「感動的能力」。

我想問他，可是他卻絕口不提，跟我說一切祕密都在大度山上。

這痞子明知道這次我們出來玩，會去的地方都是深山峻嶺、偏遠地帶，卻故意叫我自己回網路上去找答案，真是缺德。

關山的艷陽天幾乎蒸溶了我們，離開台東之後，長毛說他想去宜蘭太平山，一路過去總共有大約兩百公里的山路，他用最標準的自信表情，對我說：「如果我做得到，妳就請我吃一碗牛肉麵，如果今晚到不了……」

「我才不要一箱烏龍茶。」我說。

他大笑著拉我上車。陽光下，我看見他很自然而生活化的笑容。

丫頭分析過他這種笑容的兩種可能性，我自認為這一兩個月來，我們總是相處愉快，應該不至於又要走到分離的地步，他很隨性地捏捏我的臉的樣子，怎麼樣都感覺不出來。

可是，這就是愛得很生活化了嗎？我沒親眼見過他以前與婉怡或吉兒的相處，所以不能肯定。

太平山上，凌晨一點十五分，我們剛剛付過房錢，正要從小白的後車箱裡面拿出行李。高山上的風並不強，但是瀰漫著的大霧卻讓人畢生難忘，上山路上，我們速度奇慢，深怕一不小心就會跌落山谷。上山之後，這片大霧卻變得奇麗渺茫，我像置身在夢幻的國度中，完全無法想像。

今天下午在關山時，我們穿著短袖上衣騎腳踏車，今天半夜，我們已經上了宜蘭太平山。穹風打斷了我拿背包的動作，從我的背後，用雙手環抱住我的腰，我們都在發抖。

「有沒有感覺到我的溫度？」他忽然這樣問我。

「嗯。」

抬頭看，一座變換著時間與溫度顯示的電子鐘塔上面，顯示著現在只有攝氏三度的數字。他問我冷不冷，我搖搖頭，背靠在他的胸口，感受他的溫暖與溫柔。

「這就是感動的能力唷！」第二次，他笑著說到這個詞。

「到底是什麼意思？『感動的能力』？」我疑惑地問他。

「一直待在這裡會著涼的，快進去吧！」他笑著說，依舊不回答。

我們花了五天的時間，開著小白，繞了台灣一圈。

帶回一身疲倦，還有一堆亂七八糟的紀念品，包括台東的釋迦、知本的原住民風味上衣、小米酒等等有的沒有的東西。但是這些都不算什麼，穹風說他最開心的，是他找到了答案，找到了那些他欠缺的感覺，他說：「找了好久終於找到了，答案在出門前隱然成形，在關山完全成熟，到了太平山總算大功告成，而且修得正果。」

我看著他的模樣，與退伍回來時那種空骨架般的飄飄然，的確是大有差別。

「到底是……」

「在大度山上，眞的。」打斷了我的話，他笑著說。

我不懂大度山上面有些什麼，這個BBS站我比他還熟，沒有理由是他知道些什麼而我居然不知道的，甚至這地方他都很少來了，怎麼會有什麼「感動的能力」在這裡？不懂，所以我在回到彰化之後，立即打開電腦，連上了線，想找出這個令我狐疑了五天的問題，到底答案是什麼。

結果什麼也沒有。同樣在笑話板、小說板裡面沒有他的足跡，至於詩詞板，他只有留下幾百年前來過的紀錄，那些個東西跟化石簡直沒有差別。開啓信箱，我翻閱著穹風以前寫給我的信件，那些比紙條還短的信件，沒有任何蛛絲馬跡，我閱覽著舊信件，慢慢地，想起他當初的笑容，於是，我想寫點東西……

你還是你，只是你已經變了。

我還是我，只是我也變了。

倘若……

倘若之後應該如何呢？忽然有點接不下去的我，決定打開音樂，然後關掉房間裡的大燈，只有一盞小檯燈，讓我縮在這微弱的小光圈底下，慢慢整理我可以運用的詞彙，好把心情寫出來。而忽然，我看見螢幕下方閃爍著一排字。

「您有新信件」。新信件？已經有幾百年沒有收過信件了，我居然會有新信件？該不會是什麼廣告吧？好奇的我進入選單，開啓信件。

收件人是cecia，沒錯，是我。但是寄件人就很奇怪了，這個ID我已經許久未曾在這裡遇過，他是已經幾乎要消失無蹤的bbx。

標題，是：「感動的能力」。

大度山，一座不算是山的山。看過幾百次夜景，腳踩在山頂上，看的是山的遠方，而不是山。

大度山之戀，上站幾近一千次的BBS站，看的都是別人的世界與腦袋，卻沒有看見我自己。

於是，我逐漸遠離，走出世界，走到亂七八糟而無可控制的世界裡頭去，然後，認識腦袋簡單、生活慵懶，沒有做事時就像失去生命跡象一樣狂睡覺的妳，我的小乖。

往事，無法一一歷數，一如流過的河水，無法分辨出水滴一般，只好都過去了。當我還剩下殘敗的軀體、脆弱的靈魂時，妳卻對我伸出了手，不，是伸出已久的手，原來還未收手。

回收所有的一切物事，回收所有的感覺，也回收了所有的心，卻發覺有一部分其實已經失去了。那是從前我有過的，卻在冷冷冬風中，在我看著陽台後的風景時，發現失卻了的。

一種，可以讓我眞正活起來的力量，「感動的能力」。

所以我寫完了小說，感動了別人，卻感動不了自己。因爲我找不到讓我感動的理由。

於是我在與妳一起出門環島的前一夜，獨自一個人，悄悄地爬上大度山。回歸原點時，看看自己的腳下。我用手遮掩了可以更吸引我的前方，卻低下頭來，看看自己站立的方寸之間，大度山之戀。

走過了詩詞板，走過了浮雲散記的心情板，走過了信件箱裡面我所有的信件備分，還有妳給我的一字一句。一個人在黑暗中，走過三年多的回憶。有妳的笑，有妳的悲，有妳的愁怨，也有妳的歡喜。我看見我給妳第一個*0*的那封信，也看見妳第一次在信裡面回我一個*0*。彷彿，眼淚的感覺回來了，妳在哭泣，在我懷裡哭泣；喜悅的感覺回來了，妳坐在我後面，手緊抱著我的腰，我們要去埔里。

還有那一天，妳的眉頭緊皺，因爲我開著車子，載著妳，正從台南要回台中，從陽光夢裡回到陰霾黯雨中。然後，妳曾經對我說，愛我，愛這個沒有前途的男人。妳曾在電話中大聲喊著：

「我沒有要你有錢啊！我也不想得到你什麼呀！我只想愛你……」

那時候，我們之間還隔著台灣海峽，而妳的愛情依舊熾熱，但那時候，我竟然不懂。我在冷空氣中凝結自己的目光，忘了以後我們還可能得經過的風風雨雨，我只想見妳，說，我愛妳。

不知道爲什麼，我看得怵目驚心，完全忘了要把旅行時的髒衣服拿出來整理，忘了要把我的半箱釋迦放進冰箱，手按著鍵盤，睜大眼睛，嘴巴微張，只知道繼續往下看。

其實這些話我原本可以不告訴妳，但是我相信妳會想知道答案，而且永遠追問不休，那關於我

的一些變化。

現在請妳閉上妳已經張大的嘴，也請妳先坐好，趁著妳開車回彰化的這段時間到現在，我決定好好告訴妳這個感覺。

這五天來我常常想起那個晚上，那個，一個人站在大度山上的晚上，沒有強風，沒有夜景，卻飽滿著回憶的晚上。

我想像著妳用力地敲出每一封給我的信，那當時我沒有感覺，但現在重看信件，卻看見了妳用一筆一畫，鏤刻我的心腸。

原來，妳這樣愛我。

曾幾何時，我被一個不大起眼的女孩這樣走入我的生命呢？她的腦袋簡單，這一點我到現在仍然不曾懷疑。可能正因爲她的腦袋簡單，所以她只知道努力往前走，只知道從心之所行。所以才不小心得獲正道吧！照照鏡子，原來我是她的正道。那她之於我呢？看著鏡子裡面我同樣沒有懷疑過的俊俏的臉，我開心地笑了。

心情跌落谷底時，我需要妳，因爲我知道，只有妳懂我的腦袋是在不安定、不安靜，卻又企圖執著的是什麼。心情愉悅時，我需要妳，因爲只有妳知道，我爲了打死一隻蟑螂而興奮八個小時的理由是什麼。

喬裝得一點都不在意的我，其實非常在意。那個名叫酸雨的男孩似乎沒有輸給我什麼，因爲愛情不能比較。不過我卻要妳隨心去選擇，大膽的理由，是因爲我知道妳會選擇我，當時的我沒有懷疑，因爲我知道妳會理解我的意思。

是的，我是最好的，雖然外表看起來是最爛的；我是最富裕的，雖然戶頭裡的錢是最少的；我看起來是最不愛妳的，所以我只欺騙妳。可是正因爲只有妳是我欺騙得不忍心的，所以，其實我原來是最愛妳的。

我愛妳。這是心情，因爲起源於意識中百般轉折後的結果；這是事情，因爲我已對自己承諾，將永遠爲妳付出我的全部。

我眞的有必要抹一下嘴角，完全無法想像，這樣的一封信，會是他所寫給我的。難道一個人從長毛變成穹風之後，他寫信的方式就會跟著一百八十度大轉變嗎？這封信的長度，可能超越了過去幾年來，他寫給我的那些信件加起的總長度，太教我震撼了。盯著螢幕，我拉過來一顆抱枕，墊在屁股底下，另一隻手則繼續貪心地往下翻頁。

沒有人可以了解，關於我的變化，妳不懂，其實之前我也不懂。從文學走入音樂，又從音樂走回文學，我的人生，原來其實總離不開愛情。眞正的愛情並不存在的道理，顯然老天爺不大認同，神一定知道我不夠虔誠，所以故意派了妳來推翻我最堅信不移的想法。

今天我已經找到我自己，也已經找到我最愛的人。

這聽起來好像不簡單，但其實也不難，過去了這段紛雜紊亂的大學生活，結束了沉霾暗雨的兩年金門生活，找回了我所失去的感動的能力之後，就可以找到自己的眞愛。

寫作，讓我找到了希望與夢想，所以我寫我最感傷的愛情，但是怎樣的愛情感人，我不知道，因爲那時候我找不到感動的能力。

而今我懂了，原來愛情故事未必要轟轟烈烈，重要的是寫作的人自己是否被感動，這就是我需要的，我的小說需要，我的生命更加需要，因爲妳，所以我才懂了這個道理。轟轟烈烈的愛情很吸引人，不過原來都經不起考驗，平凡之中，才有眞正的感動。楊過對小龍女的感情，不是在小龍女跳下絕情谷之後才開始的，是從古墓相依爲命中培養出來的。我跟妳的愛情，不是從天下掉下來的，是從這將近四年的風風雨雨中，從大度山上妳寄給我的，還有妳爲我紀錄下來的這些心情中，一點一滴磨出來的。

經歷過太多愛情的風雨，我走過了一圈又一圈，始終不曾注意過我的身邊。而今，拋開一切，回歸原點之後，我回過頭來，無晴無雨，我看見的，只有妳，讓我如此感動的妳。

不介意在結尾時說聲我愛妳，因爲我反正還要說很多年，這一句，只是個開始。

這是事實，不容懷疑；這是心情，不必說明。

我找回了可以讓我感動的能力，在這座我始終不曾認眞看過的大度山上。讓我自己知道，原來，我不曾看過的自己心裡，如此，愛妳。

By bbx　二〇〇三年二月十五日

看完了長長的一封信，我幾乎完全失去了思考能力，無法想像，他居然會花時間去看看那些我寫給他的信件，那些有的是思念，有的是傷心或憤怒，有的甚至只是一堆髒話的信件，幾百篇，多得連我自己都早已數不清的東西。

我拉好抱枕，用手擦了一下額頭，然後用力呑下一口口水。

原來，這幾天你跟我提到的「感動的能力」是這麼一回事，原來，你當初一直覺得失去的那部分，那些個欠缺的感覺，就是如此抽象的東西，又原來，在我們出門環島之前，你的心裡面已經遭遇過如此繁複的轉折與思考了。

我陷入巨大的思緒漩渦中，完全難以想像。而這時候，「嗶」一聲，有個討厭的傢伙，給我一個水球，打斷了我的思緒。

「同學，妳實在不應該犯一個這樣可笑而糟糕的錯誤。」

「？？？」

我給他連續三個問號，因爲這傢伙眞的很無聊，而且一點長進也沒有，這個人的ID我很熟，我已經認識他四年了，一個叫做 bbx 的男人。懶惰，懶到連想個英文帳號都不肯，就乾脆把 BBS 改成 bbx，隨便充數。

他不是寫完信就下去了嗎？難道他一直沒有離開？我剛剛沒去看聊天選單裡面的人物，現在才被他喚回現實裡。開完五天的車之後，他居然沒有好好休息，居然會偷偷摸摸地摸上大度山來，讓我感到很好奇，難道今晚他連休息也偷懶，居然上來瞎逛嗎？

「妳的說明檔有錯字，的≠得，難道妳不知道嗎？老師沒有教嗎？」

「抱歉，我已經畢業很久了。」

「那妳沒救了，已經沒人可以教妳了。不過還好，妳今天碰到我這個貴人。」

貴人？你以爲你是路邊算命的江湖術士嗎？什麼還好我今天遇到你咧！居然敢這樣糾正你的大債主?!不過基於我現在是個溫柔的白衣天使的立場，我還是說：「喔，那可眞的是很謝謝你喔！」

「正所謂大恩不言謝，妳只要銘記在心就好，不必一直說出口。」

靠！顧不得形象了，我在房間裡面大聲地叫出來：「糾正一個錯字而已，算什麼大恩哪？」

「我會糾正妳一輩子的！」

「請問閣下，你以為你是誰呀？」

「在下穹風，不過，我想，妳應該準備改口，叫我一聲老公了。」

我是淑女，有氣質的淑女。

看了很多醫院裡面的生老病死之後，我已經可以對很多事情都鎮定地應對了，所以我沒有失神，沒有呆然，沒有愣住。

笑了。看完信之後，我終於知道，他那時候一直努力尋找，從夢想中努力延伸出來的，到底是什麼了。笨蛋，你這個笨蛋。

我親愛的……老公。

愛情在這裡抵達永恆，時間的腳步於我們身上從此斷絕。

【全文完】

紀錄我愛過，與愛過我的人

這是一篇，波折很多的小說，也是第一次，讓我嚐受到非常多挫折的小說。為了尊重事實，所以我堅持不隨便添加佐料，只求百分之百地將故事完整重現，於是，開始認真回想關於過去的一點一滴，然後，慢慢落於指尖，變成故事。

這篇小說，曾經讓我對自己產生極大的懷疑，這是第一次，我從女性的角度下去書寫，一直沒有辦法好好寫出我想要的感覺，我懷疑著自己，是否對於女性的角度刻畫出了問題，所以造成偏差，為此，我還停下動作，自顧自的，寫了兩篇短篇小說，都以女性為第一人稱，作為練習之用。

難道這個寫法錯了嗎？已經寫了四、五萬字的小說，像是行駛中的捷運列車，它卻已經停不下來了。疑惑、困擾、懊惱，當然，也有很多失落，層層將我包覆住。如果寫作不能得到樂趣，那寫了還有什麼意思呢？

所以我開始想，《大度山之戀》，是一個怎樣的故事。

小乖，從來不是我名正言順的女朋友，但是卻始終沒有離開過我。我要紀錄的，是一個爛人長毛，如何變成穹風的故事，也是小乖，如何在酸雨與長毛之間抉擇，堅持所愛，最後獲得幸福的故事。

照著想寫的方向去寫吧！照著可以讓我快樂的方向去寫吧！

後記

小說在第四十六回時結束，連著後記，會超過十三萬字。

有人說拖戲，有人說平淡，也有人說看了半天看不懂，還有人說字數太多了，實在看不下去。可是我只能說，我已經省去很多細節、盡量精簡了，將近四年的時間，所發生的風風雨雨，人物豈只這樣而已？事情豈只這樣而已？

許多在這四年裡面發生的事情，我都無法一一交代清楚，只能夠透過側面描寫去簡單帶過，甚至就只好讓它們直接消失於我的文字舞台上，而且，以小乖為第一人稱寫作，寫完之後，我才發覺，長毛的敘述原來這麼少。

不認識我的人，完全無法理解長毛這個死痞子到底在想什麼，甚至還有一堆人非常討厭這個傢伙。所以我在小說出版前將故事做了一點修訂，把當時長毛的心境變化，更確實地表現出來。這些變化，朋友們想知道，其實小乖也很想知道。

幾十個轉折的變化，除了躺在長毛的腦袋裡面之外，也還躺在「大度山之戀」的信箱裡面，我選擇在這裡，讓大家真正了解。

《大度山之戀》，到這裡告一段落。這段時間以來，我只在少數幾個地方貼小說，因為我知道小說沒以前的富有張力，但是，這是更真實而生動的。

我說過，寫作之於我而言的另一個意義，是我不想等老了，才開始寫回憶錄。一個人的回憶錄，會將事實經過歷史與時間的催化之後，加入太多自己的幻想，從此失真，我不喜歡這種感覺。趁著我還年輕，趁著我青春年少而且張狂放肆的十年剛過去，我想為它們做紀錄，紀錄我愛過，與愛過我的人。

後記

所以，有任何大家覺得不好看的地方，請你們告訴我，我喜歡看到回應，尤其是批評的回應。鼓勵的回應，會讓我再接再厲，批評的回應，會讓我更加用心創作。在連線板，在我信箱，在我的BBS個人板，我期待聽見大家的聲音，請你們繼續給我建議。

寫完《大度山之戀》的連載之後，我會開始大幅度修訂。當初為了連載，沒有時間好好構思內容及校對，所以都要靠著大家幫我挑錯字。現在好不容易寫完了，我打算重新校對，也會做一些增刪及修改，好讓小說更流暢，這樣，才算對得起大家的鼓勵。

能用自己的故事作題材，寫成小說，是一件很教人開心的事情，至少，不用費心去想下一段情節該怎樣安排。

不過，壞處就是，你把自己完全曝光了……因此我經常猶豫著，該不該繼續寫下去呢？想著想著，《大度山之戀》就寫完了。

小說的結尾是否潦草簡單呢？如果要以一場轟動的飛車追逐，或者一場大雨中的激情來做結尾，那便顯得高潮迭起、驚心動魄了。但是，現實中沒有的事情，我們就不要妄加上去，因為這是一篇，心理層面的轉折大過於影像刺激的小說。

最後一個高潮點是隱性的，發生在小說創作上面。我失去的究竟是什麼？與從前的我最大的不同，究竟是什麼？這是心靈上的惶恐。創作，所謂才華的表現與肯定，以及長久以來在不知不覺間失去的那一份「感動的能力」，是以前的長毛跟後來的他，最大不同的地方。他在這裡找回自己，於是，完成自己。

當然，大家會希望知道，究竟長毛發生了什麼事情，會想知道他個性如何在最後轉變，那是個祕密，躺在《大度山之戀》裡面的祕密，我思索了很久，因為自己也不知道。所以我追逐自己的痕跡，在大度山，終於看見答案。

一個怪人，之所以會很怪，總有些理由可尋。

一個女孩，之所以會愛著一個怪人，更該想想，那怪人到底哪裡好。

不是嗎？

用心做自己想做的事情，是一件最快樂的事情。

從心之所行，即是正道。

這句話來自於韓國科幻小說：龍族。我喜歡話裡的意思，小說裡面也引用了很多歌詞，在此致上感謝之意。

《大度山之戀》，與其說是愛情小說，我寧願它是報導文學，只不過，我用小說的角度去寫而已。真正的小說，現在才要開始。

最後，感謝這段時間以來，一直支持我的朋友們。

謝謝小乖，謝謝mok、rubycat、荊軻、怪獸、雲筑姑娘、唯風、孩子王等等，以及大度山上，與我不斷呼應的寫手及諸位好友們，謝謝大家。

沒有你們，大度山之戀不會有今天的完結篇！

穹風二〇〇三年三月三日

烙印在《大度山之戀》裡的成長印記

我從來沒有想過，《大度山之戀》居然是由長毛……不，應該說是由穹風，完成的。

是的，《大度山之戀》是由我先開始寫的，不過，那一篇已經斷頭了。很久很久以前，在我還不是長毛的任何人的時候，我就想過要寫這個故事，而始終沒寫，是因為那個時候的我，像小說裡寫的那樣，連路在哪裡都不知道，當然更不知道，故事的結局，會在哪裡結束。

當有一天，他突然對我說，想要把我們的愛情寫出來的時候，我很驚訝，非常，非常，驚訝。他寫過很多他自己的愛情故事，包括〈在風裡，說喜歡妳！〉、〈你滿十八歲了嗎〉、〈紀念青春〉、還有〈意外〉……等等都是。

可是我以為他不會想寫《大度山之戀》。

而更叫我吃驚的，是他跟我說，他想要以女主角作為第一人稱來寫，我很懷疑地看著他。你確定嗎？那很難寫唷。真的會很難寫。我這樣對他說。他說他知道，可是他就是想這麼寫。

所以我把我跟他認識的期間，所寫過的詩，大約五百多篇，加上以前寫給他的信，還有一些手記之類的，不知道幾百篇，通通寄給他。要了解女主角的心情，就去看那些東西吧。我說。

其實我很懷疑，當年的我的心情，他究竟了解了多少，居然敢大言不慚地跟我說，要以我作為第一人稱來寫小說，我不以為他可以寫的好。畢竟我們在一起的時間太少了，他從來沒有認真地了解過我，也沒有好好讀過我寫的詩。我這樣認為。

可是結果令我不得不對他刮目相看。

有一個曾經是「寫一個夢」裡的頻道成員寫了一封信，表示要給《大度山之戀》的作者，而她以為作者就是綠的天，她認識當年的長毛，也知道當年的綠的天，可是她卻以為，作者就是那個女主角。我覺得不可思議，因為到那個時候為止的小說內容，我並不是很滿意，我認為穹風寫的，還不夠貼近我心裡感受到的。

可是我每天都在期待，故事接下來會怎麼樣。那是一種很奇怪的期待感，故事的每一個環節，每一個轉折點，我絕對比作者本人更清楚，可是我卻會期待，期待他接下來，怎麼以女主角的眼光，去描述這個故事，然後愈看愈身陷在過往的情緒裡，直到連眼眶也濕潤了起來。

這個故事的真實性很高，可是當然並不是那麼百分之百。我本來並不寫詩，當然也不寫任何其他的東西，我並不是只看藤子不二雄，因為我還看很多其他的漫畫，我說過，我本來對穹風寫出來的《大度山之戀》並不怎麼滿意，因為我是在他一邊寫的時候，一邊看的。

可是當穹風完成這個故事，我又重新看過一遍以後，卻驚覺，原來這個故事紀錄

後記

的，並不是只有他的轉變而已，那裡面，還有我的成長，我的眼淚不只滑過臉頰，還掉進了心裡。

我在連線板上，看到有人覺得，作者以一個女性犧牲尊嚴的談情方法，來紀錄一個男人的成長，很不厚道。可是不知道是不是有人發現，原來女主角在四年前跟四年後，除了一直愛著長毛以外，她自己本身也有了很大的改變？

以前，我除了上班，就是睡覺，長毛常常說我根本沒一點生命機能可言。我沒什麼休閒活動，會看書，但是只看漫畫跟言情小說。然後，因為他，我開始看很多奇怪的書，就從朱少麟的《傷心咖啡店之歌》開始，我看村上春樹、山田詠美、吉本芭娜娜、張大春、邱妙津、成英姝、張國立……我看很多很多我從來沒想過會看的書。

而且我開始寫詩，這些，指的只是文學上的。當然還有一些其他無法明白說出來的什麼，我的世界，從此不再只是一個小小的，只有嬰孩哭聲，只有逛街花錢的圈圈。

而另外一件令我驚訝的，原來世界上不是只有一個長毛，也不只一個小乖。

「等久了就是你的。」連線板上，很多人在看到結局以後，這麼說。

是這樣的嗎？我並不這麼認為。

一個女孩子有多少青春能揮霍呢？雅惠姐常常這麼跟我說，現在我把這句話，送給那些我不認識的「小乖」。這一個故事裡的小乖，「也許」能得到幸福，可是那並不表示，所有的故事，結局都相同。

後記

對穹風來說，這是他寫的最久的一篇，長達一個多月。卻是他最不滿意的一篇。他最喜歡的《失憶》，寫了十萬字，卻只花了兩個禮拜左右的時間，其他那些短篇，則幾乎是一星期就完成一篇。對他來講，寫大度山，挫折很多，因為他從來沒試過以女主角作為第一人稱，而另一個挫折，來自於《大度山之戀》，居然沒有任何回應，我比他更失望。

因為《大度山之戀》是我們倆的愛情故事，難道卻無法引起大家的共鳴嗎？他幾乎寫不下去，我們甚至吵了架，可是後來兩個人都明白，既然只是為了紀錄自己的故事，又何必去在乎受不受歡迎？

就像穹風說的，四年裡發生的風風雨雨，豈只是這樣而已？所以作了一些捨棄，有的人沒出現，有的人則出現的很潦草。最遺憾的，是兩趟我認為對我而言，衝擊很大的台北之行被捨棄了，當然，這裡指的並不是跟蹤長毛那回事。

小乖跟長毛曾經分別了好一段時間，再見面的時候，是在台北的好樂迪。我喝的爛醉，然後趴在ㄚ頭身上亂哭亂叫，最後被長毛揹著走出好樂迪，印象深刻，大概一輩子也忘不了。也許穹風覺得跟蹤長毛那回事比這件更重要，所以捨棄了這段吧。

就像穹風的後記寫的那樣，「一個怪人，之所以會很怪，總有些理由可尋。一個女孩，之所以會愛著一個怪人，更該想想，那怪人到底哪裡好。」以前的長毛，不是壞人，可是絕對是一個很爛的男人，所以我也一直不懂，自己到底愛他什麼。

看完小說，自己才終於明白了。

最後，我很想對酸雨說，雖然你可能一輩子也不會看見這篇小說，即使看見了，你也沒機會看到我寫的後記，可是我還是要跟你說一聲謝謝。

真的，感謝你陪我走過那段最低潮的時間，即使我們在一起的時間，這麼短……

cecia 綠的天二〇〇三年三月九日

國家圖書館出版品預行編目資料

大度山之戀／穹風著.--初版.--
台北市：商周出版：城邦文化發行；民 92
面：　公分.　--（網路小說：40）
ISBN 986-7747-89-5（平裝）
857.7　　　　92007588

大度山之戀

作　　者　／穹　風
責任編輯　／楊如玉

發 行 人　／何飛鵬
法律顧問　／中天國際法律事務所　周奇杉律師
出　　版　／商周出版
台北市 104 民生東路二段141號9樓
電話：(02)25007008　　傳真：(02)25007759
e-mail：bwp.service@cite.com.tw
發　　行　／英屬蓋曼群島商家庭傳媒股份有限公司城邦分公司
台北市 104 民生東路二段141號2樓
書虫客服服務專線：(02)25007718・(02)25007719
24小時傳真服務：(02)25001990・(02)25001991
服務時間：週一至週五09:30-12:00・13:30-17:00
郵撥帳號：19863813　　戶名：書虫股份有限公司
讀者服務信箱E-mail：service@readingclub.com.tw
歡迎光臨城邦讀書花園　網址：www.cite.com.tw
香港發行所　／城城邦（香港）出版集團有限公司
香港灣仔駱克道193號東超商業中心1樓
E-mail：hkcite@biznetvigator.com
電話：(852)25086231　傳真：(852) 25789337
馬新發行所　／城邦（馬新）出版集團【Cité (M) Sdn. Bhd.】
41, Jalan Radin Anum, Bandar Baru Sri Petaling,
57000 Kuala Lumpur, Malaysia.
Tel: (603) 90578822　Fax:(603) 90576622

版型設計　／小題大作
繪　　圖　／文成
封面設計　／洪瑞伯
電腦排版　／普林特斯資訊有限公司
印　　刷　／鴻霖印刷傳媒股份有限公司
總 經 銷　／高見文化行銷股份有限公司
電話：(02) 26689005　　傳真：(02) 26689790
客服專線：0800-055-365

■2003年（民92）6月2日初版　　Printed in Taiwan.
■2012年（民101）9月18日初版38.5刷

售價／180元

ISBN　986-7747-89-5

商周出版

廣　告　回　函
北區郵政管理登記證
北臺字第10158號
郵資已付，免貼郵票

100 台北市信義路二段213號11樓

城邦文化事業（股）公司　收

請沿虛線對摺，謝謝！

商周出版

書號：BX4040　　書名：大度山之戀

請於此處用膠水黏貼

商周出版

讀者回函卡

謝謝您購買我們出版的書籍！請費心填寫此回函卡，我們將不定期寄上城邦集團最新的出版訊息。

姓名：________________

性別：□男 □女

生日：西元 ________ 年 ________ 月 ________ 日

地址：________________

聯絡電話：________________ 傳真：________________

E-mail：________________

學歷：□1.小學 □2.國中 □3.高中 □4.大專 □5.研究所以上

職業：□1.學生 □2.軍公教 □3.服務 □4.金融 □5.製造 □6.資訊
□7.傳播 □8.自由業 □9.農漁牧 □10.家管 □11.退休
□12.其他 ________________

您從何種方式得知本書消息?
□1.書店□2.網路□3.報紙□4.雜誌□5.廣播 □6.電視 □7.親友推薦
□8.其他 ________________

您通常以何種方式購書?
□1.書店□2.網路□3.傳真訂購□4.郵局劃撥 □5.其他 ________

您喜歡閱讀哪些類別的書籍?
□1.財經商業□2.自然科學 □3.歷史□4.法律□5.文學□6.休閒旅遊
□7.小說□8.人物傳記□9.生活、勵志□10.其他 ________

對我們的建議：________________

____

____

____

請於此處用膠水黏貼